Different world survival to
go with the master
ご主人様とゆく異世界
サバイバル!
Text
6
GC NOVELS

6
リュート
Illustration
ヤッペン
ご主人様とゆく
異世界
サバイバル!
Different world
survival to
go with the master

CONTENTS

Different world survival to go with the master

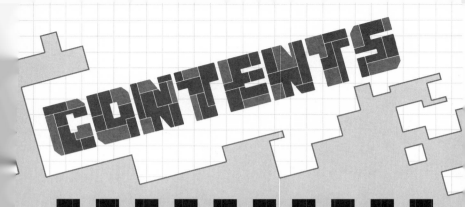

プロローグ～銃弾乱れ飛ぶ戦場でサバイバル！～

　ドラゴニス教団の集会所の外にはザミル女史が佇んでいた。ミスリル十字槍の流星を担ぎ、更にミスリル合金の短槍も背中に吊るした完全武装である。

「いつの間に……」

「領主館を出てからずっと後ろから警護しておりましたよ。あちらにはハーピィもいます」

「おおう……」

　ザミル女史の視線の先を見ると、ピンク羽のハーピィがこちらに翼を振っていた。あれはブロンだな。全く気づかなかった。前に俺はアーリヒブルグで拉致されたからなぁ。ふらりと用事のために外出しても警護は厳重になったんだろうな。

「なんかすまないな、迷惑かけて」

「迷惑などではありません。コースケ殿は我々にとってこの上なく重要なお方です」

「うーん、その扱いが既にヘビィ。仕方ないことだとはわかってるけども。それで、リザードマン的にあの人達は信用できるのかね？」

「そうですね……」

　俺の質問にザミル女史は暫し考え込んでから口を開いた。

「ドラゴニス山岳王国、そしてドラゴニス教団自体は警戒せずとも宜しい相手かと思います。ドラゴンとその乗り手に対する彼らの信仰と敬意は絶対と言っても間違いはありません」

「それはそれでちょっと怖いんだけど」

「恐れる必要は何もありません。彼らにとってグランデ様とコースケ殿は準王族のようなものなのです。ドラゴニス山岳王国の祖と同じ道を歩んでいるという意味で」

「ザミル女史も何か関係あったりするのか？」

「いいえ。私の故郷はメリナード王国ですから。ただ、リザードマンにとっては一度は足を運んでみたい地の一つではありますね」

「なるほど」

　少なくとも敵では無さそうだということは理解できた。シルフィやメルティに報告しなきゃならないな、これは。

◆◆◆

「ドラゴニス山岳王国ですか……」

　俺とザミル女史からの報告を聞いたメルティはそう言って形の良い顎に手を当てて考え込んでしまった。シルフィも難しげな顔をして腕を組んで考え込んでいる。

「グランデさんとコースケさんが信仰対象になるというのはわかりました。しかし、国と国との話ということになると、何の対価もなく支援をするということはあり得ないでしょう。向こうが支援の対価に何を求めてくるのかが問題ですね」

「最悪の最悪を想定するとグランデとコースケの引き渡し、なんてこともあるかもしれんぞ」

「流石《さすが》にそれはないでしょう……グランデさんとコースケさんの不興を買うこと必至ですし、下手すれば戦争ですよ。そっち方面ならドラゴニス山岳王国に一度訪問して欲しいとか、グランデさんのねぐらを巡礼地にさせて欲しいとか、週に一回とか月に一回グランデさんと一緒にねぐらでいちゃいちゃして欲しいとか、実際に背に乗って飛んで欲しいとか、そんなところだと思います」

シルフィの言葉を首を振って否定し、メルティが『ありそうな話』を次々に挙げていく。

「まぁ、単に相互の防衛協定を結びたいだけかもしれませんけどね……コースケさんがどう考えていたとしても、コースケさんに危険が迫ればグランデさんは戦場で暴れるでしょうし。そんなグランデさんと共に戦えるだけでも彼の国にとってはこの上ない誉れでしょうから。後はやはりエルフの産品でしょうか。あの国は輸送交通手段に飛竜を使えますからね。武力もさることながら、交易商人としても中々に優秀なんですよ」

「文字通り飛んでくる交易商人か……後ろ盾というか、手を取り合う相手としては良いんじゃないか。話を聞く限り、リザードマンが主体の国なんだよな？」

「そうですね、リザードマンが多いと言われています。ただ、人間や他の種族も勿論一緒に住んでいるそうですよ。王族はドラゴンの特徴を備えた亜人ですね。竜人とかドラゴニアンと呼ばれます」

「リザードマンとどう違うんだ？」

「見た目からして違うそうですね。亜人形態のグランデさんをもっと人間よりにしたような姿らしいです。あの国にはリザードマンと人間のハーフであると言われる鱗族も多いそうですよ」

「鱗族？」

「手足や体の一部が鱗で覆われていて、リザードマンのような尻尾を持っている種族ですね」

「なるほど」

　ザミル女史みたいな生粋のリザードマンよりもケモ度の低い爬虫類系の亜人ってことか。どんな見た目なのかちょっと興味が湧くな。

「ドラゴニス山岳王国の件については了解した。それで、グランデはメリネスブルグ行きを了承してくれたのか？」

「そっちは問題なかった。俺が向こうにいる間どうするかはちょっと考え中だけどな」

　ライム達のところに留まってくれれば一番良いんだが。

「大丈夫なのか？」

「俺の滞在先がライム達のとこになるだろう？　ライム達との相性とか、場所の問題とかかな」

「ああ……」

　シルフィが察したように頷く。ライム達の潜伏地点が下水道だということはシルフィも承知しているから、色々と察したのだろう。俺は入り口だけ我慢すれば問題ないけど、グランデは俺よりもずっと鼻が良いだろうからなぁ。

「それと、明日は早めに出るぞ。通信のためにライムがエレンと接触する昼過ぎまでには向こうに到着しておきたいからな」

　そうすれば俺が向こうに到着していることをその場でエレンに伝えられるし、エレンも俺に会うための調整を速やかに始められるだろう。なんだかんだで、こちらからエレンに情報を伝えるタイミングというのは、エレンとこちらがゴーレム通信機でやり取りするタイミングしか無いからな。基本的にそのタイミングでしかライム達もエレンに接触しないだろうし。いや、陰ながら護衛しているって話だし、そうでもないのか？　わからんな。まぁ早く行って悪いということはないだろう。

「そうか……準備は？」

「インベントリの中に必要なものは入ってるな」

俺が持っていれば誰にも盗まれるということはないので、例の経典の原本と写本、それに訳したノートも俺のインベントリに入れてある。万が一にも紛失できないからな。

「そうか。じゃあ今日はもう上がりで良いな？」

「えっ？」

「そうですね。まだ日は高いですけど」

「待たれよ。君達は何を言っているのかね？」

なにか不穏な気配を感じた俺は退路を……アカン、物凄い速さでメルティが回り込んだ。俺はダナンに視線を向けて助けを求める。

「政務に関しては問題ありません。緊急の案件に関しては私が処理をしておきますので」

野郎、ツイッと俺から視線を逸して書類に目を落としやがった。お前、お前ェ！　覚えてろよ！　いつか同じようなことになった時には俺もお前を見捨ててやるからな！　むしろどツボに嵌まるように蹴り落としてやるからな！

「ザミル、すまないがハーピィの誰かに招集だと伝えてくれるか？」

「承知いたしました」

ザミル女史は憐れなものを見る視線を俺に向けてからタッタカと歩き去って行ってしまった。護衛の仕事を放棄しないで果たしてはくれまいか？　ダメですか。

「落ち着け、話し合おう。俺は明日から敵地に潜入して任務をこなさなきゃならないんだ。そんな俺の体調を慮《おもんぱか》るべきじゃやめてやめて引っ張らないでうああああぁぁぁぁぁーーーーッ！」

思ったよりも酷いことにはならなかった。皆で心配してくれただけだったよ、うん。

第一話

メリネスブルグ再び

翌日の朝。

手加減をしてくれたおかげで俺の最大ライフ、最大スタミナの減少は25％ほどに留まっていた。とっても有情で涙が出るな。ところで最大ライフやスタミナが減らない程度に手加減してはくれまいか？無理ですか。はい。

しっかりとご飯を食べて安静にしていれば最大値はそのうち回復するからね、ははは。まぁグランデに運んでもらっているうちに治るだろう。

「コースケ、決して油断はするなよ。あちらでお前の顔を知っている者はそうそう居ないと思うが、結局キュービも捕まっていない。我々と聖女が接触しているということもそうそうバレていないとは思うが、もしバレていた場合、網が張られている可能性はある。重ねて言うが、決して油断はするな」

「うん」

俺を見送るシルフィの言葉には素直に頷いておく。俺がまたドジを踏んで捕まったりしたら、解放軍の皆に迷惑をかける事になるからな。またメルティが角を切り落として潜入とかしてくるかもしれないし、同じ轍を踏むことはしたくはない。

「今更ですし、聖女と仲良くするなとは言いません。話を聞く限り、聖女の言う神の使徒とかいう設定も使えそうですし。ですが、コースケさんの帰る場所は私達のところだということは忘れないでくださいね」

「うん」

メルティの言葉にも頷いておく。その辺りについては以前にエレンと話し合った時に俺の考えは言ってある。俺が優先するのはシルフィ達だ。どちらかを選ばなきゃならない時がもし来たら、俺はシルフィ達を選ぶ。

「私から言うことは特に無い。無事に戻ってきて」

「勿論だ」

「妾《わらわ》もついておるから心配するでない。いざとなれば何もかもを薙ぎ払ってコースケを抱えて飛んで戻ってくるからの」

「ん。グランデに任せる。コースケを守って」

「うむ」

背丈が同じくらいのアイラとグランデが頷きあっているのを見て少しほっこりとする。昨日はタッグを組んで襲いかかってきたけどな……ははは、仲が良いようで何よりだ。

「旦那様！　きっと無事で戻ってきてくださいね」

「旦那様！　おみやげよろしくね！」

「ど、どうかご無事で……待ってますから」

「怪我だけはせんようになぁ？」

ハーピィさん達も俺を囲んで口々に声をかけてくる。翼で撫でたり、頭をグリグリと押し付けてきたりとスキンシップもしていく。昨日は手加減してくれて本当にありがとうな。もう少し手加減してくれると俺はうれしいぞ。

「それじゃあ、行ってくる。一応、毎日連絡は入れるつもりだから」

「ああ、気をつけてな。変なことに巻き込まれるなよ」

「フラグを立てるのはやめて欲しいなぁ……」

そういうことを言うと変なことに巻き込まれるんだよ。フラグという言葉の意味がわからないなりになんとなく俺の言いたいことが伝わったのか、シルフィに皆の視線が集まる。

「わ、わたしがわるいのかっ⁉」

「別にぃ。ただ、今の一言でいじるネタにはなりそうよねぇ」

あたふたするシルフィに向かってメルティがにんまりと笑みを浮かべる。あれは間違いなくあくまの笑みですね。わかります。

「あんまりいじめるなよ……」

苦笑いしながら一人用のゴンドラを出して乗り込む。俺とグランデの二人だけで移動する時のために作っておいたものだ。

「行ってきます。皆、元気でな！」

「ああ、コースケもな。早く戻ってくるんだぞ」

「では、行くぞ」

シルフィ達に見送られながら俺を抱えたグランデが飛び立つ。これで昼頃にはメリネスブルグ近郊に着くはずだ。まぁ、ササッと経典と写本、そして翻訳を置いてくるだけだからすぐに帰ってこられるだろう。

なんてことを考えていたら変なことに巻き込まれるんだろうなぁ……予感がするわ。ビンビンと。

俺とエレンを引き合わせた何者かの思惑が感じられるような気がしてならない。今度はどんな事態になることやら。できるだけ楽な内容だと良いんだけど。

◆◆◆

グランデによるソレル山地越えは概《おおむ》ね問題なく、極めて速やかに遂行された。途中で、見慣れないものが空を飛んでいるのを見つけたワイバーンに絡まれかけたが、グランデが魔力を放出しながら威嚇をしたら色々なものを撒き散らしながら逃げたらしい。ワイバーンェ……俺の勝手なイメージかも知れないが、どうもワイバーンってそこはかとなく噛ませ犬臭がするよな。

こう、一般人は逆立ちしても敵わないけど、ある程度強くなると一蹴されるというか……都合の良い程々な強さの敵として物語の引き立て役になるというか……それでいて戦利品はそれなりに良くて中盤以降はおやつ扱いというか……哀れな。

まぁ、不運なワイバーンのことは置いておこう。

メリネスブルグ近郊の森に降り立った俺達はその足でライム達の寝床へと向かった。一応、グランデには全身を覆い隠すようなローブを羽織ってもらってな。

不運にも森に入っていた狩人や冒険者にグランデの姿をそのまま見られると大変なことになるからな。相手が。だって口を封じなきゃいけなくなるし。死人に口なしというやつだ。

「ここが件《くだん》のスライムどものねぐらか」

大きな岩の陰に口を開けている洞窟を見ながらグランデが呟く。なんとなく眉を顰《ひそ》めているのは、既にグランデの敏感な鼻が嫌な臭いを捉えているからかもしれない。

「その入口だな。ライム達の寝床まで少し臭いぞ」

「うむ、もう臭っておる。我慢するから大丈夫じゃ」

ライム達の管轄する区画まで行けば殆ど嫌な臭いはしないけど、そこまでは普通の下水道みたいなとこも通るから結構臭うんだよな。

暫く洞窟を進み、やがて下水に入る。

「……くちゃい」

「我慢しろ」

ごつい手で鼻を押さえて涙目になっているグランデの、空いている方の手を引きながら下水道を進んでいく。もう片方の手にはたいまつを持っているから両手が完全に塞がっているのだが、出てくるやたらデカいネズミとかはグランデの姿を見た瞬間に全速力で逃げていくので危険は一切なかった。魔物の本能もなかなか侮れないな。

そして下水道エリアを越えてライム達の縄張りに入った。ここまで来ると臭いはだいぶマシになる。グランデもまだ不快そうではあるが、先程までのような常に涙目という状況ではなくなったようだ。

「ふむ、ここがスライムどもの縄張り――――ん？」

何かに気がついたかのようにグランデが暗い地下水路の奥へと視線を向けた。何か警戒しているような雰囲気だが……？

「……えええええ」

「えっ、何怖い」

なんか奥から変な音が近づいてきているような気がする。いや、この場所で不思議なことが起こるといったら原因は三つしかない。あの三人のうちの誰かの仕業に違いない。

前に出ようとするグランデの肩に手をかけて押さえ、俺が前に出てたいまつを掲げる。グランデよりは俺相手の方が危険は少ないだろう。三人の誰が来るにしても手心は加えてくれるだろうし。

「……すけぇぇぇぇぇ！」

「あっ、これは」

「こーすけぇぇぇぇぇぇぇっ！」

「ひぇっ」

「んなっ⁉」

どぷり、と地下水路を覆い尽くすような量の水色の粘液が押し寄せてきた。この色合いは間違いなくライムだと思うが、体積と質量がヤバい。あの勢いでぶつかられでもしたら。

「グ、グランデッ！　逃げっ——ウワーッ⁉」

「コースケェエエエ⁉」

どぱーん！　と押し寄せてきた水色の粘液に取り込まれて上も下もわからなくなった。まるで洗濯機に放り込まれた洗濯物の気分だ。抗いがたい暴力的な水流……スライム流？　に翻弄されてどうにもならない。というかマジで洗濯してないか？　なんか全身を舐めるように揉み解されているような気がするんだが。というか苦しいわ！　窒息死させるつもりか！

「放さんか馬鹿者！　コースケが窒息死するわ！」

「ああー、かえしてー」

　ほぼ逝きかけたところでグランデが俺を救出してくれた。そして触手状にした身体を伸ばしてくるライムを鋭い爪や強靭な尻尾でビシビシと追い払っている。

「た、助かった」

「本当に大丈夫なのか？　こやつは」

「多分な……久しぶりだな、ライム」

「こーすけひさしぶりー？　げんきだったー？」

「元気だったが今まさに元気じゃなくされるところだったな、ライムに」

「ごめんなさい」

　ライムが小さくなって肩を落とし、シュンとする。いや待て。つい今まで水路を覆い尽くすほどの体積があったと思うんだが、一瞬でグランデ並みの大きさになったぞ。実は物凄い高密度なんじゃないのか、ライム。

「うん、反省してくれてるならこれ以上は怒ったりしない。グランデも許してやってくれ。あと、助けてくれてありがとうな」

「うむ、コースケがそう言うなら良いじゃろう。反省するのだぞ、スライム」

「うー、わかったー」

流石に自分の失敗を悔いているのか、ライムはグランデの言葉に素直に頷いた。

◆　◆　◆

「よく来たわね。元気そうで何よりよ」

「ライムがおいたをしたようで申し訳ないのです」

　グランデ共々ライムに乗って移動すること暫《しば》し。俺達はライム達のねぐらに到着していた。ねぐらには既に赤スライムのベスと緑スライムのポイゾが待っており、見慣れた魔法の光が煌々とねぐらを照らしていた。

「久しぶり。元気だったか？」

「勿論。私達は病気も怪我もしないしね」

「聖女が手を回してくれたおかげで地下水道に油を流して火をつけたりされなくなったから、快適なのですよ？」

　目元がキリッとしていて勝ち気な印象のスレンダー赤スライムであるベスが微笑み、どこか眠たげなジト目が特徴的なゆるゆる系緑スライムのポイゾが微妙にバイオレンスなことを言う。そういえば前にもそんなことを言ってたね。油かけられて火を点けられるとか、魔法を撃たれるとか。

「それにしても早かったわね……ライム、ちょっと独占は良くないわよ」

「きっとコースケの決断なのです。どうせこっちに来るのに適した人材はコースケ以外にはいなかったのですよ。それにしても早かったですが。ライム、ずるいのです」

「もうちょっとー？」

俺達を乗せてねぐらまで運んできたライムはそのまま俺とグランデの椅子になっていた。前は俺一人だけだったから人をダメにするアレ並みの大きさだったが、今回はグランデも一緒にくつろげるサイズである。デカい。というかライムの全体がデカい。今は下半身をソファというかベッドのようにしているのだが、上半身がまるで巨人サイズである。シュメルよりデカい。俺の背に当たるモノもデカい。これは新感覚だ。まぁスライムだからいくら大きくてもってやつなんだが。

「ねごこちがいい……」

早速グランデがライムソファで撃沈しそうになっている。グランドドラゴンすら虜にするとは……ライム、恐ろしい子。

「俺がこっちに来た経緯は今更話すまでもないよな」

「それは勿論」

「解放軍と聖女とのやり取りは全て把握しているのです」

「セキュリティ的にどうなのかと思わなくもないが……一応ライム達は俺達の味方だもんな」

「わたしたちはシルフィエル殿下の味方ー？」

「そうね。解放軍はシルフィエル殿下の指揮下にあるわけだし、王族の近衛である私達は間違いなくシルフィエル殿下の味方ね」

「今更なのです」

「そうだな」

ライム達の言葉に頷き、それでも一応一通りの説明をしておく。

「そういうわけで、昼過ぎの会談の時に俺が既にこっちに来ていることを伝えて、予定を合わせてエレンと接触する予定だ」

「わかったー。それまではここにいるー？」

「その予定だな。また世話になる」

「ええ、お世話してあげるわ」

「全部お任せなのです」

「手加減をお願いします」

君達は文字通り底なしだからな！　思う存分とかいう話になると１００％干乾びる。その辺りは三人ともわかっているから、それなりに手加減してくれるけど。

「このことおしえてー？」

ライムが完全に寝入っているグランデを見ながら首を傾げる。そう言えば、あまり詳しくは知らないはずだよな。

「グランデという名前のグランドドラゴンだ。そうは見えないかもしれないが」

「ドラゴンなのね。確かにドラゴンの名に相応《ふさわ》しい魔力だと思うわ」

「んー、相性悪いー？」

「なのです。ちょっと私達とは相性が悪いのです」

「そうなのか？　仲良くしてくれるとありがたいんだが」

「相性が悪いっていうのはそういうことじゃなくて、戦った場合の話ね。三人がかりでも苦戦するかもしれないわ」

「そうなのか？」

　グランデはメルティが苦手みたいなんだが。確か三人がかりだとライム達はメルティに勝てるんだよな？

「私達の攻撃がどれもグランデに効きそうにないのです。反対に、グランデの攻撃は私達に効くものが多そうなのです」

「めるてぃはつかまえたらかてるー。ぐらんではつかまえてもむりー」

「なるほど」

　微妙に三竦《さんすく》みになってるんだな。メルティはグランデの装甲を抜くだけの攻撃力があるけど防御力が弱くてライム達に捕まると負ける。グランデはライム達の攻撃では傷つかないけどメルティの攻撃で防御を抜かれて負ける。ライム達はメルティの攻撃ではなかなか倒せないけど、グランデの圧倒的な防御力を抜く方法がない。そんな感じらしい。

「メルティの魔法攻撃でもライム達は負けるんじゃないか？」

「それはあり得るけど、不意打ちでも何でも良いから一撃当てて捕まえれば勝てるから勝ち筋があるのよ。でもグランデには不意打ちだろうとなんだろうと私達の攻撃が通りそうにないから、勝ち筋が無いのよね」

「逆に、グランデの攻撃は多分メルティに当たらないのです。多分全部避けられてボッコボコにされるのです」

「……ああ」

グランデがメルティに負けた時のことを思い出す。確かに一方的にボコられてたな。

「つまりライム達にもグランデにも勝ち筋があるメルティは総合的に最強?」

「アレは一種の化物なのですよ? 魔神種なんて大層な名前は伊達じゃないのです」

「俺から見ると全員俺が敵いそうにない雲の上の存在なんだが……」

メルティやグランデ、ライム達だけでなくシルフィやザミル女史、レオナール卿にアイラ、それにシュメル達鬼娘三人とかダナン辺りにもまともにやったら勝てる気がしない。

まともにやらないで罠にかけて吹き飛ばせばそりゃ勝てるだろうけど、不意打ちなら勝てるとか言っても何の自慢にもならないよな。

「こーすけもそこがしれないー?」

「そうね。コースケもなんだかんだまともに戦うのは怖いわね。何が飛び出してくるかわからないし」

「先手必勝でボコるのが一番なのです。久しぶりに訓練するのです?」

「いいえ、私は遠慮しておきます」

何が悲しくて再会するなりそんなバイオレンスなことをしなければならないんだ。しかもそれ、一方的に俺がボコられて痛い思いをするやつじゃないか。断固として拒否する。

「そんなことより色々お土産を持ってきたからそっちを楽しもう」

「ぎずまのおにくー？」

「何を持ってきたの？」

「お土産は気になるのです」

とりあえずライムがギズマの肉を所望してきたので、一塊を渡しておく。勿論ベスとポイゾにも渡しておく。抱えるほどの大きさのギズマの生肉も彼女達にとっては飴玉のようなものだからな。

「大体なんでもあるけど、どんなものがライム達に喜ばれるかわからなくてなぁ」

そう言いながら蜜酒の入った樽や甘いお菓子、保存食のブロッククッキーなどの食べ物や、多分興味無いだろうけど金細工や銀細工などのアクセサリー、それにインテリアとして使えそうな造花や綺麗な布、ラグマットのような敷物、他にはアーリヒブルグで売られていた香水や匂い袋なども出していく。

「おーいしー♪」

ライムは食べ物が気に入ったようで、色々と摘まんではプルプルと震えている。特に甘いお菓子や蜜酒が気に入っているようだ。甘党なのだろうか？

「こういうのは良いわね」

ベスは綺麗な布や敷物、造花などが気に入ったようで、さっそくねぐらを飾り付け始めた。

「ふむふむ……ほうほう」

ポイゾは香水や匂い袋が気に入ったようで、香水瓶の中身や匂い袋を体内に取り込んで興味深そうにしている。ライムは食べ物、ベスはお洒落用品、ポイゾは香水や薬草類などがお好みのようだ。

「うまうま」

いつの間にかグランデも起きて甘い食べ物を満足そうに食べている。いつの間に……まぁ、ソレル山地を飛び越えてきたから小腹が空いたんだろう。ハンバーガーも出しておくとしようか。

そんな感じでメリネスブルグに到着した俺はエレンと解放軍との通信会談の時間までゆったりとした時間を過ごすのであった。

◆ ◆ ◆

ライム達と一緒に甘いものというか、ちょっと早めの昼食を取りながら、ライム達と別れた後の話をしたり、向こうに戻ってからの話をしたりして会談の時間まで過ごすこと暫し。

「こーすけはー、ふところがふかいー」

「そうじゃな。節操がないとも言えるが」

「魅力的ってことにしときなさいよ……殆ど押し倒されてるでしょ」

「チョロ……優しい人なのです」

「おい今なんて？」

ポイゾが毒を吐きかけた。このどくどくスライムめ。キュアポイズンポーションをぶちこんでやろうか？　いや、効かなそうだけれどもさ。ポイゾは毒系スライムというよりも薬系スライムだからな……毒も薬も殆ど自由自在に精製できるらしいし。消化能力も三人の中で一番高いらしい。

「だが妾に至っては魔物じゃし、ベス達も本質的にはそうじゃろ？　シルフィ達のような亜人はともかく、妾達のような魔物も殆ど抵抗もなく受け容れるというのは節操なしと言うのではないか？」

「何で微妙に自虐的なのよ……あんた、自分に自信がないの？」

「むぐっ……そんなことないし？　妾可愛いし？　ちょうぷりちーじゃし？」

ベスの指摘に図星を突かれたかのようにグランデがごっつい手から生えている爪先同士をちょんちょんしながら狼狽《うろた》えている。え？　お前そんなコンプレックスめいた感情があったのか？

「コースケ的にはどうなのです？」

「え、普通にめっちゃ可愛いと思うが」

そう言って角の生えている頭をなでなでする。

「この立派な角も、変化しきってないごっつい手足も、かっこいい翼も、太くて力強い尻尾も可愛いと思うぞ。というか、人型になる前からグランデは可愛かったと思うが」

反応が可愛いというか、心根が可愛いというか……まぁ流石にこうやって人型になるまえのドラゴン形態なグランデに欲情するのは不可能だったけどね。世の中にはドラゴン形態のグランデにも欲情できるようなツワモノもいるに違いないぞ。俺は無理だけど。大事なことだから二回言うけど。

「ホンモノなのです」

「ふところがふかいー」

「あんたはあまりこう、容姿に拘《こだわ》らないのね」

「そんなことないと思うぞ……？」

ライム達やグランデだけでなく、シルフィ達も含めて全員目が飛び出るほどの美女、美少女揃いだと思うんだけど。しかもスライムだったりドラゴン娘だったり単眼娘だったりエルフだったりハーピィだったりよくわからない強くてやべー悪魔めいた種族だったりする。最高じゃないか。エレン？　エレンは正直言って近づきがたいレベルの美人だよな。正直に言うと畏れ多いぞ。そういう意味で畏れ多いと言えば全員そうなんだけどさ。

「うぅー……」

考え事をしながらグランデの頭を撫でていたら、グランデが真っ赤になって目を回していた。尻尾が激しく石の床を叩いている。割れて飛び散った石の破片がライムの身体に埋まり、ベスの表面でぽよんと跳ね返り、ポイゾの身体にビシビシと突き刺さっていた。相変わらずパワフルな尻尾だなぁ。

「……き」

「うん？」

「しゅき！」

「ウワーッ⁉」

尻尾をぶるんぶるんと振っているグランデが飛びかかってきた！　馬鹿！　やめろ！　何をするんだ！　ワイバーンの革鎧が紙切れのように⁉　痛い痛い！　角が胸に擦れて痛い！　ゴリゴリしてる！

「んふー……すんすん……んふふー……」

グランデが素肌が顕になった俺の胸元に顔（と角）を擦りつけながら鼻を鳴らしてトリップしてお

られる。俺からはグランデの頭と角しか見えないが、目を見たらハートマークにでもなっているんじゃないだろうか。あと角！　角が痛い！

「「「めろめろー？」」」

「即落ちチョロドラゴンなのです」

「私達が居てもおかまいなしねぇ……」

ライムが分裂（！）して色々な角度から俺達を観察し、ポイゾがニヨニヨとしながら俺達を眺める。ベスは少し呆れた様子だったが、グランデを止めてくれるつもりはないようだ。

結果として、五分ほどで状況に気づいたグランデが正気に戻って大事には至らなかった。俺の胸板はグランデの角で擦られまくってちょっと痛かったが、血が出たわけでもないので良しとしよう。

「……」

正気に戻ったグランデは部屋の隅で角に向かって体育座りをしている。翼で身体を覆って壁を作っている辺り、相当気にしているようだ。

「グランデー？」

「……」

呼びかけてみるが、尻尾がピクリとしただけで完全にスルーである。

「恥ずかしがってるのー？」

「恥ずかしがることないのにー」

「こーすけはアレくらいで怒らないー？」

分裂したライムがそんなグランデに寄り添って慰めていた。グランデは俺の着ていたワイバーンの革鎧や服を破ったことに対してそれはそれはものすごく反省しているのだ。鍛冶施設で修理をすれば、さして時間もかけずに修理できるからそんなに気にすることはないんだけどな。

グランデは俺の革鎧と服を破って襲いかかった罪悪感と自分のしたことの気恥ずかしさから相当精神的ダメージを受けてしまっているようだ。別に良いんだけどな。怪我をしたわけでもなし。

「魔物は本能や衝動が強いから仕方ないのです」

「特にグランデは人間と接してまだ期間が短いみたいだしね。まぁそのうち慣れるわよ、お互いに……あ、そろそろ時間ね」

ベスがそう言い、大型ゴーレム通信機に向かい始めた。今日はベスが中継役をやるらしい。ライムも本体はゴーレム通信機の方にきた。分体は変わらずグランデを慰め続けているようだ。

「エレンはもう会合場所に来ているのか？」

「来てるわね。何か伝えておく？」

「俺がもうこっちに来てるってことと、近々会いたいってことを手短に伝えてくれるか？　今日はその件について解放軍から話があるってことも伝えてくれると嬉しい」

「わかったわ……伝えたらいつ来るんですか？　って言ってるけど」

「そっちの準備が整い次第だな。いつ、どこに行けば良いのか教えてくれれば良い。明日か明後日の朝辺りに今日と同じ方法でベス達の誰か経由で伝えてくれれば良いんじゃないか？　あ、でも今はベス達が護衛してるんだったっけ？」

「ええ、護衛してるわ。一人でいる時に私達に声をかけてくれれば良いんじゃない？」

「そうだな、そう伝えてくれ」

「わかったわ……聖女もわかったって」

「了解。ありがとうな」

「どういたしまして」

俺が礼を言うと、ベスはそう言って微笑んだ。

それから程なくして会合——というかエレンとシルフィ達との通話が始まった。今日はそんなに話すこともないだろうからすぐに会議が終わると思ったのだが、エレンからある提案があった。

『コースケに是非会って欲しい人がいるのですが』

『コースケに？　どういうことだ？』

通信機からシルフィの怪訝そうな声が聞こえてくる。なんだか表情まで脳裏に浮かび上がってきそうだ。

『今朝方報せが来たのですが、五日ほどで懐古派の幹部……つまり私の上司がメリネスブルグに到着します。コースケには是非彼女と会っていただきたいのです』

『彼女……女か』

『確かに女性ですが、もう五十歳近いお方ですよ。コースケならもしかしたらもしかしますが』

「流石にそれはないと思う」

思わず突っ込んでしまった。いや、いくら俺でも母親くらいの歳の女性にどうこうってことは流石に……年齢だけで言えばシルフィやアイラ、メルティやグランデもそうだな？　いやいや、違う。そうじゃない。年齢の問題ではない。外見の問題……外見が大丈夫なら年齢には左右されないと証明してしまっているな？　いや、人間の五十歳近い女性なら向こうが引くだろう。ないない。

「とりあえずそういうどうでもいい話は横に置いて、話を進めてくれ」

『そうだな。それで、そちらの上司とコースケを会わせたいという話だが、どういう意図でだ？　場合によっては賛同しかねるぞ』

『コースケに光輝の冠を被せて見せて、使徒がこちらについているということを証明しようかと』

『光輝の冠というと、確か神の祝福とやらを可視化する祭器だったな？　そんなことをして何になるのだ？　まさかアドル教内の勢力争いにコースケの存在を担ぎ出すつもりか？』

『場合によってはそうなりますね。アドル教において光輝の強い者というのはそれはもう強い権威を持ちます。正直、弱小派閥である懐古派が主流派と真正面からやりあって潰されずにいるのは私という聖女を抱えているからです。私に匹敵する光輝を放つコースケが懐古派を支持し、懐古派にとって都合がよく、主流派にとって都合の悪い改竄前のアドル経典をもたらしたとなれば懐古派は一気に勢力を盛り返すことも可能でしょう』

『そのためにコースケの身を危険に晒そうというのか？　話にならないな。そのような危険な真似はさせられん』

シルフィはエレンの提案を即答で突っぱねた。まぁ、シルフィならそう言うだろうな。

だが、エレンもそれで引き下がるようなタマではない。

『遅かれ早かれコースケの存在はアドル教と聖王国に知られます。そうなった場合、コースケが神の使徒であると広く認知されていた方がコースケの危険は減りますよ。神の使徒と認知されれば、聖王国もアドル教も軽々にコースケを暗殺することなどできなくなりますから』

「コースケの存在を公にする方が遥かに危険だと思うが？」

『既に解放軍の中でコースケが貴女の情夫であるという話は有名なのでしょう？　とっくに聖王国はそれを把握していると思いますよ。聖王国は貴女達が思っているほど無能ではありませんから。現に、そういった流れで私とコースケは出会うことになった。違いますか？』

『それは……だが、キュービの所属についてはそちらも知らないという話ではなかったか？』

『ええ、件の狐獣人については少なくとも我々懐古派の手の者ではないですね。かと言って主流派の手の者なのかという話になると、それも考えにくいのですが。彼らが亜人のスパイを用いるとは思えませんし』

俺を攫ったキュービの話になる。懐古派の手の者ではなく、主流派の手の者とも考えにくいとか、あいつは一体何者なんだよ。どちらでもない第三勢力なんだろうけど、一体それがどこのどんな勢力なのかはエレンにもわからないらしい。

「どちらでもないとなると、聖王国と戦争してる帝国の手の者だったりしてな」

『その可能性は絶対に無いとは言えないな』

『そうですね。主流派の手の者という話よりは現実的です』

冗談のつもりで言ったんだが、シルフィとエレンは二人揃って俺の言葉に肯定的な返事をした。そうだとしたら帝国はメリナード王国でダナン達が反乱を起こす前、少なくとも三年以上も前からキュービをメリナード王国に潜ませていたということになる。もしかしたら、そのもっと前から。

だけど、嘘か真か地球のスパイも何年、場合によっては何十年もかけて対象の国に潜伏するっていうしな……例えば忍者なんかも黒装束で忍刀持って手裏剣投げて——みたいなあんな派手な感じでなく、本来は地味に諜報対象となる土地に住み着いていたとかいう話だしな。そう考えると、キュービがそうであった可能性も無くはないのか。

『まぁ、私以外に私と同等以上の光輝を放つ存在が懐古派に属していると分かれば良いのです。一般に広く知らしめる時には名前も顔も隠して問題ないですから。いずれは顔出しも必要になるでしょうけど、その辺りは気を遣います。流石に上司には顔見せをしてもらいたいですが』

『ふむ……それは何故だ？』

『いくら光輝だけ見せつけても、それだけでは信頼は得られませんから。大衆に見せるのとはわけが違いますので』

『ふむ……まぁ、良いだろう』

シルフィはなにか引っかかるところがありそうな様子だったが、追及はしないことにしたようだ。俺としてはそういうこともあるか、と思ったのだが。実際に目の前であの眩しい冠を被るとしても、マスクか何かで顔を隠したままの相手に自分の命運を託そうとはなかなか思えないだろう。

民衆視点で『手の届かない場所にいるなんか高貴な偉い人』ってことならあまり気にならないかもしれないが。

『とりあえず、解放軍としては懐古派との連携を強化するという意味でその上司とやらにコースケを会わせるのは許容することにする。実際に会うかどうかの判断はコースケに任せよう。ただ、我々の目的がメリナード王国領の奪還だということは忘れるな。懐古派が聖王国で主導権を握り、残った領土を返還するというのなら協力は惜しまないが、それができないとなればアーリヒブルグ以南と同じように戦って奪い返すという方法を取らざるを得なくなる。和平を結んだわけでもない現時点での我々の関係は敵の敵というだけで、本質的には相容れぬ存在だ。コースケが私達とお前達を繋ぐ架け橋になってくれているに過ぎない。くれぐれもコースケに妙な真似をするなよ……その時はどんな手を使ってでもお前を縊《くび》り殺してやる』

『承知しています。私としてもこれ以上の死者は出てほしくありません。主張は違えど、主流派の人々も同じアドル教徒で、同胞なのですから。同時に、コースケの大事な人でもある解放軍の皆さんとも争いたくはないと考えています。血を流さずに円満に解決できるよう尽力するつもりです』

『その言葉、忘れるなよ。では、何かあればライム達を経由して連絡してくれ。次の定期連絡はどうする？』

『何事もなければ五日後に、私の上司も交えて話し合いましょう』

『了解した。ではな……コースケ、油断するなよ』

「了解。そっちで何かあったらすぐに連絡をくれ」

『ああ、勿論だ。それではな』

シルフィの声が途切れる。通信を終了させたようだ。

『あの人も、貴方には優しげな声で話すのですね』

「まぁ、そうだな」

『私も貴方には優しく接したほうが良いですか？』

「今更じゃないか？　そういうのも悪くないけど、気安く話せる今の関係も俺は好きだな」

『そうですね、私もそう思います。そういうのは二人きりの時だけにしましょう』

「お、おう」

『経典の引き渡しについては予定を確認しますので、少し時間をください。決まり次第スライムさんの誰かに伝えます。早ければ早いほど良いので、できれば明日にでも』

「わかった。無理するなよ」

『はい。それでは』

「……聖女も会合場所から立ち去ったわ」

「そうか……ふぅ」

ベスの言葉になんとなくため息が出る。なんというか、シルフィとエレンがバチバチと話し合っているのを聞くのは思ったよりも疲れるな。修羅場ってわけじゃないけど、心に疲労が溜まる気がする。なんというか、シルフィがアイラやメルティ、ハーピィさん達と話している時とは雰囲気がぜんぜん違うな。壁があるとでも言えば良いのか。直接顔を合わせたこともないんだから当たり前かもしれないが。

「ぎすぎすー？」

「そこまではいかないと思うのです。なんというか、探り合いをしている感じなのです」

「声しか知らない相手じゃね。私は嫌いじゃないけどね、あの子。結構面白いし」

「らいむもー。けっこうやさしい」

「好奇心の強い子なのです。割と平気で私達に手を触れてくるのですよ？」

「そうなのか」

　まぁ、エレンならそれくらい普通にやるかもしれない。なんというか、わが道を行くって感じだよな、エレンは。

「きょうのよていはこれでおわりー？」

「そうだなぁ……鎧の修繕も放置するだけだし、別に今すぐ作らなきゃならないものがあるわけでもな――はっ⁉」

　気付いた時には遅かった。俺は間違えた。

　間違えた間違えた間違えた間違えた間違えた間違えた間違えた間違えｔ――。

「ゆるして」

「やさしくするー？」

「私達にお任せなのです」

「か、観念しなさい」

　ベスの両腕が文字通り俺に絡みつき、拘束してくる。ああ、部屋の隅からライムの分身体達の手によってグランデが運ばれてきた。グランデ、お前も道連れだな。ははは。

「とりあえずポイゾはマジで自重しよう？　な？」

「考えておくのです」

ポイゾがニヤニヤする。だめだ、自重する気ゼロだ。ポイゾの薬品精製能力はマジでヤバいんだよ。具体的にはアイラの作る薬の三倍くらいヤバい。語彙力が低下するどころか蒸発するくらいヤバい。マジヤバい。

こうなったらグランデが最後の希望だ。グランデのドラゴンとしての能力が俺を救うと信じよう。

◆
◆
◆

「のじゃ……のじゃ……」

ああ、ダメだったよ。ポイゾの作るクスリはドラゴンにも効く。色々とそれはもう酷い目に遭ってしまったグランデはまた部屋の隅に行ってのじゃのじゃ言っている……可哀想に。ポイゾをアイラと引き合わせたらとんでもない化学反応が起きそうで怖いな。

え？　俺はグランデみたいに目が死んで部屋の隅でブツブツ言ったりしないのかって？　慣れたからね！　ははははっ！　ははは……俺も目が死んでいるのかもしれない。

「ポイゾは自重してくれ、マジで。グランデのメンタルが完全にブレイクしてるじゃないか」

「存外脆《もろ》いのです」

「ポイゾ？　俺と本気で喧嘩してみるか？」

「ごめんなさいなのです」

流石にイラッとしたので割と本気めに怒気を滲ませたら謝った。こういう時は最初から素直に謝って欲しいな？

「ポイゾおこられたー」

「許してあげて。ちょっと調子に乗るところがあるのよ。ちゃんと反省してると思うから」

「……俺は三人に返しても返しきれない恩があるから多少の無茶も受け容れるけど、グランデは違うからな」

「ごめんなさいなのです」

本気で反省しているのか、ポイゾがシュンとした様子で謝った。視線をグランデに向けると、ポイゾがグランデに近寄っていって謝り始める。うん、本当に反省しているようだから良いだろう。

実際にどんな事があったのかは秘しておくことにする。グランデの名誉のために。

「今何時くらいだ？　地下にいるとやっぱり時間がよくわからないな」

「まだ早朝よ。日が昇って少しってところね」

「そっか。そう言えばエレンから連絡が来るんじゃなかったか？」

「今日の昼前に城に来てくれって言ってたわよ。面会状を持ってね」

「ああ、面会状ね」

以前エレンと別れる際にエレンが持たせてくれた書状だな。俺はその代わりにエレンに火薬を抜いた小銃弾のペンダントを贈ったんだ。

「それじゃあ朝飯を食べたら早速向かうかね……ゆっくり歩いていけばちょうど良い時間だろ」

「あさごはんー」

「今日はギズマ肉以外を食べてみたいわね」

「それじゃあワイバーンの肉でも出すかー」

こうして新しい一日が始まった。

ちなみにワイバーン肉はライム達になかなか好評だった。ポイゾは毒針のある尻尾がお気に入りのようだ。その尻尾の毒からまた妙なクスリを作るんじゃあるまいな？

「私は反省したのです。心配しなくても大丈夫なのです」

きっぱりとそう言っていたがどうだか……今後もポイゾの行動は注視していくべきだろう。

「一人で大丈夫かの？」

「大丈夫だ。というか、いくら心配でもグランデがついてくるのはちょっと無理だからな……たちまち大騒ぎになるぞ」

「むぅ……アーリヒブルグでは誰も気にしないんじゃがな」

「メリネスブルグはアドル教というか、聖王国の影響が強いから仕方ないな」

グランデも朝食を食べてなんとか復活した。ポイゾとはまだ距離を取っているけど。

「とにかく、気をつけるのじゃぞ。お主に何かあったら妾は暴れるからな」

「それは洒落にならないから重々気をつけるよ」

グランデがメリネスブルグで暴れたらそれはもう大騒ぎになるだろう。政治的にも非常によろしくないので、身辺には本当に気をつけることにしよう。なんだかんだでグランデはドラゴンだからな……怒りで我を忘れたら人命なんてゴミのように踏み潰す凶暴性が隠れているのだ。

朝食を終え、身支度をして出かける準備を終える。ちなみに今日の俺の朝食はミルクとブロッククッキーである。このミルクが何のミルクなのかは想像にお任せする。

ちなみに何の関係もない話だが、亜人の多い地域で流通している生乳の三割五分ほどは牛系獣人などの母乳である。特に妊娠とかしていなくても出る体質の人が結構いるらしい。牛系だけじゃなく山羊系とか羊系とか馬系とか、珍しいところだとラクダ系とかアルパカ系とか。まぁ何の関係もない話だけどな。

あと亜人の多い地域で流通している食用卵の四割くらいはハーピィとか爬虫類系とか有翼人系とかの卵生の要素を持つ獣人の無精卵だとか。そもそもの流通量が少ないから比率がね。高いみたいですよ。

俺の場合インベントリに入れると『〜の乳』とか出ちゃうから一発でわかるんだよね……いやいや、何の関係もない話だけどね。はっはっは……俺もこの世界に染まってきたなぁ。

「それじゃあ行ってくる」

「きをつけるんじゃぞ」

「きをつけてー？」

「油断するんじゃないわよ」

「お気をつけて、なのです」

ライム達に見送られながら下水を経由して森に出る。太陽が眩しく感じるな。

「よーし、行くか」

俺の本日の出で立ちは修理したワイバーンの革鎧に鋼鉄製のヘルメット、背中にラウンドシールドを負い、腰にはショートソードとナイフ、手にはショートスピアという傭兵スタイルである。普段はこんな重武装で出歩くことなんて無いのだが、やはりこの辺りは敵地であると同時に、男の一人旅でも怪しまれないようにするための偽装である。傭兵や冒険者のように見える格好をしていれば、そうそう怪しまれることもない。

後は適当に替えの下着や干し肉や焼き締めたパンの入った雑嚢、財布、水筒などを装備して偽装の完了だ。

そして俺の槍や剣の腕前は、というと……まぁ、そこそこには戦えるようになっている。以前こちらに滞在していた時にはライム達にスパルタ式で扱《しご》かれていたし、帰ってからそれをうっかりザミル女史の前で口走ってしまったことがあり、それからというもの週に三回から四回くらいはザミル女史に稽古をつけられているのだ。

そんなに厳しい内容ではないのだが、今では解放軍の新兵に勝てる程度には強くなっている。新兵に勝てても自慢にならない？　はい、そのとおりですね。素人に毛が生えた程度です。

だが、解放軍の新兵というのはつまり亜人である。基本的に亜人というのは人間よりも身体能力が高い。武器を使った近接戦だと、亜人の新兵でも人間の一般兵を倒せるのだという。つまり、亜人の新兵に勝てる俺は人間の一般兵よりは多少マシと言えるだろう。少なくとも、実戦訓練でゴブリンくらいなら余裕を持って槍で倒せるくらいの腕前にはなった。

でも三匹以上で来るのは勘弁な。三匹以上で来たら俺のショットガンかサブマシンガンが文字通り火を噴くぜ。いくら訓練したとは言っても俺がひ弱であることには変わらないからな。俺と一緒に訓練をする解放軍の新兵に俺はひ弱だって言ったら何言ってんだこいつみたいな顔されるけど。

そんな益体もないことを考えながら森の中を歩くこと暫し。途中でゴブリンに出会ったのでストレイフジャンプを利用した高速移動で逃げつつ、森を出ることに成功した。

え？　戦わないのかって？　確かに奴らは経験値になるかもしれないが、わざわざ危険を冒してまで戦う価値があるとは俺には思えない。正直、経験値稼ぎの側面から考えればソレル山地でバンバンとワイバーンを撃ち殺していた方が良いと思う。グランデかザミル女史辺りに護衛してもらえば完璧だろう。

今はレベルを上げる必要性もあまり感じていないからやろうとは思わないけどな……レベルで色々なもののレシピが解放されるなら躍起になって上げるんだけど、それで得たスキルポイントは殆ど俺の身体能力を向上させるか、クラフト時間を短くするものばかりだからなぁ……採掘能力も向上するけど、今の所困っていないと言うか、現時点でも採れすぎているくらいだし。

アーリヒブルグにいると何かとすることが多くてレベル上げなんかしている暇がないんだよな。

森を出ていつぞやのように街道に合流し、のんびりと歩いてメリネスブルグへと向かう。相変わらず人通りは多いが、心なしか以前よりも減っている気がする。周辺の農村から作物を売りに来ている人の数はあまり変わらないようだが、商人や旅人の数が減っているように思えるな。気のせいかもしれないけど。ああ、メリネスブルグから脱出しようとしている身なりの良い連中の数は確実に減ってるな。というか見当たらない。とっとと逃げ出したということだろう。

以前入ったのと同じ門で審査を受け、中に入る。以前俺の審査をしたのとは別の兵士だったようで、コウという名前を名乗っても特に何の反応も無かった。目の色と髪の毛の色は記録されたから、黒髪はやはり珍しがられたが。

メリネスブルグに入ると、やはり門の近くにちょっと小汚い感じの少年達が屯《たむろ》している場所がある。その中から一人の少年が歩み寄って来た。

「兄貴？　ああ、やっぱりあの時の黒髪の兄貴じゃんか！　戻ってきたのか？」

それは、以前俺がメリネスブルグを訪れた時に街中を案内してくれた少年だった。見たところ大きな怪我や病気もしていないようだ。息災であったようで何よりだな。

「久しぶりだな」

「また案内しようか？」

「そうだな……」

城に行くだけなので、別に案内はいらないな。でも、折角メリネスブルグに来たんだから、何かお土産でも見繕うかね？　でも今やることじゃねぇなぁ。とっとと城に行くべきだろう。

「ちょっと用事があってな、今は案内はいらん。ただ、用事を済ませた後でちょっと買い物をしようかとは思ってる。土産物やなんかを買うならどこが良い？」

「土産物かい？　それなら市場か、職人街か、このメインストリート沿いの雑貨屋かな」

「職人街は知ってるが、市場の場所は知らんな。どこにある？」

そう言って銅貨を見せると、彼は指を二本立てた。二枚となな？　まぁ良いけど、なかなか強《したた》かじゃないか。銅貨を二枚渡すと、彼はニカッと良い笑みを浮かべた。

「市場はこの道を右に曲がって、しばらく進んだら左側に見えてくるよ。この時期だと干したアンズやプルーンが良いんじゃないかな」

「わかった。それじゃあな」

「なんかあったらまた使ってくれよ！」

後ろから声をかけてくる少年に手を振り、そのまま歩いて城へと向かう。城は街のどこからでも見える位置にあるから迷うことはまずない。俺は着慣れない鎧の重さに少々の怠さを感じながら歩を進めるのだった。

Different world
survival to
go with the master

第二話
寂しがり屋の聖女様

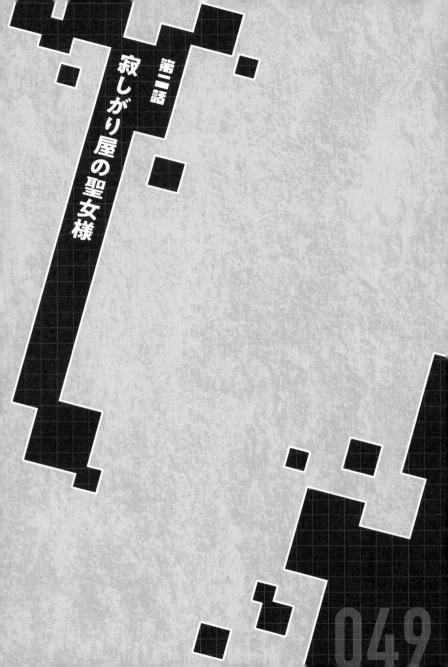

道行くおばちゃんやおっちゃんに城への行き方を聞きながら歩くこと数十分……凡《およ》そ一時間弱はかかったか。俺はついに城の前にまで到達した。時間かかりすぎ？　いやいや、メリネスブルグはアーリヒブルグよりも広いし、城までの道はあっちを曲がりこっちを曲がりとストレートには到達出来ないようになっている上に、城の近くになってくると内部城壁の門に歩哨が立っていて、その度に面会状を提示して確認してもらい、となかなかに手間がかかったのだ。

どうにも兵士達がピリピリしている感じがする。理由を聞いてみると、聖女様に対する暗殺未遂事件が何回か起こっているらしい。大体が聖女様に向かって突進をかけたところでコケたり、魔法を使おうとしたところで謎の投石などで昏倒したり、聖女様を弓矢で狙撃しようとしたところで狙撃地点の屋根から火だるまになって落ちてきたりという感じで失敗しているようだが。間違いなく彼女達の仕業ですね、これは。

そして城門を守る騎士様と対面したのですが。

「お前が……？　ふむ、冴えない顔に黒髪、お話通りではあるな」

冴えない顔で悪かったな！　余計なお世話だよバーカ！　という言葉を笑顔の奥に飲み込んで騎士様に言いたいように言わせておく。別に自分で自分の顔をイケメンだとは露程にも思ってないからな。実質ダメージゼロである。ああそうさ、ダメージゼロだよ。

「面会状は間違いなく本物のようだな。入城に関しては問題ないが、武器は全て預からせてもらう」

「当然だな」

「悪いが鎧も脱いでもらうぞ」

「わかった」

疚しいことは何もないし、いざとなればインベントリから武器も防具も取り出せるから何の問題もないな。

ショートスピアとショートソード、それとナイフ、ラウンドシールドにワイバーン革の鎧を騎士に預け、貴重品というか財布の革袋と面会状だけを持って雑嚢も預けておく。最後に武器を隠し持っていないか全身をチェックされてようやく入城である。

ところでチェックされる時に妙に尻と股間を触られた気がするんだが……この話はやめよう。考えたくない。

「今、使いを出した。案内役が来るはずだから、ここで待つように」

「わかった」

検査を終えて城に入ると、様々な人達の姿を見ることができた。特に目立つのは短槍で武装した兵や騎士達だ。やはり武器を携帯していると威圧感というか存在感が違う。度重なる聖女様襲撃事件のせいで相当ピリピリしているようだ。

そして忙しく動き回っているのは修道服を来た男女である。城と言えばメイドさんでは？　と思わないでもないが、恐らく暗殺を恐れて城内を身内で固めているということなのだろう。でもそもそも暗殺を企てているのは身内なのでは？　と思うんだがその辺りどうなんですかね。

案内役とやらをぼーっとしながら待っていると、見覚えのあるシスターが歩いてきた。ええと、彼女の名前は確か。

「アマーリエさん？」

「はい、アマーリエです。お久しぶりですね」

そう言ってシスターはニッコリと慈愛に満ちた笑みを浮かべた。確か彼女はあの光輝とやらを可視化する冠を横暴聖女に被せられてプルプルしていたシスターだ。毒の短剣に倒れた俺の面倒をよく見てくれたシスターでもある。

「エレオノーラ様がお待ちです。どうぞこちらへ」

「はい。わざわざどうも」

「いいえ。エレオノーラ様はそれはもう貴方に会うのを楽しみにしてらっしゃいますよ。昨日からソワソワしっぱなしです」

「はぁ」

エレン、一体どうやって俺と連絡を取ったのかとか訝しまれるぞ……それともアマーリエさんには事情を説明しているんだろうか？　彼女の様子を見る限り、疑念やなんかは特に抱いていないように見えるが……？

「エレオノーラ様は最近神託をよく賜るみたいで、貴方が来ることも神託によって賜ったそうですよ」

「な、なるほど」

エレンはライム達を経由して手に入れる情報を神託と称して利用しているらしい。それは大丈夫なのか？　信仰的な意味で。

しばらく回廊を歩き、階段を何度か上って辿り着いたのはなんだか豪華、というか重厚な木の扉の前だった。アマーリエさんが扉をノックする。

「エレオノーラ様、お客人がお越しです」

「入ってください」

エレンの返事が聞こえた。そうすると、何故かアマーリエさんは俺を扉の真ん前、正面に立たせてから辺りの様子を窺い、周りに誰もいないことを確認してから扉を開いた。

謎の行動に内心首を傾げている間に扉が開かれ、突然金色の物体が胸元に飛び込んでくる。

「おぉっ⁉」

思わず声を出しながら胸元に飛び込んできた物体を受け止めようとする。しかし受け止めるより先に何かが俺の胴体をするりと締め付けてきた。これは腕だな。そして胸元に飛び込んできた金色の物体は人の頭だろう。

「エレン、これは流石にびっくりしたぞ」

「そんなことはどうでもいいです。貴方も私を抱きしめるべきです」

「ああ、もう……よしよし」

俺の胸元に顔を埋め、ぐりぐりと頭を押し付けてくるエレンを抱き返し、その背中を撫でた。しばらくそうしていると、シスター・アマーリエがコホンと咳払いをする。

「エレオノーラ様、コースケ様、いつ人の目に触れるかわかりませんので、そのくらいにしていただけますか？　もし続けたいのであれば、部屋の中に入ってからにしてください」

「……仕方ありませんね」

エレンが身じろぎをしたので彼女を抱きしめ返していた腕を解くと、エレンは無表情ながらもどこか名残惜しそうな気配を漂わせながら俺から身を離した。俺は、というと実のところ動悸が激しくなっていて結構平常ではない。いきなり抱きつかれてびっくりしたのもそうだが、どうにもエレンと触れ合うと俺は平常ではいられないようである。一体これは何なのだろうか？

できるだけ平静を装いながら部屋の中に入ると、そこは執務室のような部屋であった。結構な広さのある部屋で、正面には重厚な執務机、左手にはなかなかに豪華な応接セットがあり、その奥には扉が見える。向こうにも部屋があるらしい。

調度品はあまりない、というか全くない。不自然な隙間というか、元々あったものをどこかにやったかのような不自然さが散見される気がする。

「どうかしましたか？」

「いや、広さの割にすっきりしてるなと」

「そうでしょうね。元々ここは司教を名乗る白豚野郎の執務室だったのです。それはもうゴテゴテと悪趣味な調度品ばかりだったので、処分したのですよ」

「聖女様、お言葉遣いが少々汚のうございます」

「これは失礼、あまりに悪趣味な調度品が多くてイライラした日々を過ごしていたものですから」

無表情でそう言いながらエレンは応接セットの方へと歩いていき、座り心地の好さそうなソファに腰掛けた。そしてポンポンと自分の隣を叩いたが、俺は対面に腰を下ろす。

「どうしてこちらに座らないのですか？」

「いや、今から渡すものとかあるし対面の方がやりやすいだろう」

「そんな建前はどうでもいいです」

ぽんぽんと自分の隣の席を叩き続けるエレンに根負けし、席を立ってエレンの隣に移動する。そうするとエレンはどこか満足そうな雰囲気で俺に寄りかかり、頬を俺の右腕に擦りつけ始めた。猫か何かか、君は。

「そろそろいいか?」

「ダメです」

「さようか……可愛いから良いけど」

しばらく好きにさせていると俺にグリグリするのには満足したのか、今度は俺の膝を枕にし始めた。仕方がないので金色の髪の毛をグシャグシャにしないように気をつけながらそっと頭を撫でてやることにする。

「物凄い甘えようだな……そんなキャラだったか?」

「きゃら、というのはわかりませんが貴方が去ってから私は貴方と再び会うのを一日千秋の思いで待っていたのですよ。これくらいのことは神もお許しになってくださると思います」

ごろりと俺の膝の上で寝返りを打ち、エレンが真紅の瞳でじっと俺の目を見つめてくる。人目がなければキスのひとつでもしたいくらいに可愛らしいが、いくらなんでもそういうわけにはいくまい。お互いの立場を考えれば大問題である。今更かもしれないが。

「聖女様、それ以上は自重なさってください」

「仕方ありませんね……少しは満足できたので本題に入ってあげましょうか」

「エレンのそのノリは好きだぞ、うん」

どこまでも尊大な態度を取ろうとするエレンは見ていてなんだかほんわかとする。膝枕をやめてエレンが身を起こす時にふわりといい香りがした。妙にドキドキする。なんなんだろうか、これは。

「ええと、とりあえずかねて話のあったアレなんだが……」

チラリとアマーリエさんに視線を向ける。

「なんですか。アマーリエに色目を遣っているんですか？　この私を前にして？」

「違うから。アマーリエさんのいる前で話をしていいかどうか迷っただけだから」

「それなら構いません。アマーリエには経典の件については話してあるので」

経典の件は、ね。俺がどういう立場の人間なのかまでは話してないんだな。

「そうなのか……なら、これが例のブツだ」

そう言って俺はインベントリからオミット王国時代のアドル教の経典、その原本と写本、そして訳本を応接間のテーブルの上に置いた。アマーリエさんは俺の能力を見るのが初めてだからびっくりしているようだ。

「なるほどこの二冊は見るからに古い作りですね。作りだけは」

「保存の魔法がかかった地下書庫に保管されていたからな。これが原本で、こっちが写本、そんでこれが俺が翻訳してアイラって子が筆記した訳本だ。俺の能力で翻訳したものだから多分間違いは無いと思うけど、一応そっちでも研究と翻訳はした方が良いと思う。訳本と写本には付箋が挟んであるんだが、これは俺達が把握する限りで今のアドル教の教えと違うところが書いてある場所だ。照らし合わせて参考にしてくれ」

「なるほど。手にとって見ても?」

「勿論」

俺がそう言うと、エレンは原本を手にとってパラパラとその中身を流し読みし始めた。オミット王国の文字を読めるのだろうか?

「読めるのか?」

「ええ。経典を読むのが私達の仕事ですから。ふむ、言い回しなどはやはりちょっと古いですね……なるほど」

パラパラとページを捲っているうちに今の主流派の主張する内容とは違う記述がある部分を見つけたのか、エレンが赤い瞳を細める。現在の経典で亜人の排斥を示唆している部分を重点的にチェックしているらしい。

「アマーリエもそちらの写本の内容を検めてください」

「はい」

アマーリエさんが俺とエレンの対面に座り、慎重な手付きで経典の写本を手にとってその内容をチェックし始める。やがて彼女も問題の記述に差し掛かったのか、眉間に少し皺を寄せてみせた。

「専門家としてはどんな感じだ?」

「そうですね。やはり今の主流派の主張が改竄された結果のものであるということに確信を持てました」

「その経典の信憑性というか、それが本物であるという証拠というか、そういう方面の心配は大丈夫そうか？」

「それについては恐らく問題ないかと思います。原本の発行元は当時有名であったオミット王国にあった大聖堂ですし、押印も正規の物のようですから。ただ、これをこのまま主流派の連中に渡してしまったら握り潰されてしまうでしょうね」

「どうするんだ？」

「そこは上手くやる手を考える必要がありますが、それは私達の仕事ですから任せてくれて構いませんよ。ともあれ、この経典は主流派の主張に大きな亀裂を入れる強力な武器となるでしょう。あのいけ好かないクソ教皇や豚枢機卿どもを火刑台に上げられる一手となるかもしれません」

エレンが真紅の瞳を濁らせてウフフフフと不気味な笑い声を漏らす。アマーリエさんはその様子に苦笑を浮かべていたが、注意をするつもりはないようだ。以前はこういった発言に注意をしていたのだが、どうやら彼女としてもなにか思うところが出来たようだ。

「この三冊は厳重に保管しておきます」

「そうしてくれ。絶対に盗まれたりしないようにな」

「当然です。これがここにあることは私とアマーリエしか知らないわけですから、大丈夫でしょう。存在を知られなければ探されることも盗まれることもありません」

そう言ってエレンは経典をテーブルの上に置き、俺に視線を向けてきた。

「経典の件が片付いたところで、次は四日後のことなのですが」

「ああ、上司が来るとかいう話だな」

「はい。会っていただき――」

　言葉の途中でドンドンドン、とノックにしては随分と荒々しい音がドアから聞こえてきた。

「なんでしょうか？」

　エレンが首を傾げ、アマーリエさんがすぐに席を立って扉へと向かう。余人の目が入りそうなので、俺はすぐさま立ち上がって経典をインベントリに収納し、エレンの対面の席へと移動した。

「どうしましたか？　聖女様は今、お客様と会談中なのですが」

「はっ、こちらに向かっている大司教猊下一行から急使が来ました」

「急使が……？」

「はっ、こちらにお連れしても宜しいでしょうか？」

　アマーリエさんがエレンに視線を送ってきた。エレンはほんの一瞬何かを考えてから頷く。

「通してください」

　何が何やらわからないが、こちらに向かっているエレンの上司とやらに何かがあったようである。このタイミングでかぁ……何か嫌な予感がするな。

◆
◆
◆

トントントン、とノックの音が聞こえる。

「入ってください」

頭上から極めて冷静な声が聞こえてきた。エレンの声である。

え？　お前どこにいるんだって？　執務机の下だよ！　奥の部屋にでも匿《かくま》うのかと思ったら、何故かエレンは執務机の下に俺を押し込んで自分は執務机の席に着いたのだ。

よって、今俺の目の前にはエレンの魅惑の生足が……あるわけではなく、聖女様のローブに包まれた下半身があるのでした。

「失礼します！　デッカード大司教猊下の命で急報を携えて参りました！」

「ご苦労様です。それで、急報とは？」

「は、本国よりメリナード王国を闊歩する賊軍を征伐するための遠征軍が発ったとのことです。その数、およそ六万」

「六万人……」

おおう、六万人……輜重も入れての人数なのかどうなのかはわからんが、凄い数だな。いくら聖王国がデカいとは言ってもそんな数の兵力をそうホイホイとこちらに割けるものなのか？　帝国との戦争はどうなってるんだよ。

「詳しくはこの書状に。それと、大司教猊下より必ずお伝えするようにと言われた言葉がございます」

「何でしょうか？」

「備えなさい、大司教猊下はそう仰られておりました」

「備える……」

エレンはそう呟き、書状の中身を確かめ始めたのかカサカサと乾いた音が聞こえてきた。エレンはこれを俺にも聞かせるためにわざわざ執務机の下に俺を押し込んだのか。

しかし、備えろとは一体どういうことだろうか？　まぁ六万人も兵隊が来るなら色々と準備しなきゃならないことは多いだろう。滞在する場所、飲み水に食料、いきなり六万人も人が増えるとなると、疫病でも流行ったら致命的だから衛生状態にも気をつけなきゃならない。というか、いきなり六万人もの兵隊を支えるだけの余裕がメリネスブルグにあるのだろうか？

書状の中身が気になるな。

「……なるほど。大司教猊下からの書状、確かに受け取りました。貴方は十分に身体を休めてください」

「は、ありがとうございます。しかし、私は一刻も早く主の許へと馳せ参じたいと思います」

「そうですか。それでは必要なものがあればシスター・アマーリエに申し付けてください。それと……」

エレンは沈黙したかと思うと、席から立ち上がって少しの間沈黙した。何をしているんだろう？と首を傾げていたら目の前のエレンの足、というかローブが徐々に明るい光を放ち始めた。何の光ィ⁉

「賦活の奇跡です。お疲れのようでしたので」

「これは……聖女様直々の奇跡を賜るとは光栄です！」

光が収まるとそんなやり取りが頭の上でなされた。なるほど、今の光は奇跡とやらを使った時の視覚効果なわけだ。なかなか目立つな。夜中にやったら位置がバレバレになるのでは？

「はい。大司教猊下には万事承りましたとお伝え下さい。そしてありがとうございます、と」

「承知いたしました。では、失礼致します！」

足音と扉の開閉音が聞こえた。どうやら伝令兵は出ていったらしい。しかし、エレンは執務机の席から動く気配がない。あの、出られないんですが？　てしてしとエレンの膝辺りをついたら半歩ほど引いた。だから出れないいんだけど？

少しだけ空いた執務机とその席の間のスペースから顔を覗かせて上を見上げると、エレンが真紅の瞳をじっとこちらに向けていた。

「もう少し私の下半身を堪能したがるかと思ったのですが？」

「そういうフェチズムは持ち合わせていない。というかローブに隠れてるし楽しむも何もないだろう……」

「つまりこうしたいということですか？」

エレンがローブを少しずつたくし上げて生足を顕にし始める。おお、白いくて細い足だなぁ……ではなく。

「やめなさい。淑女としてはしたないでしょう」

徐々に上がる裾を両手で掴んで下ろす。危なかった。

「こうでもしないとエルフのお姫様に勝てそうにないのですが」

「そういうのは焦るものじゃない。自然にでいいんだ、自然にで。というか勝つとか負けるとかじゃないから」

と言いつつ、シルフィ達にはあっさりと誘惑されてホイホイやらかしてしまったんですけどね、俺は。つまり俺は誘惑に弱いんだ。それを自覚しているんだ。俺も学習しているというわけだな、うん。

エレンがやっと退いてくれたので執務室の机の下から這い出す。ふぅ、解放感。

「しかし六万か。凄い数字だな……さすがは大国か」

「そうですね。本国も本腰を入れて邪魔者を排しようと行動を開始したということでしょう」

そう言ってエレンは執務机の上に置いてあった書状を手に取り、俺に手渡した。読んで良いということだな？　どれどれ。

「……え？」

書状に書かれていた内容は目を疑うものであった。

「これマジ？」

「残念ながら」

俺の言葉にエレンはそう答えて肩を竦めた。

書状はなかなかに難解かつ優雅な表現で記述されていたが、要約すると『遠征軍の狙いは解放軍の征伐だけでなく、真実の聖女であるエレンを魔女として処分するためのものである』というものであった。ちょっと意味がわからない。

「何がどうなってこうなったんだ？」

「私が中央を離れている間に、今までに私がこの『眼』を使って失脚させたゴミクズ達が勢力を取り戻したということでしょうね。嘆かわしいことです」

エレンが深く溜息を吐く。そんな事が起こり得るのか？

「私を魔女ということにして、私の『眼』によって暴いた罪は全て私が仕組んだことにしたとか、そういう感じの流れでしょう。あの人達がやりそうなことです」

「滅茶苦茶過ぎない？　まさかその眼で真実を見抜いて糾弾しただけとかじゃないんだよな？」

「ええ、勿論。この『眼』を使えばどこにどんな証拠があるのかを聞き出すことも簡単ですからね。そういった審問を行う時には全て聞きだして物的証拠も押さえましたとも」

「それをひっくり返したのか……なんというか言葉もないな」

エレンを欠いただけで簡単に主流派に勢力を盛り返されてしまう懐古派の連中に文句の一つも言いたくなるが、内情を知らない俺が無責任にそういうことを言うのは良くないか。つまり、アドル教において懐古派の勢力というのは主流派のそんな無理な主張も阻めない程に小さいということなのだろう。

「このまま城に留まるのは危ないんじゃないのか」

主流派は既にエレンを魔女と認定して遠征軍を送っている。遠征軍の到着は例の上司——大司教猊下とやらよりも遅いに違いないが、大司教猊下とやらがこのメリネスブルグに到着したとしても一度動き出した聖王国の遠征軍を止めることはできまい。このままこの城に留まり続ければ、エレンは遠征軍とやらがメリネスブルグに到着次第、火刑台の上に送られることになるだろう。

既に主流派の主張する教義が改竄されているとか、それを指摘して正しい教えを広めて聖王国——というかアドル教を引っ掻き回すとかそういうレベルの問題ではなくなってしまっている。このまま行けばエレンは排除され、エレンを旗頭にしていた懐古派もまた同じように異端として排除されるのも時間の問題だろう。

「そうですね。このままいけば私の命はあと一月もありません。捕らえられ、拷問され、全ての罪を『自白』させられて火刑台の上で焼かれることになるでしょう」

エレンは俺に背を向け、執務室の窓の外に視線を向けた。視線の向かっている先は空だろうか？　いつの間にか空には覆いかぶさるような黒い雲が姿を現していた。ひと雨来そうだ。

「そうはさせないぞ。エレンをそんな目に遭わせるくらいなら俺が攫っていくからな」

「そして手篭めにして私を自分のものにするのですか？」

「そうだな、そうする。そして解放軍と一緒に聖王国軍を滅ぼす。どんな手を使ってでもな」

「六万人ですよ？　そんなに多くの罪もない人々を殺めると？」

「必要であればそうするさ。俺にとっては顔も知らない六万人の聖王国軍の連中の命よりもエレン一人の命の方が重いからな。というか、エレンのことがなくてもどうせ奴らとは戦うことになる」

そもそもが解放軍を征伐するための軍であるわけだしな。何れにせよ矛を交えることになるのは確定事項だ。

「つまり、私のことはついでですか」

「大局を見ればそうだろうな。俺にとっては重要事項だが」

「そうですか。そうですね。聖女などと呼ばれて持て囃されても、所詮私は少しばかり特別な力を持つだけの小娘ですものね」

「そうかもな。でも、人死にを減らすことはできるんじゃないか」

「そうですね。確かに私の奇跡の力を使えば何人か、もしかしたら何十人かの命は救えるかもしれません」

エレンは俺に向かって振り返り、そう言って頷いた。違う、そうじゃない。

「いや、そういう意味でなくて。エレンと大司教猊下とやらが公然と解放軍に与《くみ》すれば聖王国と解放軍が対話を試みることができるんじゃないか。いくら聖王国で懐古派の勢力が弱いと言っても、懐古派にだって色々と伝手があるだろう？　聖王国内部だけでなく、諸外国に対しても」

「ん……そうですね、私やデッカード大司教の名は諸外国にもある程度知れ渡っていると思います」

「解放軍としてはそういう伝手とかコネはそれこそ喉から手が出るほど欲しいものだと思うね。諸外国にも働きかけて和平を結ぶことができれば、結果として人死には減るだろう」

「そうでしょうか……」

エレンは無表情で、しかし沈んだ雰囲気を漂わせたままそう呟く。これはアレだな、今まで自分がしてきたことが全てひっくり返されてだいぶしょげてるな。そうですか、そうですね、そうでしょうか、とどこか返答も上の空だし。

「気分が沈んでいる時には甘いものが良いぞ。ほらほら、あっちの応接セットにちょっと寛ごう」

視線を下げて落ち込んでいるエレンの背中を押して応接セットのソファに誘導して座らせ、エレンもお気に入りのお菓子をインベントリから取り出してやる。生クリームとイチゴ、そしていちごジャムも載っているふんわりパンケーキだ。

「ほら、あーん」

ナイフとフォークを使ってパンケーキを一口大に切り分け、エレンの口元に運んでやる。

「ん……美味しい」

何度かそうやってパンケーキを口に運んでやると次第にエレンの赤い瞳に生気が戻ってきた。

「飲み物が欲しいです」

「はいはい」

ミルクの入った陶器製のコップをインベントリから取り出して渡してやる。何のミルクだって？　黙秘します。美味しければ何でも良いよね。

エレンが俺の手からカップを受け取り、コクコクと喉を鳴らしてミルクを飲む。

「美味しいミルクですね。前にも飲ませてもらいました」

「ははは、向こうは環境が良いからな。品質も上がるさ」

衣食住は完備しているし前線からも遠い上に魔物の襲撃もないからストレスも少ないからな、このミルクの原産地である後方拠点は。

「エレンに限ってそんなことはないと思うが、軽率な真似はするなよ。いざとなれば攫って逃げるから」

「そうですね。その時は大人しく攫われます」

「そうしてくれ。後はどう動くかだな……」

俺の頭じゃ適切な対策は浮かばないが、後々のことを考えれば聖王国軍が来る前に解放軍がメリネスブルグを押さえたほうが良い気がするな。この街は広いし、城壁が何重もあって守りが堅い。何より俺達のアキレス腱になり得るシルフィ達の家族――王族がこの城の凍結区画で眠っている。

いや、シルフィなら家族を人質に取られても戦いを選びそうだな……そんな決断はさせたくない。

やっぱりメリネスブルグまで兵を進ませるべきだろう。問題は行軍だな……聖王国軍が来るまでに道中の砦を制圧しながらここまで来られるか？　メリネスブルグだけを取っても後方との補給を断たれて孤立させられたら……俺がいれば大丈夫だな？　むしろメリネスブルグに立て篭もりつつ聖王国軍に出血を強い続けるほうが有効かもしれん。ついでにメリネスブルグを包囲する聖王国軍をアーリヒブルグ方面から襲撃し続けるのもアリかもしれんな。

エアボードを量産して高速機動部隊を編成し、道中の街や砦を無視してメリネスブルグを速やかに占拠。本隊は高速機動部隊が無視した街や砦を攻略しつつ進軍。メリネスブルグを占拠した高速機動部隊の一部を使って進軍してくる聖王国軍を断続的に襲撃し、その侵攻を遅滞させつつ出血を強いる。聖王国軍より早く本隊がメリネスブルグに到達した場合はメリネスブルグに立て篭もって籠城、間に合わなかった場合は先行している機動部隊がメリネスブルグで堅守しつつ、本隊が聖王国軍の後背を突く。ふむ、いけるのでは？

ハーピィ航空部隊による航空爆撃、馬より早いエアボードに機関銃を取り付けた、ピックアップエアボードによる機動攻撃、ゴーレム式バリスタやゴーツフットクロスボウを使った防御、これらを有効に使えれば六万人の聖王国軍を撃退することは難しくなさそうに思えるな。いざとなれば魔煌石爆弾という切り札も作れるわけだし。

「何か邪悪な気配を感じますね」

「失敬な。聖王国軍に対する戦略を少し考えてただけだ」

その内容は聖王国軍を容赦なく、一方的に殺戮しかねないものだけど。さすが聖女、勘が鋭いな。

「まぁ、六万くらいはなんとかなると思うからあまり気に病まなくて良いぞ」

「六万の兵を相手になんとかなると言い張るその自信が羨ましいですね。頭の中にお花でも咲いているのですか？」

「お、調子が戻ってきたな。その調子その調子」

いつもの切れ味を取り戻しつつあるエレンの頭を撫でながら俺は対聖王国軍戦術を考え続ける。

まぁ、俺の戦術はきっと穴だらけだろうからシルフィ達に検討してもらう必要があるな。となると、事情の説明も併せて連絡を取る必要があるか。

そう考えた俺はシルフィ達に連絡を取るべく、まずは部屋の何処かに潜んでいるであろうライム達の分体を探すべく視線を部屋の中に漂わせるのであった。

◆　◆　◆

「お呼びなのです？」

ライム達と連絡を取ろうと部屋の中に視線を漂わせていると、それを察したのかポイゾが壁から湧き出してきた。じゅるりと。

「今日の護衛はポイゾか」

「なのです。一日交代で持ち回りなのです」

壁から染み出してきた緑色のスライムが人型を取る。人型といっても太ももの半ばから下は構成されてないのだけれど。

「シルフィ達と急ぎで連絡を取りたいんだ。できるか？」

「できるのです。でも、ここでは危ないのではないですか？」

ポイゾはそう言って執務室の扉に視線を向けた。確かに、扉一枚を開けるだけでポイゾの姿を目撃されるのはマズい。別に姿を現していなくとも中継はできるだろうが、どちらにせよシルフィ達と通信をしているのを無関係の人間に見られて良いことは一つもない。

「奥の部屋を使いましょうか」

「奥の部屋。ああ、あの扉ね」

応接セットのあるスペースの奥の壁にある扉に視線を向ける。何の部屋かと思ったら、密談用の部屋だったのか。なるほどね。

「では行きましょうか」

「ああ。ポイゾもな」

「はいなのです」

連れ立って奥の扉へと向かう。エレンが先に立ち、なんだか豪華な作りの鍵で扉を解錠した。謎のセキュリティの高さだな。

エレンが扉を開けてくれたので、先に中に入る。

「うん？」

その部屋は寝室のようであった。窓が小さい上に壁の高いところについているので昼間だというのに薄暗い感じがする。壁も分厚いようだったな。そしてなにより目立つのが大きなベッドだ。正にキングサイズ。そしてなんだろう、この匂いは……部屋に染み付いているかのような微妙な芳香が感じられる。

「なぁエレン」

ガチャ、と鍵のかけられる音が殊の外大きく聞こえた。薄暗い部屋の中でエレンの真紅の瞳が妖しく輝く。

「お、おい？」

尋常ならざる気配を発しながらエレンがスタスタと俺に向かって歩いてきた。目の前まで歩いてきたエレンがドン、と力強く俺を突き飛ばす。

「……なんで倒れないんですか？」

「いや、いくらなんでもエレンの細腕で押し倒されるほどモヤシじゃないぞ、俺は」

「そこは大人しく押し倒されるところでは？」

「いやいやいや、押し倒してどうするつもりだよ」

「からかってさしあげようかと」

「やめろよお前。というか逆だろ。どうしてこの世界の女の子は俺を押し倒そうとするんだ？　何かおかしくない？　普通押し倒すのって男の方じゃない？」

「それが貴方の故郷の作法なのですか？　ではどうぞ」

「どうぞじゃないから。今はそういうことをしてる場合じゃないから」

ベッドを背にして両手を広げるエレンのおでこを強めに突いてベッドに座らせる。状況が状況でなければ飛びついていたかもしれないが、今は本当にそういうことをしている時間も惜しい。

「へたれですね」

「おい」

「いくじなし」

「挑発してもダメだ。物事には順序というものがある……というかだな。そっち方面の経験値は俺のほうが遥かに上だぞ？　あまり挑発するとそれはもう酷いことになるからやめておいたほうが身のためだ」

「……むぅ」

エレンの頬がぷうっと膨らんだ。それはもう不満げなご様子である。

「こういう時に他の女性との関係を仄めかすのはいかがなものかと思います。このヤリ◯ン野郎」

「聖女様……お言葉遣いが汚のうございます」

「それは失礼」

どこでそんな言葉を覚えたんだよ！　本当にどこかちぐはぐなところがあるな、エレンは。神託だけじゃなく怪しい電波も受信しているのではないだろうか。

「もう終わりなのです？　なんなら一時間か二時間くらい席を外すのですよ？」

「そういう気遣いは良いから」

「今ならコースケの理性を吹き飛ばす素敵なおくすりもつけるのです」

「それは興味深いですね。でも、初めてはやはり優しくして欲しいです」

「それは難しいのです。それはもう盛りのついた獣そのものになってしまうのですよ。なんなら貴女にも同じものを処方するのです」

「おいやめろ馬鹿。冗談はそこまでにしろ」

恐ろしい会話を無理やり止める。このままでは俺とエレンの貞操が極悪ポイズンスライムに蹂躙されてしまう。

「仕方ないのです。でも、あまり待たせるのも可哀想なのですよ?」

「わかってる。その上で自制してるんだから察しろ」

「わかったのです。では通信を繋ぐので少々お待ちくださいなのです」

そう言ってポイゾは宙空に視線を漂わせ始めた。ふとベッドに腰掛けているエレンと目が合う。

「……なんだよ」

「自制しているのですか」

「……そうだよ。立場ってものがあるからな。そうだろう?」

「……そうですね。近い内にその問題は解決しそうな予感がしますけれど」

『そう上手く行くものかな。私としてはそれはそれで構わんが』

突然ポイゾから聞き慣れた声が聞こえてきた。間違いなくシルフィの声だ。

「構わないのですか？」

『構わんさ。あと一人や二人増えたところでどうということもない。もう十人ともなればコースケの身が持ちそうにないから自重を促すがな』

「やめてくださいしんでしまいます」

「ハーレムの主というのも大変なんですね」

『文字通り身一つなわけだからな。さて、こういった話を続けるのも楽しいが、本題は別だろう？』

シルフィが話を促してきた。そうだな、あまり時間的に余裕のある話でもない。速やかに話を進めよう。

「ああ、とりあえず経典は問題なく手渡せたんだが、エレンの上司から急報が入ったんだ。聖王国が解放軍を掃討するために六万の軍をメリナード王国に向けて送ったらしい」

『六万……二十年前の三倍か。その規模なら間違いなく虎の子の魔道士部隊も随行しているだろう』

「二十年前ね……二十年も経っていれば色々と変わっていそうなもんだけど」

二十年といえば人間の寿命で考えれば軽く一世代、下手すれば二世代は交代している年月である。聖王国は帝国と激しく争いを続けているということもあるし、軍事的には二十年前よりもより強力に躍進を遂げている可能性もあるだろう。

「私も軍事にはあまり詳しくはありませんが、依然として聖王国の魔道士部隊は戦場において切り札として活躍していると聞きます。それと、何より気をつけるべきなのは聖騎士団でしょうね」

『聖騎士団……魔力持ちで構成された騎士団か』

「はい。普通の兵や騎士とは比べ物にならないほどの戦闘能力を持った騎士達の集団です。その剣は鎧ごと敵兵を真っ二つにし、敵の魔法攻撃を物ともせずに敵魔道士を切り捨てることができるほどだとか」

『……数年前から頭角を現してきた集団だそうだな』

ポイゾ経由で聞こえてくるシルフィの声はどこか暗い雰囲気の滲んでいるものであった。その理由がわからず、俺は内心首を傾げる。

「はい。発足当初は少数精鋭の集団だったそうですが、今はその規模を大きく拡大しています。きっと今回の遠征にも参加しているでしょう」

『きっとその聖騎士達は貴族や聖職者の家の出の者が多いのだろうな』

「……？　ええ、そのようですね。それが何か？」

『今のメリナード国内にはエルフが殆ど残っていない。他の亜人も二十年の年月によって大なり小なり数を減らしているが、エルフだけは殆ど居ないんだ。そしてメリナード王国が負けて凡そ二十年程で聖王国に魔力持ちが沢山増えた。ここまで言えば、これ以上は言わなくてもわかるな？』

「それは……そのようなことが？」

シルフィの言葉にエレンは衝撃を受けたようだった。俺は事前にそのようなことを仄めかす話をシルフィから聞いていたからそんなに衝撃は受けないけど。エレンにとっては衝撃的な話だったらしい。

『実際にこの眼で見たわけではないから絶対にそうだとは言えん。だが、全く関連性がないとは思えんな。我々はそんな彼らを相手に戦わなければならないわけだ……まぁそれは良い。今どうにかできることでもないからな。今後どう動くか、ということだろう？』

「そうだな、それで俺の考えなんだが……」

と、俺は先ほど考えた対聖王国軍戦術をシルフィに伝えた。要は、通常部隊とは別に高速機動部隊を編制し、高速機動部隊はその機動力を使って道中の要害を無視し、メリナード王国内における聖王国の本丸とも言えるメリネスブルグを占領する。

メリナード王国内の聖王国軍を指揮する重要拠点であるメリネスブルグを最初に攻略することによってメリナード王国内の聖王国軍の指揮系統を破壊し、連携を取れないようにするためだ。メリナード王国内の聖王国軍はメリネスブルグを奪還しようとするかもしれないが、俺がメリネスブルグの城壁を修復し、迎撃戦闘に徹すればまずメリネスブルグが落ちることはあるまい。こちらは引き篭もり、メリネスブルグを包囲する聖王国軍をハーピィ航空部隊で延々と爆撃することもできるのだから。

そして、メリネスブルグを奪還するような動きがあれば通常部隊が道中の要害を陥落させるのも楽になる。何せそれだけ戦力が分散するわけだからな。本隊は手薄になった要害を踏み潰していけば良い。

「この策を実行するにはエレンの協力が不可欠になると思うが」

「私にできることなどそう多くはありませんよ。早めに降伏するくらいのことしかできないと思います」

『それで構わん。主流派の連中は我々が処理するから、リストを作っておいてくれ。それが結局お前の身も、コースケの身も守ることになるのだから手を抜くな』

「……わかりました。ただし、無辜《むこ》の人々に対する無体な真似だけは許しません。それは肝に銘じておいてください」

『当然だ。我々はただ相手が人間であるという理由だけで迫害するような真似をするつもりはない。元々メリナード王国は人と亜人が手に手を取り合ってできた国なのだからな』

「……犠牲ができるだけ少なくなることを望みます。それだけです」

どうにもこの二人は相性が悪いと言うか、ピリピリとした雰囲気が付き纏うな。まぁ、片や故郷を奪われた元王女、片やその故郷を奪った国の聖女ともなれば仕方ないのかもしれないが。

「正直に言えばエレンを巻き込むのは心苦しいんだけどな。いっそこのまま攫っていって、エレンを盾に降伏を迫るか？」

『それは悪手だろう。聖女を攫ったとなればアドル教徒の反発が凄まじいことになるぞ』

「ダメかー」

『ダメだな』

「私は攫われても良いですけどね。このままだと主流派を名乗る背教者達に火炙りにされてしまうわけですし」

『最終的にそういったことが必要になる可能性はあるが、それは今ではないな。エレオノーラにはメリネスブルグの民衆を掌握して欲しい。それよりも気になるのはその六万の兵の到達までどれくらいの時間がかかるかだな』

「それは確かに。タイムリミットが分かったほうが色々と予定は立てやすいよな」

「私の上司がメリネスブルグまであと五日、という報せがあったあとに急使が来たことを考えるとそんなに時間的な余裕はないと思います。もしかしたら既にメリナード王国と聖王国との国境に近いところまで来ているかもしれません」

「仮にメリナード王国と聖王国との国境まで到達していたとして、そこからメリネスブルグまでどれくらいかかるんだ？」

『六万の行軍となると、さほど速度は出ない。一日に徒歩半日分も進めば御の字だろうな。だが、それは敵地の場合だ。聖王国内では補給の心配は要らないだろうし、メリナード王国に入ってからも敵地ほどに補給に困ることはあるまい。メリネスブルグから国境まで徒歩で約十日ほどだ。余裕を見ても二週間あるかどうかだろうな。ゴーレム通信機を持たせたハーピィを偵察に出そう』

「そうするのが良いだろうな。安全には最大限配慮してくれよ？」

『当然だ。何より自分の命を最優先するように命令しておく。コースケは戻ってくるのだろう？』

「そうだな。戻って色々と準備を整えなきゃならん。早ければ今日中に発つよ」

『わかった。気をつけて帰ってこい。こちらに戻ってきたら詳しく話を詰めよう』

「ああ。エレンからは何かあるか？」

俺がそう聞くと、エレンはふるふると首を振った。

「特に無いそうだ。それじゃあ、遅くとも明日には帰る」

『わかった。待っているぞ』

「……通信が切れたのです」

今まで中継役を果たしてくれていたポイゾがそう言ってぷるりと身を震わせた。

さて、いろいろ考えなきゃならんな……やることと考えることが多すぎて頭がどうにかなりそうだ。

まずは、目の前で暗い表情をしている聖女様をどうにかしないといけないかな。

◆　◆　◆

「衝撃を受けたか」

「それはそうですね……おぞましいという思いが強いです」

そう言ってエレンは深く溜息をついた。魔力持ちの子供を増やすためにエルフの多いメリナード王国を属国化し、その意思を無視してエルフ達を捕らえ、子供を作らせている。その可能性が高いということを示唆されたエレンの表情は暗い……というか、蒼白である。

「力を得るためにそのようなおぞましい行為に手を染めるなんて……彼らに人の心は無いのでしょうか？　拐《さら》われた人々にも家族や、恋人がいたはずなのに」

「主流派からすれば、人間でないものは人間に奉仕するべき家畜ってことなんだろう。家畜に神はいないって考えなのかもな」

俺の言葉にエレンが絶句する。主流派と懐古派という違う教派に属しているとはいえ、同じアドル教の信徒同士でそこまで倫理観の乖離があるとは考えたくなかったとかかな。

「実際に聖王国統治下のメリナード王国で様々な迫害に遭っていた亜人達から話を聞いて、俺はアドル教の連中がそういう風に考えていると思っていたよ。エレンと出会って、懐古派なんて人々が居るって知る前はな」

「そう、ですか……やはり、そうなると私達は亜人の方々からは深く恨まれているのでしょうね」

「そりゃあそうだろうな。話したっけ？　俺なんて黒き森のエルフの里に初めて入った時、人間だってだけで何十人もの亜人に取り囲まれてボコボコにされそうになったんだぞ。人間＝アドル教徒＝囲んで嬲《なぶ》り殺しに値する敵、って図式が彼らの中にできるくらい恨まれてたってことだよ」

エレンが再び絶句する。自分達がどれだけ嫌われて恨まれているかなんて話をされたら、そりゃこうなるよな。でも、黙っててもそのうち知ることになるわけだし、早めに教えておくのも悪いことではないだろうと俺は思っている。

「まぁ、心配するな。上手くやるから」

「……大丈夫なのでしょうか」

「大丈夫大丈夫、なんとかなる。任せておけ。俺だって集団リンチにされるような状況から理解を得ることができたんだから。やりようはきっといくらでもあるさ」

今回の件で表立って懐古派と協力できるようになれば、懐古派の人達を受け容れる土壌が多少なりともできるだろう。アドル教主流派と聖王国っていう共通の敵もいるわけだしな。外に共通の敵がいれば手を取り合うことはさして難しくない筈だ。多分。

「とりあえずだな、エレンは身辺に気をつけてくれていれば良い。あとは怪我人が多く出る可能性があるから、その対策を進めておいたほうが良いだろうな。医薬品の手配とか、他にも保存食の手配とかも進めておいたほうが良いかもしれない」

「わかりました。もう行ってしまうのですか？」

エレンが不安に揺れる瞳を向けてくる。そんな目で見られたら置いていくのが心苦しくなるからやめてくれ……。

「ああ、もう行くよ。早く動けば動くだけ人死にを減らせる可能性が高くなるからな」

「そうですか……」

少ししょんぼりするエレンが可愛すぎて悶えそうだが、ここは心を鬼にしてベッドに腰掛けたままのエレンに手を出しだす。

「さぁ、戻ろう」

「……はい」

エレンが俺の手を取り、立ち上がった。そしてそのまま抱きついてくる。

「これくらいは良いですよね？」

「……少しだけだぞ。我慢できなくなると大変だからな。ギャラリーもいるし」

俺はそう言って部屋の隅でニヤニヤとしているポイゾを一瞥する。何か怪しげなピンク色のガスで作られた泡を作り始めたので、俺は急いで抱きついたままのエレンを連れて寝室から飛び出した。絶対碌なことにならないやつだ、あれは。

「ポイゾ、しっかりとあの怪しげなガスは処理しておけよ」

「仕方ないのです。別に一発や二発どどんとやっても良いと思うのですよ？」

「女の子が一発とか二発とか言うんじゃありません」

扉の隙間からにゅるんと出てきたポイゾをぴしゃりと牽制しておく。ポイゾはやっぱり三人の中で一番危ないな。あらゆる意味で毒性が強いわ。

「俺は兵法というか、戦術というか、そういうのに関しては素人だからな。エレンはシルフィ達と緊密に連絡を取って事を進めてくれ」

「わかりました」

「またすぐに会える。身辺には重々気をつけてな。ポイゾも、護衛をしっかりと果たしてくれよ」

「わかりましたのです。ベスとライムにもしっかり言っておくのですよ」

「そうしてくれ。それじゃあ……な」

「はい……また」

そうして俺はエレンの執務室を後にし、アマーリエさんとは別のシスターに案内されて装備を返してもらい、城の外へと出るのだった。

◆　◆　◆

さて、事ここに至ってはゆっくりしている暇など一瞬もない。既に敵が動いているとなると、一刻も早く機動部隊の組織やその装備の製造、それに最低限の訓練などをする必要がある。戦略・戦術に関しても早急に詰めていく必要があるだろう。

俺は自分の作るものを使った様々なアイデアを出すことはできるが、それを実際にやるとなると専門家によるブラッシュアップが絶対に必要だ。俺の能力を使えば整備や兵站なんかはゴリ押しでなんとかできてしまうが、それだけで突っ走るわけにも行かないのが組織というものだろう。兵一人一人の命がかかっているわけだしな。

残念だが門の近くでたむろしていた例の案内少年との約束は守れそうにないな。

メインストリートに出た俺はまっすぐ門へと向かい、軽いチェックを受けてメリネスブルグの外へと出る。俺のように手荷物程度しか持っていない傭兵風の男となるとチェックも緩いものだ。一応人を斬ったりしていないかどうか、武器だけは検められたけど。

暫く街道を歩き、お目当ての森が見えてきたところで街道を外れて森へと向かう。そこでふと後ろを見て気づいた。

三人組に尾《つ》けられている。

なんだろう、エレンと接触したのが原因だろうか？　それとも、単に一人だから追い剥ぎにでも狙われているのか？　もしエレンと接触したのが原因だと言うなら、奴らは主流派の回し者かもしれない。

さて困ったぞ。どうしたものか。

撒くのは多分難しくないと思う。森に入ってストレイフジャンプを使って高速で移動すればきっと奴らは追いつけまい。ただ、それだと草木を盛大に折ったり踏みつけたりして移動することになるから、追跡に長けた奴がいたらライム達の住処まで追跡される恐れがある。

ではしゃがんでのスニーク移動で隠れるか？　やり過ごせる可能性は高いが、確実性には欠けるな。多分俺の体質的に探知魔法的なものには引っかからないとは思うが、普通に見つけられる可能性は十分にある。

一番確実性が高いのは銃を使って一網打尽にして死体をインベントリに収納し、その他の証拠も全て俺の能力で跡形もなく隠蔽してしまうことだが……俺は引き金を引けるだろうか？　ギズマやゴブリン、コボルドにワイバーン、それにグールやリッチに対しては問題なく引き金を引けたが、人間相手にはどうだろう？　行けそうな気もするが、さて。どうしたものか。

俺は森に向かいながら謎の追っ手に対してどう対処するか頭を悩ませるのであった。

◆
◆
◆

「先制攻撃で全滅させる、が楽ではあるんだけどなぁ……」

明確に俺を尾けているわけだし害意がゼロとは非常に考えにくくはあるんだが、万が一害意が無かったりする場合は大問題である。いや、そうだとしても死体ごと全てインベントリの中に秘匿してしまえば問題自体が消えて無くなってしまうのだろうが、それは俺が嫌だ。

森に入った俺はコマンドアクションのスプリントも併用して高速で森の中を駆け抜ける。敢えてストレイフジャンプは使わずに、痕跡を残していく。そうして暫く進むと、少しだけ森が開けた場所に出た。その開けた場所も突っ切り、再び森に入った場所で自前のジャンプとコマンドジャンプを併用した二段ジャンプで木の上に登る。

「俺もいつの間にか大概人外じみてきたよな……」

ぼやきながら同じ要領で木から木へと飛び移り、今しがた突っ切った開けた場所を回り込むようにして移動し、開けた場所を真横から俯瞰できるような木の上に潜伏する。

「じゃじゃーん、消音狙撃銃ー……」

小声でそう言いながら俺がインベントリから取り出したのは銃身の殆どが大型サプレッサーで覆われている消音狙撃銃だ。有効射程は凡そ400メートル程と短いがコンパクトで、専用に開発された大口径の亜音速弾を使用することによって絶大な消音効果を持つ逸品である。10連マガジンと20連マガジンを使用できる。フルオート射撃も可能な使い勝手の良いヤツだ。

ゴーレム作業台を使えるようになって工作精度が上がったおかげか、こういった比較的高度な機構を持つ銃も作れるようになった。まぁ、コストが高いから量産とか絶対無理だけどな。弾丸のコストはそんなに変わらないいんだけども。

ちなみに、ポリマー系やゴム系の素材はスライムで代用できることがわかっている。これがわかってから俺はちょくちょくアーリヒブルグの下水道に潜ってスライム掃除をしているんですよ、ふふふ……火薬の材料も一緒に採れるしね！　あんまり何度も行きたくはないんだけど、スライム素材は使い勝手が良いんだよなぁ……ライム達に分けてもらえないだろうか？

そうして消音狙撃銃の薬室に初弾を送り込み待つこと暫し。俺を追跡してきたと思われる三人組が開けた場所の縁にその姿を現した。あからさまに待ち伏せしやすい場所であると感じたのか、三人組はかなり警戒している様子である。なかなか開けた場所には出てこない。

「——……みは持ってなか——……」

「このまま——……見失う——……」

何か手短に話し合っているようだがよく聞こえないな。シルフィとかメルティならきっと聞こえるんだろうけど。俺の耳は長くもないし、ケモミミでもないからね。仕方ないね。

結局彼らは危険性よりも俺を追跡する方を優先することにしたらしく、警戒しながら俺の設定したキルゾーンへと足を踏み入れてきた。いや、キルはしないつもりだけどね。少なくとも今はまだ。

目標は目算で50メートル以内といったところ。この銃に使われている弾薬は弾頭重量が重く、長距離の狙撃をする場合は弾頭の落下も計算に入れなければならないシロモノだったりするのだが、この程度の距離ならばそこまで気を遣う必要はない。

俺は光学スコープを覗き、その照準を追跡者達——全員男であるようだ——の膝に合わせた。それはもうとっても痛いだろうし、ちゃんと治療しなければ膝に矢を受けたどころじゃない騒ぎになるだろうが、敵対者でなかったのであればポーションとスプリントで完治できると思うので許して欲しい。

トッ、という非常に小さな発砲音と同時にカシャッ、という機関部の作動音がする。次の瞬間には狙い通りに一番後ろを歩く追跡者の膝辺りに赤い血の花が咲いた。

「ぎぃっ⁉」

「っ⁉」

突然後ろから上がった苦悶の声に前を歩く二人が振り返る。はい、いただき。

再びトッ、という小さな発砲音を立てて凡そ秒速300メートルで銃口から飛び出した16gほどの鉛弾が森の清浄な空気を引き裂き、二人目の膝より少し上、太ももあたりに着弾した。
着弾した鉛弾は革の防具をいとも容易《たやす》く貫通し、表皮を引き裂き、筋肉組織へと突入し、肉体の中で横転を起こして太腿の筋肉組織や血管をズタズタに引き裂いて大きなダメージを与える。

「があぁっ⁉」

二人目もまた足を押さえながらもんどり打って倒れる。最後の一人は何が起こっているのかまだ把握できていないなりに攻撃を受けているということは理解したようで、身を低くして警戒態勢を取った。

が、ダメ。銃の存在を知らない彼は咄嗟に伏せるという選択肢を取ることができない。多少身を低くしたところで俺の狙撃から逃れることは不可能だ。

三度小さな銃声が鳴り、三人目が地に伏す。

「……割と躊躇なく撃ててしまったな」

独りごちながら倒れた三人の追跡者をスコープ越しに観察する。三人目は当たりどころが良かったのか、一度倒れたものの再び立ち上がったので逆側の足に一発撃ち込んでやった。

「ああああぁぁッ！」

物凄い悲鳴を上げている。痛かろうなぁ。しかし後続が居る可能性があるので、すぐに姿を現すわけにはいかない。ああやって呻いて倒れているのも俺を誘い出す演技かもしれないからな。もしかしたら俺の作るライフポーションみたいな回復手段を持っていて、それを使って俺が近づいてくるのを待っているかもしれないのだ。

なんか一思いに殺すよりも酷いことをしているような気がしてくるが、これも俺の安全のためだ。

三分ほど待っても後続は現れなかったので、ちょっと早いかもしれないが姿を現すことにする。消音狙撃銃はインベントリに仕舞って、短槍と盾を構えて、だ。

サクサクと草を踏み分けながら三人に近づき、声をかける。

「よう。単刀直入に聞くが、何の目的で俺を追っていた?」

既に近づいてくる俺の存在には気付いていたらしい。最初に膝を撃ち抜かれた男が地面に倒れたまま俺の顔を見上げてきた。他の二人も撃たれた場所を押さえながら俺の顔を見上げてくる。その表情は苦痛でこの上なく歪んでいた。二人目は大腿部の動脈をやったかと思ってたんだが、どうやら致命傷ではなかったらしい。いや、薬か回復魔法か何かを使ったのかな?

「貴様、俺達にこんなことをしてただで済むと――」

「あー、いや、そういうのいいから。単刀直入にって言っただろ? まぁ、その反応で少なくとも俺と友好的な関係を築こうとしたわけじゃないってのはよくわかったけど」

そう言って俺は槍を地面に突き刺し、インベントリから拳銃を取り出した。45口径で、マガジン装弾数は七発。サブマシンガンといい拳銃といいお前45口径好きだなって? 悪いな、俺は45口径信仰者なんだ。亜音速弾ということもあってサプレッサーの効果も高い。最高だな。

「だとしたらどうする? 素直に喋るとでも?」

「いや? 三人いるし一人か二人減っても良いかなとは思ってるが」

そう言って俺は挑発的な視線を向けてくる男の肩に銃口を向け、引き金を引いた。

パンッ、と弾けるような音と共に飛び出したおよそ15ｇの弾頭が男の肩に着弾し、皮膚を引き裂いて骨を砕く。至近距離で大口径の拳銃弾を浴びた男は悲鳴を上げながら草地の上でのたうち回り始めた。自分でも驚くほどに躊躇なく引き金を引くことが出来た。もしかしたらアチーブメントの大量殺戮者辺りが何か精神な特別な作用をもたらしているのかもしれない。

肩を撃たれて悲鳴を上げながらのたうち回る仲間を見て、残りの二人が顔面蒼白になる。

「もう一度聞くが、何の目的で俺の後を尾けてきた？」

静かにそう言って両足を撃ち抜いた三人目の脛あたりに銃口を向ける。

「は、話すことはな――ぎゃあぁぁっ！」

パン、と音が弾ける。今回は敢えて外したが、男は白目を剥いて気絶してしまった。最後の一人、俺に太腿を撃ち抜かれた男に銃口を向ける。

「あんたはどうする？　同じようにもう一発喰らいたいか？」

「は、話す！　話す！」

三人目の男は撃たれた太腿を押さえながら銃口から逃れるかのように身を捩った。その眼にはありありと恐怖が浮かんでいる。未知の手段で傷を負わされることに対する恐怖が彼の心を完全に支配してしまったのだろう。

「じゃあ、話してもらおうか」

嘘を言われる可能性もあるが、こいつをライム達のところに連行して彼女達に任せれば裏は取れるだろう。彼女達は前にのうみそこねこねできるようなことを言ってたしね。もうスライムというよりはショ〇スなのでは？　と俺は訝しんだが、考えてみればスライムという存在の原型となったものがシ〇ゴスだったような気がするのであまり変わらないな、という結論に至る。

男が語った内容はそれなりに興味深いものであった。早い話がこいつらはエレンが俺達解放軍と内通しているのでは、という疑いを持った主流派の連中が派遣した諜報員であるらしい。

とはいえ、ガチのアドル教主流派の子飼いの諜報員というわけではなく、聖王国に存在するアウトロー集団……つまり盗賊ギルドめいたところから派遣されてきた人員なのだという話だが。

「なるほどなぁ、おたくらも大変だねぇ」

よりによって解放軍にとって機密の塊でしかない俺を追跡してしまったのは不運としか言えない。

恐らく、俺が堂々と正面から紹介状を使ってエレンに面会したのが原因だろうが……まぁ、運が悪かったな。俺と銃の存在を見られてしまった以上、生かして帰す事はできない。俺としても万全を期するために使わざるを得なかったしな。

頭の中に残弾を思い浮かべながら俺は立ち上がり、今話をしていたのとは別の二人の様子を横目で見た。どうやら二人とも気絶しているようだ。俺はそのうち一人の額に照準を合わせ、引き金を引いた。

パンッ、という音と共に気絶していた男の身体がビクリと跳ね上がる。額に穴が空き、地面に、草地だというのにわかりやすく血溜まりが広がるのが見える。それを見て俺に全てを白状した二人目の男はガチガチと歯を鳴らして震え始めた。

パンッ。もう一人の身体が震える。同時に、俺は二人の死体をインベントリに収納した。本来、尋問を行う場合は複数人に同じことを問いかけて整合性を取る必要があると聞くが、脳みその中身を直接見るなら一人で十分だろう。俺一人で二人も三人も引き連れてライム達のところに連れて行くのは骨が折れるしな。

俺はインベントリから金属製の手錠を取り出し、恐怖に震えている生き残りの男の両手に嵌めた。

「怪我は治してやる。大人しく俺についてこい」

「し、しっ、しにたくっ、しにたくな……」

「大人しく言うことを聞けば考えてやるさ」

考えてやるだけだがな、と心の中で呟きながら男の太腿にライフポーションを少しかけて、残りを飲ませる。そうすると、たちまちのうちに男の太腿の傷は完治してしまった。相変わらず気味が悪いくらい効くな、ライフポーションは。

俺は男を立たせ、地面に突き立てたままだった槍と、手に持っていた拳銃と盾をインベントリに収納してサブマシンガンを取り出す。ついでに薬莢の回収もしておく。

「俺の指示通りに歩け。お前にはまだ聞きたいことがある」

「な、なぁ！　全部話すから！　助けてくれよ！　頼むよ！」

「黙って歩け。お前もお仲間みたいに脳みそぶちまけてこの世から消えたいか？」

「ひ、ひぃッ……」

男のケツを後ろから蹴って歩かせる。気が滅入りそうだ。

でも、今更ではあるわな。何千人も爆発物ブロックやハーピィさん達の航空爆弾で吹き飛ばしておいて。もっと言えば皆に武器を手渡してガンガン聖王国と戦わせておいてって話だ。自分の手を直接汚すのくらい、なんてことはない。そう、なんてことはないさ。

俺は自分にそう言い聞かせながら男のケツを蹴り上げつつ、ライム達の寝床へと向かうのであった。

◆　◆　◆

「ど、どこに連れて行くつもりだ？　この洞窟は一体何なんだ⁉」

「うるせぇな。キリキリ歩けよ。ゴブリンみたいにズタズタになりたいのか？　え？」

「わ、わかった、わかったからその物騒なものをこっちに向けるのをやめてくれ！」

生き残りの諜報員のケツを蹴り続けて歩くことおよそ一時間。途中ゴブリンに襲われて何匹か蜂の巣にしてやったが、それ以外には特にトラブルもなくライム達のねぐらへと続く洞窟に辿り着くことが出来た。

一体どこに連れて行かれるのかと怯える諜報員のケツを更に蹴り上げ、洞窟を進んで下水道に出る。そうすると、諜報員が落ち着きを無くして辺りの様子をしきりに窺い始めた。

「な、なぁ、これ以上進むのは危ないんじゃないか？　ここはメリネスブルグの下水道だろう？　下水道にはとんでもなく凶暴なスライムの化け物がいるって」

俺は無言で諜報員のケツを蹴った。そうして進むこと暫く。下水道の嫌な臭いが薄れ、俺の鼻には殆ど感じられなくなってきた。ライム達のテリトリーに入った証だ。

「な、なぁ――」

「おかえりー。このひとだれー？」

課報員がまた何か泣き言を言おうとした正にそのタイミングでライムが現れ、声をかけてきた。課報員は急に現れたライムに驚愕を通り越して絶句している。

「俺を尾行して捕まえようとした聖王国の課報員だ。こいつが言ったことが本当かどうかライム達に確かめてもらおうと思って連れてきた」

「ふぅん、敵なんだ」

ぷるん、と震えるライムから聞こえてきた声は俺が聞いたことのないような冷たい声だった。無邪気で陽気なライムからそんな声が聞こえてくるとは……ギャップが凄いな。

「ひ、ひぃ……」

少女の姿を取るライムを前にして課報員の男は腰を抜かしてしまったようだった。こんなに可愛いのに腰を抜かすとは、情けない奴め。スライム娘って可愛いじゃん？　え？　特殊性癖？　そんなバカな。

「で、ライム達を頼りにするのは心苦しいんだが、確かライム達は『直接』覗けるんだったよな？」

そう言って俺が自分の頭を指差すと、ライムはにっこりと微笑みながらぷるんと震えた。

「できるよー。でも、その後この人はどうするのー？」

「それは後で考える」

「そっかー。わたしがやるー?」

「最終的に目的が果たせれば誰でも。ただ、情報の精度を重視して欲しいな」

「それじゃあポイゾがいいねー。つれてくねー」

「ああ、頼むよ」

にゅるり、と形を変えたライムが目にも留まらぬ速さで諜報員に絡みつき、身体の動きと口を封じて下水道の奥に連行していく。諜報員の男はもうパニック状態だ。声ならぬ声を上げながら藻掻いているようだが、物理的な方法でライムの拘束から逃れることは不可能だろうな。シルフィとかメルティ辺りなら魔法的なパワーで振り解きそうな気がするけど。

そうしてライムに絡みつかれて藻掻く諜報員を眺めながら歩くこと少し。前方に光が見えてきた。ライム達のねぐらだ。

「あら、おかえりなさい……ってなにそいつ?」

「捕虜なのです?」

ねぐらに入るとすぐにベスとポイゾが声をかけてきた。グランデはベッドのように広がったベスの上ですやすやと眠っているようだ。もしかしたら俺がいないからということでずっと寝ていたのかもしれない。

「ポイゾの予想通り捕虜だな。どうも聖王国の本国、主流派の連中がエレンと解放軍との間に何か繋がりがあるんじゃないかと疑って派遣してきたらしい。こいつ曰く、こいつ自身はアドル教の主流派の諜報員というよりは、雇われの派遣諜報員らしい」

「なるほどなのです。では、それが本当かどうかを聞き出せば良いというわけなのですね？」

「そうなる。結果としてこいつが死んだら死んだで構わない。俺の姿と銃を見られたし、どちらにせよこのままこいつを元の場所に戻す事はできないからな」

「ッ‼？‼？」

ライムに口を封じられたままだった諜報員が俺の言葉を聞いて目を見開き、力の限り呻き、暴れ始める。しかし、その程度ではライムの拘束は全く揺るがない。

「よりによって俺を追跡してしまったのが運の尽きだったな。ツイてないやつだよ、お前は」

「それじゃあちょっとのーみその中を覗いてくるのですよ。捕虜の扱いは私に一任してくれるということで良いのですか？」

「ああ。だが、生かして外に出すことだけは許可できない。脳を弄《いじ》って記憶処理をしても魔法とかポイゾ達みたいな方法で情報を抜かれる恐れがあるからな」

「わかったのです。じゃあ預かっていくのですよ。そんなに時間はかからないのです」

ライムから諜報員を受け取ったポイゾがずるずると引きずるように諜報員を連行していく。諜報員も暴れるかと思ったのだが、ポイゾが諜報員に触れた瞬間にふにゃりと力を失って無抵抗で連れられていった。ライムから諜報員を受け取るあの一瞬で鎮静剤か何かを打ち込んだのだろうか……？　ポイゾは本当に油断ならないよな。

「あっちはポイゾに任せるとして、グランデを起こ――」

ベスの上で寝ているグランデを起こそうと足を踏み出したところで突然背後から絡みつかれた。べスは俺の視線の先にいるので、恐らくライムであろう。

「どうした？」

「みけんに、しわよってるー？」

そう言ってライムが何本か触手のようなものを伸ばしてきて俺の眉間あたりをぺちぺちと触れたり、むにむにと揉んだりしてくる。それだけでなく、頬やら首やら肩やらと全身をぺたぺたと触ったり擦ったりし始めた。

「ぜんしんにちからはいってるー。そういうときは、うごいちゃだめー？」

俺の様子から何か感じるものがあったのか、ライムはそう言うと問答無用で俺を自分の身体の中に引きずり込んだ。いつの間にか肥大化していたライムに首から上だけを出して取り込まれてしまった俺は為すすべもない。

「で？　何人だったわけ、あいつら」

「……三人」

「じゃあ二人か。まぁ、気分の良いものではないわよね。あまり気にしすぎないようにしたほうが良いと思うわ。誰も得をしないから」

「そういうものか」

「そういうものよ。気にしなさすぎるのも問題だけどね」

「そういうものか」

「そういうものよ」

「難しいな」

ライムに全身マッサージを施されながらベスにカウンセリングのようなものを受ける。今はまだ興奮しているのかなんなのか、自分では思ったよりも衝撃が少なくて驚いているくらいなんだけどな。やっぱりアチーブメントが何か作用している気がしてならないな。というかいつの間にか鎧が脱がされて下着姿になっている。

「ライム？」

「りらっくすー」

どうやら単に楽な格好にしただけらしい。全身の揉み解しも眠くなってくるくらいに気持ち良い。あー、癒やされる。

「ポイゾが捕虜から色々と聞き出すまで少し時間がかかるわ。精神的にも疲れたでしょうから、ちょっと寝ておきなさい」

「ああ……わかった」

落ち着いたトーンのベスの声が耳から直接脳裏に響いてくるような気がする。まぁ、俺にはこの世界の魔法は効かないはずだから、きっと魔法でもなんでもないベスの声の力なんだろう。

「おやすみー」

ライムの鈴の転がるような声が耳元で聞こえる。それに、なんだかいい匂いがする。この匂いはなんだか嗅ぎ覚えがあるような……？　そんな考えが頭の中を過《よぎ》ったが、既に電源が落ちかけていた俺の頭はそれ以上回らず、意識は闇の中へと落ちていくのであった。

◆
◆
◆

「……はっ⁉」

「やーん」

目が覚めてすぐに身体を起こそうとして、俺の手がずぶりと柔らかいものに埋まる。何かと思えば、起き上がろうとして突いた俺の手が、俺のベッドになっていたライムの身体にずっぷりと埋まってしまっていた。

「すまん、寝ぼけてた」

「んー、だいじょうぶー。ちょうし、よくなった？」

「んん？　おぉ……そうだな、なんだか頭がスッキリした気がする」

目覚めは爽快だった。追っ手を自分の手で始末した精神的な衝撃があったのか、なんとなく落ち着かない気持ちだったのが、まるで無風の湖面のように落ち着いている。特に何か夢を見たとかそういうことはなかったと思うんだが……ライムの全身揉み解しと最高の睡眠環境によって絶大なリラックス効果が得られたということだろうか？　なんか寝る前に気になることがあったような……？

「ねぼすけじゃの、コースケ」

「グランデに言われたら色々とおしまいだな……」

「妾は別にねぼすけではないぞ。寧《むし》ろドラゴンとしては早起きな方じゃ。今日だってほんの少しだけうたた寝しただけじゃし」

「朝から昼過ぎまで寝てほんの少しのうたた寝とかドラゴンのタイムスケールはでかいなぁ……」

そう言いながら辺りを見回すが、ねぐらにはライムとグランデしかいないようだ。ベスはどこかに出かけたらしい。

「ポイゾはまだ戻ってないのか？」

「さっきもどってきたー？」

「おう。なんでもコースケの入手した情報の裏は取れたと言っておったぞ。他にも搾り取れる情報がないか調べるそうじゃ。でも、時間がかかるという話じゃったぞ」

「そうか……それじゃあ尋問はポイゾに任せて、俺とグランデは一足先にアーリヒブルグに戻ったほうが良いかな。尋問結果はゴーレム通信機で共有できるし」

「それもそうじゃの？」

「んー、それがいいかもー。いっこくもはやくもどったほうがいいー？」

「だよな……二人に挨拶できないのは残念だが」

「よろしくつたえとくー」

そう言ってライムが全身で手の形を作ってグッと親指を立てる。うーん、そのままパンチしたら超強そう。

「わかった。それじゃあすまんが、二人にはよろしく伝えておいてくれ」

「わかったー。またきてー？」

「ああ、近いうちにまた来る。グランデ、頼むぞ」

「うむ、任せておけ」

ライムに別れを告げ、グランデと一緒に地下道を進み、下水道を経由して外へと向かう。道中、俺の隣を歩いていたグランデが何故か、歩きながらしげしげと俺の顔を見上げていた。

「どうした？」

「ふぅむ……いや、なんでもない。スライム……いや、精霊というのも大したものじゃなと思っただけじゃ」

そう言ってグランデは首を横に振り、俺を気遣うかのようにごつい手で優しく俺の腰のあたりをポンポンと叩いた。

「……？」

グランデの不審な態度に内心首を傾げつつ、俺は歩を進める。

まぁ、気にするほどのことでもないだろう。今は一刻も早くアーリヒブルグに戻らないといけないからな。グランデには苦労をかけるが、ひとっ飛びすれば日が落ちる頃には辿り着けるだろう。

Different world
survival to
go with the master

第三話
戦備を整える

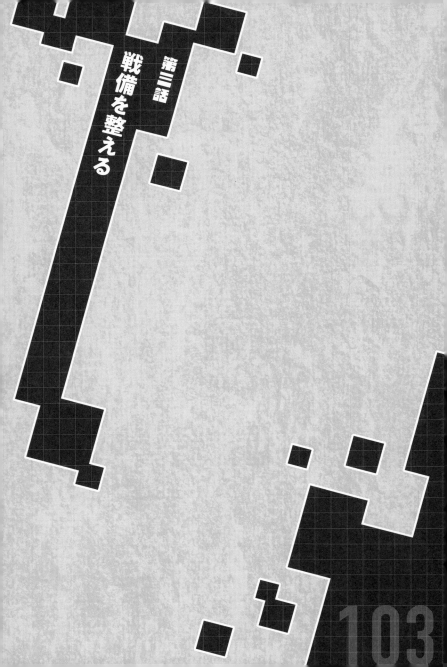

アーリヒブルグへの帰路はすこぶる順調であった。高速で飛翔するグランデに追いつける魔物はソレル山地には存在しないからだ。向こうを出るのが少々遅かったのでグランデもちょっと本気を出して飛んだらしい。

それでもアーリヒブルグへの到着は日が落ちるギリギリの時間で、滑り込みセーフって感じだったけど。解放軍の本拠地と化しているおかげで比較的治安の良いアーリヒブルグ近辺であるが、流石に夜間は門が閉められるからな。まぁ閉まってても俺とグランデはいくらでも入れるけど。権限的な意味でも物理的な意味でも。

「よく戻った」

「ああ、ただいま。危険なことは……そんなになかったぞ」

「嘘をつけ」

「いひゃいれす」

俺を出迎えてくれたシルフィがジト目で俺を睨みながら俺の両頬を引っ張ってくる。彼女が本気を出すと冗談でもなんでもなく俺の両頬の肉が引き千切られてもおかしくないので、恐らく多分に手加減をしてくれているのであろう。

「おかえり」

「ああ、ただいま」

頬を抓られている間にいつの間にかアイラが俺に抱きつき、胸元からジッと俺を見上げてきていた。丁度良い位置にあるその頭を撫でてやると、彼女は大きな一つ目を気持ちよさそうに細める。

こんなに小さいけど歳上なんだよなぁ。

「無事なようで何よりです。聖女様とはどうでしたか？」

少し離れた場所でにこにことそれはもう満面の笑みを浮かべていらっしゃる角の生えたあくまがそんなことを聞いてくる。

「どうもこうもないだろ常識的に考えて」

「獣のように襲いかからなかったんです？」

「ないです」

寧ろ押し倒されそうになった。押し倒されなかったけど。

「というかだな、無事を喜んでくれるのは良いけど、時間がないからおふざけもこの辺りでな」

「「「えーっ⁉」」」

今か今かと出番を待っていたハーピィさん達が盛大にブーイングを始める。君たち十人以上もいるんだから、一人一人ネタを披露してたらそれで一日潰れちゃうでしょ？

◆◆◆

この期に及んで話し合うことなどそうそうない……というか俺は話し合いに使う時間を装備の生産に回して、その他の調整はシルフィ達に任せたほうが何倍も効率が良いのだ。

とは言え、俺がやらねばならないことはモノを作ることだけではない。

「非常に大きな音が鳴るから、音に敏感な人は注意するように……いいな？　じゃあ撃つぞ」

そう言ってからトリガーを引き、銃弾を発射する。

ズガーーーッ、とまるで布を切り裂くかのように途切れること無く銃声が響き、発射され続けた弾丸が射撃場に並べられた鎧付きのターゲットを横一閃に薙ぎ倒していく。チョビ髭さんの電動のこぎりとも呼ばれていたこの機関銃は発射間隔が非常に短いのだ。

そう、俺がやらなければならないことというのは、このようにこの世界に存在しない『あっちの世界』の武器の使い方を然るべき連中に教えることである。

「この武器はボルトアクションライフルの延長線上にある武器だ。機関銃――マシンガンってやつだな。威力は見ての通りで、鎧を身に着けていようが盾を構えていようがお構いなしに相手を紙屑のように引き裂ける。使用している弾薬は皆が使っているボルトアクションライフルと全く同じものだ」

そう言って俺はインベントリから弾帯でひと繋ぎにされた小銃弾を取り出す。まぁこうなっていたら小銃弾というよりは機関銃弾と称したほうが良いかも知れないが。

「こいつは毎分１２００発という凄まじい連射速度で銃弾を発射する。無論、そんなスピードで銃弾を撃ち続けたら銃身が加熱してとんでもないことになるから本来は頻繁に銃身の交換をしなきゃならないんだが、こいつは銃身を黒鋼で作っているから、多少マシだ。それでも予備銃身は必要だけどな」

言いながら俺は空冷式銃身カバーの横にあるハッチを開いてずしりと重い銃身を取り出してみせ――。

「あっつ！」

火傷しそうになって慌てて銃身カバーの中に戻した。手袋でもしておくべきだったな。

「何やってるんだい」

その様子を見ていた銃士隊の隊長——豹獣人のジャギラが苦笑を浮かべてみせた。そんな彼女の耳はぺたりと伏せられており、そうやって騒音を防ぐのかと俺は感心する。獣人ってのは色々と便利だな。俺なんてまだ耳が痛いぞ。

「なんというか……その、凄い武器だけど」

ジャギラは耳をぺたんと伏せたまま歯切れの悪い様子を見せる。

「人間相手に使うには強力過ぎる？」

「ん、まぁ……」

ジャギラは俺の言葉に頷いた。銃士隊の他の面々も同じような表情だ。

「うん、まぁそう思うのは尤もな話だな。ボルトアクションライフルはあくまでも弓やクロスボウの延長にあるものだ。個人が個人を殺すための道具で、まぁ『武器』と称しても良い範疇のものだと思う。それに対してこのマシンガンは少数で大集団を一方的に蹂躙し、掃討するために作られた『兵器』と言うべきものだ、と俺は思っている」

ジャギラ達は俺の言葉を真剣な表情で聞いてくれている。それを確認した俺は言葉を続けた。

「正直、ボルトアクションライフルもそうだけど、俺が持ち出すこういう武器っていうのはこの世界に本来あってはならないものなんだとは思う。これを使った戦いは、もはや戦いというよりは一方的な蹂躙となるだろう。それでも俺はこいつを戦場に投入するし、お前らにこの武器を使って敵を殺させる。何故なら、それがどうしても必要だからだ」

これから先の戦いで必要になるのはエアボードの持つ機動性だ。ただ、機動性だけがあっても仕方がない。敵の足を止めるだけの攻撃力が要るのだ。それも、圧倒的な戦力を物ともせずに確実な損害を与えられる攻撃力が。

「銃士隊の今後の任務については追ってシルフィかダナンから伝えられる。ただ、その任務を果たすためにこの武器は必ず必要になる。だからとにかくこいつの扱い方を覚えてもらう」

「わかった。皆も良いね？」

ジャギラの問いかけに銃士隊の面々が頷く。

もしこの世界にも地獄なんてものが存在するなら、ジャギラ達も道連れになっちゃうかな。できれば俺とシルフィだけで勘弁してもらいたいところだ。ジャギラ達は俺達に強要されてのことなんだから、情状酌量の余地があると思う。

「何呆けてるのさ。さぁ、そいつの扱いを教えてよ」

「ああ」

ジャギラの声に返事をして俺は弾薬の装填方法や銃身の交換方法などを教え始める。

一応、こいつを使って聖王国軍を攻撃する前に退去勧告なんかはするつもりだけど、きっと無駄だろうな……爆弾で数千人を吹き飛ばした挙げ句、その他にもあの手この手でメリナード王国領内の聖王国軍を散々痛めつけておいて今更か。とにかく、暴発や事故でこいつを扱う銃士隊に被害を出さないように頑張ろう。

武器を持って迫ってくる敵まで救うなんてことは、それこそ全知全能の神様でもないとできやしないんだろうからな。ゲームなら敵キャラが倒れてフッと消えるだけだから気楽なもんなんだが……まならないよなぁ。まったく。

◆◆◆

耳を劈《つんざ》く銃声が絶え間なく聞こえる。それはまるで獣の咆哮のような――。

「FOoooooooooo!!」

咆哮のような――。

「うにゃーーーーーーっ!!」

咆哮――。

「ヒャッハーーーーーー!!」

「マジもんの獣の咆哮じゃねぇか！」

思わず叫んで地団駄を踏む。

いや、俺はね？　強力過ぎる武器を提供して聖王国軍を一方的に殺させることになるであろうことに心を痛めてたのよ？　それを彼ら彼女らに強要することになるのを厭うていたのよ？

「たーーーーのしーーーーーーー!!」

それがご覧の有様だよ！　銃士隊の面々はボルトアクションライフルではあまりバカスカ撃てな

かったという鬱憤を晴らすかのようにぶっ放していらっしゃる。しかもどいつもこいつもバイポッドを装備したまま立射していやがる。それ肩とか大丈夫なん？　反動制御できてるの？　あ、全然問題ない？　そうですか。

そういえば君達は元の世界の人間に比べると身体能力が滅茶苦茶高いんでしたよね。一見細めに見えるジャギラでもその膂力は軽く俺を上回ってますものね。そりゃ11キログラム超えの汎用機関銃でも軽々と振り回せるよね。

「これ、弾のついた帯をぶら下げて歩くのはちょっとよくないね」

「……はい」

文句を行ってくるジャギラに俺はインベントリからドラムマガジンを取り出して手渡した。

「んん？　どう使うのこれ」

「こいつはな」

と50発の弾丸を装填できるドラムマガジンの使い方を教える。このドラムマガジンは機関銃に取り付けることが出来る丸い弾薬箱って感じのものだ。丸いコンテナの中にくるくると巻いてある弾帯が収まっているだけで、装填方法は全く同じである。

「うーん、一長一短だね。腰を落ち着けて使うなら弾薬箱から弾帯をそのまま利用、動き回りながら戦うならこのどらむまがじん、ってのを使うのが良いのかな」

「そうだな。弾帯ぶらぶらさせて地面に擦ったりしたら、弾に土とか泥がついて動作不良を起こしかねないからな」

「そうだね。それで、こんなものを私達に与えるってことはあれだよね。こういうのが必要な相手に私達をぶつけるつもりってことよね」

「そうなるな」

ここでどう答えても与えた武器を見ればジャギラの言葉通りだということは明白なので、しらばっくれるのはやめた。

「まぁ、徒歩でお前らを危険地帯にぶちこむつもりはないから安心しろ。俺も行くし」

「そうなんだ？　まぁコースケがいるならなんとでもなりそうだね」

「弾薬補給ならまかせろー」

実際のところ、今現在も銃弾は量産中である。最近アーリヒブルグの近くで見つかった洞窟で火薬の原料になる資源が大量に見つかったから、火薬に関しては暫く不自由しそうにない。

え？　それはなんだって？　洞窟に住み着いているデカいコウモリのフンが堆積したモノです。つまりウンコです。肥料にも使えるし良いものだよ、うん。

金属系の資源についても、武器弾薬を製造している待機時間中にグランデに山に運んでもらってガンガン採掘しているので、今のところは枯渇の心配はない。

「銃身の交換と再装填の方法に関しては特に注意をして修練してもらうとして、次はこいつだ」

と、俺が次にインベントリから取り出したのはエアボードであった。それも、俺が作った試作品ではなく、研究開発部の面々が実験を繰り返し、改修を施した先行量産型である。

「なんだいこりゃ？」

「エアボードという乗り物だ。魔力結晶一つで後方拠点からアーリヒブルグまでを一日で走破できる機動性を持っている」

「えぇ⁉　後方拠点からここまで一日⁉」

「そうだ。しかも、どんな悪路も走破できる。起伏のある草原も、でこぼこの荒野も全く問題なしだ。森の中はダメだけどな」

先行量産型のエアボードの外観は、ピックアップトラックの下半分を切り取って板に載せ、その左右に筒状の推進装置を取り付けたようなものになっていた。操縦席だけが装甲に覆われているような感じだな。

「確かにどことなく馬車っぽい感じはするけど……車輪は？」

「このエアボードに車輪はない」

そう言いながら俺は先行量産型エアボードの荷台後方部分に設置されていた銃架に機関銃を据え付けた。この銃架は250発入りの鉄製弾薬箱を固定できるようになっており、装填手の助けなしにスムーズに機関銃を射撃できるようになっているのだ。

本当は回転できる砲塔をつけたかったのだが、重量的な側面と技術的な側面から断念せざるを得なかった。まぁ、蓋を開けてみれば銃士隊の面々は銃架などを使用せずとも軽々と機関銃を振り回せているわけで、それほど回転砲塔に拘る必要もなかったわけであるが。銃架も単に弾薬箱を固定する部分だけを荷台の両側面と後方につければ良いのではないかと今は思っている。

重量的な面からの制約は浮遊装置の出力を上げるか、浮遊装置の数を増やすかで対応できるだろうと考えられているのだが今はある程度の数を揃えるのが先決であるのと、どちらにせよ浮力や推力のバランスを取る時間が取れないということで見送られたわけだ。

「よーし、試験走行を行う。射手としてジャギラと、装填や銃身交換の補助をする人員としてもう一人荷台に乗り込んでくれ。他の人員はこちらに集まって待機だ」

俺の指示に従ってジャギラと小柄なリス獣人が一人荷台に乗り込み、他の人員は指定した待機地点に固まった。これから移動しながらの射撃も披露する予定なので、万が一にも事故が起こったら目も当てられないからな。

「ジャギラは銃身交換用にこのワイバーン革のグローブを嵌めるように。一箱250発撃ったら銃身を交換だ。そっちの君はジャギラが銃身を交換している間に装填をしてもらう。弾薬箱の固定方法と、装填の手順を確認しておいてくれ。あまり揺れないと思うけど、旋回時は曲がろうとする方向と逆方向に身体を引っ張られるような感じになるから、投げ出されるなよ」

「うん」

「了解」

リス獣人の女性が素直に頷き、ジャギラも素直にワイバーン革の手袋を嵌める。それを確認した俺は操縦席にある燃料スロットに魔力結晶を嵌め込み、エアボードを起動するためのスターターを捻った。するとたちまちにエアボードの隅から隅まで魔力が行き渡り、ふわりとエアボード全体が浮き上がる。

操縦システムに関しては研究開発部の間でも、それはもう侃々諤々と議論が交わされた。

戦闘用として使うのであれば精密な操作ができる俺の作った操作システムそのままが良いのではないか、長距離を走り続けるのであれば常に気を張り続けなければならない今のシステムは疲労が大きくなるのではないか、いつぞや俺が語って聞かせた自動車のようにハンドルとフットペダルで操作できるようにするべきではないか、などとそれはもう色々な意見が出た。

で、最終的には量産性を取って俺が最初に作り上げたツインスティック式の操縦システムをそのまま踏襲することになった。結局のところ、開発にかける時間があまりにも少なくて新規の操縦システムを開発する余裕がなかったのである。ハンドルとフットペダルを使った所謂《いわゆる》自動車型の操縦システムを搭載することも検討されたのだが、浮遊装置と推進装置を使って機動を行うエアボードとは明らかに相性が悪かったのだ。

どちらかというとエアボードの機動特性は馬車やその発展型の自動車よりも船舶に近いもので、また左右の推力バランスと方向舵を併用した複雑な旋回システムをハンドルとフットペダルだけで制御するには高度なゴーレム制御が必要になるだろうと考えられた。

なので、今回は左右の推進装置と浮遊装置の制御を同時に行うツインスティックと、方向舵を操作するフットペダルを用いた操作方式に落ち着いたわけだ。方向舵と推進装置の改良によってより旋回性能と速度性能が増し、更に魔力効率が向上したのが試作品との違いとなる。

「おおっ、浮いた」

「高さは操作によって多少変えられる。最大で1.5mくらいまで浮き上がれるが、高く浮くと安定性が悪くなるからあまり高く浮遊するのはオススメしない。そんじゃ動かすぞー」

まずは推力を控えめに、ゆっくりと移動を始める。車輪もついていないのに荷台が動くのが不思議なのか、荷台に乗っているジャギラ達と、離れたところで見ている銃士隊の面々が驚きの声を上げている。

「スピードを徐々に上げていくから、ジャギラは荷台から標的を撃ってくれ」

「了解」

推進装置の出力を上げて標的に接近し、擦れ違いながら旋回して荷台の後方を標的の方向に向ける。すると、ガァァーン！　と途切れることのない轟音が後方から響き始めた。早速射撃を開始したらしい。

暫く射撃と再装填を繰り返し、他の銃士隊の面々が待機している場所へと戻る。

「どうだった？」

「本当に地面の状態を物ともせずにあまり揺れないで走り回るのは凄いと思ったね。速度も凄いし、馬と同じかそれ以上に小回りも利くみたいだし。でも、銃架は要らなかったかな？」

「そうだね、銃架を使うと後ろの方にしか攻撃できないし。荷台の中心にくるくる回る弾薬箱の固定器があると良いかも？」

「ああ、それはいいね、それならどっちの方向にもバンバン撃てるし」

「銃架じゃなくて弾薬架かぁ……その発想はなかったなぁ」

そもそも銃架もなしに機関銃の反動を問題なく制御した上に、機関銃の重さを苦にしないというのが俺にとっては想定外の出来事である。

でも確かに荷台の中心にくるくる回る弾薬箱の固定器、つまり弾薬架があれば弾薬箱からスムーズに給弾ができそうだ。荷台のど真ん中にそんなものがあったら間違いなく通常走行時は邪魔なので取り外しを出来るようにするか、使わない時は倒して荷台の床と一体化させられるようにするかした方が良いだろう。

「フィードバックは早速伝えたいと思う。ただ、中心に回転弾薬架をつけるのは間に合わんと思う。前後左右に固定式の弾薬架をつけるようにしておく」

「了解。他の隊員にも練習させたほうが良いよね？」

「そうしよう。操縦も覚えてもらうからな」

というわけで、一日を使って俺は機関銃の扱いとエアボードの操縦方法を銃士隊の面々にみっちりと教え込むのであった。

◆
◆
◆

「それで、教練は終わったのか？」

銃士隊の教練を終えたその夜。俺はシルフィとアイラと一緒に領主館の離れで過ごしていた。今は入浴と食事を済ませて、食後の晩酌&寛ぎタイムである。

「ああ、基本的なところはな。訓練に使う弾薬の量を考えるだけで頭が痛いよ」

そう言いながら俺はシルフィの注いでくれた蜜酒を一口飲み、溜息を吐いた。蜜酒の甘い香りがふわりと鼻を擽る。蜜酒を飲むと吐息が甘くフローラルな感じになるんだよな。

まぁそれはそれとして、訓練というのは一日ダーっと撃ったらそれでおしまいというわけではない。いやまぁもちろん毎日ぶっ放しまくるものでもないけど、一日か二日くらい置いてもう一回くらいは今日と同じくらいダーっとぶっ放させるべきだろう。

弾薬箱一つで250発なので、二十人まで増員した銃士隊の全員に四箱分撃たせるとそれだけで20000発である。とはいえ訓練に使った弾薬の薬莢は全て回収したので、コストは半減してるけどね。しかも薬莢にはコストの高い真鍮ではなく、鉄を使っているのだ。

え？　鉄製薬莢は回収した薬莢へのリロードが困難だろうって？　ははは！　俺の能力を使ってリロードする分には薬莢のリムが内側に巻き込まれていようと、ボディーにへこみがあろうと、硬い鉄製だろうと関係なく完璧に、新品同様に出来てしまうのだ！　火薬と弾頭だけ用意すれば良い。まぁそれでも薬莢の回収率は100パーセントってわけにはいかなかったけども。エアボード上で射撃した分の回収が難しくてな……。

「研究開発部もフル稼働してる」

俺の膝の上に頭を載せたままアイラが大きな瞳で俺を見上げてくる。今日は甘えさせるのではなく、甘える方針を採用したらしい。シルフィも今日は俺にピットリとくっついているので、二人とも今日は甘える方針であるようだ。

「とりあえず睡眠時間だけはちゃんと取るように言ってくれ。あと、納期に間に合わせるために俺も手伝うから、俺が生産したほうが早いものは俺に回すように言っておいてくれ」

「ん、わかった。明日の朝一番でリストを作って貰ってくる」

「そうしてくれ。でも、アイラも無理するなよ。シルフィもな。これから先が一番大事な場面なんだから、その準備で疲れ果てちゃ意味がない」

「ああ、わかってる。だからこうしてコースケにくっついて力を溜めているんだ」

「ん、コースケパワー」

謎のパワーで回復しているらしい。くっついてるだけで充電できるとかエコだな。でも俺もシルフィとアイラにくっつかれて癒やされているような気がする。もしやこれは新種の永久機関なのでは？

「エレンからは追加情報は来てないのか？」

「本国から来る聖王国軍に関しては無いな。ただ、メリネスブルグの制圧に関しては色々と手を回しているようだぞ」

「手を回すって言ってもな……まさか俺達の侵攻に内応して開城するってわけでもないだろ？」

恐らくだが、メリネスブルグに駐屯している兵力は街の衛兵なども合わせれば数千にも上るはずだ。そう簡単に全ての兵を説き伏せて俺達に降伏させるなんてことが出来るとは思えないのだが。

「なんやかんやと理由をつけて主流派の兵や将軍をメリネスブルグの外に出してしまうつもりらしい。大規模哨戒任務とか、訓練と称して登山をさせるとか、本国から向かってきている聖王国軍への補給任務だとか、そういうものをでっち上げてな」

「大丈夫なのか、それは」

「知らん。あの女はあの女なりにやるだろう。なに、主流派とは微妙な関係だったとしてもアレは紛

れもなくアドル教の聖女だ。聖女という地位を存分に利用すれば多少の無理は通るだろうしな」

「そういうものかなぁ」

シルフィはそう言うが、俺にしてみれば心配でならない。真実の聖女という肩書きで色々と情報を集めてみると、不良聖職者を次々と断罪し、激昂して襲いかかってきた不埒者を神の奇跡で粉砕する、というそれどこの暴れん坊ジェネラル？　みたいな逸話ばかりが聞こえてくるのだが、俺にしてみればエレンは触れれば壊れそうなほどに華奢なただの女の子でしかないのだ。

「そういうものだ。ともあれ、どのような結果になるかはわからないが、どう転んだとしても穏便にはいかんだろう。私達に出来ることは、可能な限り犠牲を減らせるようにすることだけだな」

「世知辛いなぁ」

「仕方ないとは言いたくないけど、戦争だから」

そう言ってアイラは目を瞑って溜息を吐く。別にシルフィもアイラも好きで戦争をしているわけじゃないものな。シルフィは家族と国を取り戻すために。アイラは迫害される同族を聖王国の支配下から解き放つために、メルティやザミル女史はシルフィと志を同じくしていて、ダナンとレオナール卿は聖王国に対する復讐を遂げるために。

勿論個人的な理由だけでなく、聖王国の支配下で苦しめられている亜人達を助け、かつてのメリナード王国を取り戻すためにっていう大きな目標もあるんだろうけど。

大目標を達成するためには戦争しか手はないのか？　と考えてみるとやはり現状ではイエスとしか言えないだろう。シルフィ達の祖国であるメリナード王国と聖王国ではイデオロギーがあまりに違いすぎる。

亜人も人間も等しく『人族』として共存しようとするメリナード王国と、人間至上主義を掲げて亜人を奴隷として使役する聖王国とでは思想からしてあまりに相容れない。話し合いをしようにも、聖王国は聞く耳をもたないだろう。まだ現状では。

「今回の戦いで決められれば良いけどな」

「私もそう思う」

「ん、私も」

今は戦うことしか手段がないのだから仕方がない、か。仕方がない、仕方がない、と言って泥沼の戦いを続けるようなことだけはしないように気をつけないとな。

◆◆◆

そして俺がアーリヒブルグに戻ってきてから瞬く間に一週間が経ち、作戦の決行日が訪れた。

「なんとか漕ぎ着けたって感じだなぁ……」

高速打撃部隊の士気は高い。総勢五百名がおよそ１００台の先行量産型エアボードに分乗しているのだが、ずらりと並ぶエアボードは、それはもうなかなかに壮観な眺めである。高速打撃部隊用のエアボードだけでなく、後続の本隊の輜重に利用するエアボードも発注され、それでも頑張って全品納品を果たして今朝には真っ白に燃え尽きていた研究開発部の面々も草葉の陰で喜んでいることだろう。成仏しろよ。なむなむ。

ちなみに、高速打撃部隊の兵站は俺が一人で受け持つ。とは言っても乗員の一日分の水と食料は積んであるけどね。それでも万が一俺が突然死んだりしたら高速打撃部隊は一巻の終わりだろうなぁ。

いや、機動力があるから戦闘をしなければアーリヒブルグまで余裕で逃げ帰ることは可能か。撤退できるならなんとでもなるかな？　ことここに至ると俺よりもシルフィを失うほうが危ういだろうな。シルフィは解放軍の旗頭だし、メリネスブルグの王城で身も心も凍らせて自らを封じている王族達を解き放つのにも必要だろうし。

「姫様、コースケ殿。もう少し後方というか、車列の真ん中辺りに下がってはいただけませんか？」

同乗しているザミル女史が爬虫類独特の感情を感じさせない目で俺とシルフィを見ながらそう言ってくる。

「駄目だ。本当は一番前が良いと思っているくらいだ」

「俺の能力を考えれば、損傷と弾薬消費が激しいと考えられる銃士隊の後ろにいるべきであることは明らかでしょう」

「……」

シルフィと俺に同時に拒否をされて、ザミル女史が目を瞑って溜息を吐く。

「大丈夫。私の新型結界ならドラゴンブレスも防げる」

同じく同乗しているアイラがそう言ってザミル女史を元気づけようとしているようだが、それはシルフィと俺がこのポジションでも問題ないって言っているのを補強することになっていると思うぞ。

「このメンバーなら聖王国軍の大軍に囲まれても突破できますよ。いざとなれば私も戦いますし」

「人族同士の争いに加担する気はないが、まぁそうなった時には全員抱えて飛び去るくらいのことはしてやっても良いぞ」

ニコニコしながらエアボードの後部座席に座っているメルティと、眠そうな顔をしながらそのメルティに膝枕をされているグランデが更に援護をする。

ザミル女史は諦めたのか、もう一度溜息を吐いて目を閉じてしまった。

俺達の乗るエアボードのポジションは隊列のかなり前の方。機関銃を装備した銃士隊のエアボードのすぐ後ろである。いざ遭遇戦、となったら戦闘に巻き込まれる可能性は非常に高い。

とは言ってもハーピィさん達が斥候として飛んでいるわけで、そうそう遭遇戦なんて起こるわけもないのだが。斥候役のハーピィさんはゴーレム通信機を装備しているので、敵を発見次第すぐに連絡が入ってくるのだ。

『歩兵部隊と統治支援部隊、点呼完了である』

心配するザミル女史を宥めて……というか説得していると、俺達の乗るエアボードに積まれた小型のゴーレム通信機からレオナール卿の声が聞こえてきた。

ちなみに、俺達が今回運用する高速打撃部隊の内訳はハーピィ爆撃部隊二十名とジャギラ率いる銃士隊二十名、それにレオナール卿が率いる精鋭兵四百名とアイラが率いる魔道士隊が二十名、その他に統治に必要な人員も合わせてきっかり五百名で機動戦を仕掛けるつもりである。統治支援部隊というのはつまり、随行してきた文官達のことだな。

後続でクロスボウ兵や重装歩兵、それに元冒険者達で構成される遊撃部隊を合わせて総勢三千名の本隊をダナンが率いて追いかけてくる。ああ、それだけでなく試作型の魔銃を装備した試験部隊も一緒に行動するんだったかな。

基本的にはエアボードに分乗した五百名の高速打撃部隊で道中に存在する砦や街の防壁や城門などを粉砕して行き、ボロボロになった敵拠点を後続の本隊が制圧していくという流れの予定だ。

高速打撃部隊は本隊の到着を待たずにどんどん次へ、次へと移動して高い打撃力でもって敵が組織的に行動する前に、各拠点に駐留している聖王国軍を各個撃破していく。

できるだけ民間人に被害を出さないよう配慮はするつもりだが、まぁ負傷者無しとはいくまい。

『銃士隊、準備よし』

『ハーピィ爆撃部隊も準備完了です』

通信を聞いたアイラがゴーレム通信機を手に取り、口を開く。

「ん、魔道士部隊は銃士隊と同じエアボードに乗っているから準備よし。はい」

「うむ。では打ち合わせ通り、銃士隊のエアボードを先頭にして移動する。各員、車間距離を保ち事故など起こさぬように。聖王国軍と戦う前に事故で戦線離脱なんて笑い話にもならないからな。第一目標はボブロフスクだ。高速打撃部隊、出撃！」

シルフィの号令でおよそ１００台並んだエアボードがふわりと浮き上がり、滑るように移動を開始する。先頭は機関銃手と魔道士の乗った銃士隊のエアボード、その後ろに俺達のエアボード、ハーピィさん達を乗せたエアボードと続き、その後ろは精鋭兵の乗るエアボードだ。

いやぁ、予備を含めて百人以上にエアボードの操縦を教えるのは大変だったよ……元の世界なら、まだ仮免ももらえないような初心者ドライバーの群れだ。事故が起きなかったら奇跡だな。

ちなみに、俺達の乗るエアボードの運転手は俺である。当然そうだよね。勿論俺のエアボードは特別仕様だ。操縦用のスティックにトリガーがついている時点でお察しである。

「さぁ、やるか」

この手で敵を撃つ覚悟はとっくに完了している。後はやるだけだ。

Different world
survival to
go with the master

第四話 電撃戦

斥候のハーピィさんに伝書鳩的な怪しい鳥を捕殺してもらったりしながら街道を進む。どうにも森の中に斥候が潜んでるみたいだな。まぁ今は構ってる暇はないし、俺達の速度についてこられるわけがないから放置だけど。

そうして進むこと約一時間。俺達は聖王国の勢力圏にある街、ボブロフスクへと辿り着いた。予め《あらかじ》斥候ハーピィさん達が情報伝達を妨害していたためか、ボブロフスクの防衛隊は俺達を目視するまで侵攻に気づかなかったようである。城門では入市検査を受けていた民間人を慌てて街中へと緊急収容しているようだ。この調子だと防衛準備も全く整っていないことだろう。

「コースケ、スピーカーを使うぞ」

「ああ」

シルフィが運転席と後部座席の間に設置されているマイクを手に取り、声を張り上げた。

『ボブロフスクに駐留している全聖王国軍に告ぐ、我々はメリナード王国解放軍である！　直ちに武装解除して降伏せよ！　四半刻後までに降伏しない場合は攻撃を開始する！』

防壁や城門とは矢が届かない程度に距離を取っているので、相手の反応はよくわからない。しかし、少なくとも即刻打って出てくるというような暴挙には出るつもりはないらしい。

そして、こうしている間にも後続のエアボードが次々と街道から姿を現し、ボブロフスクを包囲していく。機関銃を装備している銃士隊は勿論のこと、レオナール卿の指揮下にある精鋭兵もクロスボウの扱いには熟達しているので、高速打撃部隊の面々は全員が遠距離攻撃の手段を持っている。

当然ながらエアボードの上からでも射撃することは可能なので、特に下車しなくても全員がある程度の戦闘能力を有しているのだ。

「降伏すると思うか？」

カンカンカン、カンカンカン、と緊急事態を知らせるものなのか、ボブロフスクの街中から鐘の音が断続的に鳴り始めた。今頃ボブロフスクの中は大混乱だろう。

「しないだろうな。戦いもせずに降伏したということになれば、ボブロフスクの防衛指揮官の進退に大きく関わってくるし、基本的に最前線に配置される指揮官というのは敵に懐柔される心配のない堅物だ……銃士隊から三台、北門に回って通行を封鎖しろ。強行突破しようとする者は殺せ」

『了解』

今度は車載のゴーレム通信機のマイクを手に取り、シルフィが各方面に指示を出し始める。

「ハーピィの斥候はボブロフスクから慌てて出ていく早馬がいないか確認しろ。爆撃部隊は爆装開始、うち二名は斥候と連携してもし早馬が封鎖から逃れたら爆撃で仕留めろ。伝書鳩の類は今まで通り捕殺せよ」

『りょうかいです！』

シルフィから割と容赦のない指示が飛ぶ。まぁ敵方の情報を封鎖するのは大事だものな。完全に防ぐのは無理だと思うけど、やらないよりはやったほうがこっちに有利に働く。

聖王国軍と俺達解放軍で、俺達の勝っている点というのはまぁそれなりに沢山あるわけだが、一番大きいのは情報のアドバンテージである。俺達はゴーレム通信機を有しており、距離があってもリアルタイムで情報をやり取りすることができる。

それに対し、聖王国軍の情報伝達手段は最速のものが伝書鳩、次点で早馬だ。伝書鳩に関しては討ち漏らしもあり得るがそもそもの確実性に欠ける、馬に関しては攻撃時間を差し引いてもエアボードによる電撃的な侵攻とほぼ等速であるという致命的な速度の差がある。

そして情報が伝わらなければ聖王国軍側は常に奇襲を受ける形になる。四半刻——三十分ではまともな防衛体制を整えることは非常に難しい。彼らは民間人の避難誘導などもしなければならないわけだからな。そういうのを一切放り出せばある程度の防衛体制を整えることは出来るかも知れないが……。

◆
◆
◆

『こちら北門、伝令と思しき一団が出現、騎兵と共にこちらに突進中』

「やれ」

『了解』

遠くからガァァン、ガァァン、と小刻みな発砲音が聞こえる。

『処理完了。こちらに被害なし』

「よくやった。引き続き警戒せよ」

『了解』

「聞いての通りだ。二番機と三番機は私に続け。この場の指揮は四番機に任せる、何かあれば姫様に指示を仰げ」

『了解』

姫様の指示を受け、私はゴーレム通信機で銃士隊の面々に指示を出してから運転席の後ろについている窓を軽く叩いた。それを受けてエアボードがボブロフスクの周りを囲む畑の上を滑るように動き始める。こうして畑の上を移動しても畑を踏み荒らすことがないというのは素晴らしいことだと思う。しかも速いし、馬車より小回りが利くのだから非の打ち所がない。弓矢や魔法で撃たれると身を隠すところがないのが玉に瑕だが、障壁魔法を使える魔道士が二名配備されているからそうそう敵の攻撃を通すこともないだろう。

今回の行軍において、銃士隊の乗るエアボードには銃士隊員が二名、魔道士が二名、それに操縦士一名の計五名が搭乗している。魔道士は装填手も兼ねている形だ。試験的な配備ではあるが、なかなか理に適った編成だと思う。

ボブロフスクの裏手、北門方面に回り込むと、街道はすでに閑散とした状況だった。先程から緊急事態を告げる鐘が鳴り響いているので、野良仕事をしていた農民や近くを訪れていた旅人の類は全員街の中に収容されたのだろう。いや、よく見ればまだ門の辺りでなんかごちゃごちゃやっているようだ。運転手には城門から十分に距離を取った場所に展開するよう指示を出しておく。

「街道を塞いで待機だ。すぐ撃てるように機関銃の点検をしておけ」

「はい、隊長」

部下に指示を出しながら、自分も機関銃の点検をしておく。整備は昨日のうちにコースケがしてあるから、動作の確認と弾の装填だけしておけば良い。

少しすると城門が開き、騎馬が十二騎ほど飛び出してきた。明らかに私達の封鎖を突破してやろうという動きだ。伝令らしき軽装の騎手を乗せた駿馬が二騎、他は武装した騎兵だ。騎兵が盾となって突撃し、その間隙を突いて伝令を突破させるつもりだろう。私はすぐさまゴーレム通信機で姫様に連絡を取る。

「こちら北門、伝令と思しき一団が出現、騎兵と共にこちらに突進中」

私からの報告に対する姫様の返事はごく短く、決断的であった。

『やれ』

「了解。一番機から二番機、三番機へ。目標、敵騎兵。引きつけろ、まだだ……殲滅射撃、用意——撃ち方はじめ」

号令を下すと共に自らも引き金を引き、こちらへと向かってくる敵騎兵に弾丸の雨を浴びせる。

ガァァァン！　ガァァァン！　という凄まじい音が鳴り響き、騎兵達が血煙に変わる。

ボルトアクションライフルですら鎧兜を身に着けた敵兵を一撃で吹き飛ばしていたというのに、この機関銃という武器はそんな攻撃を一つ数える間に二十発も連射するのだ。どんなに鎧を着込んでいようとも、馬に乗っていようとも、この攻撃力の前には紙屑同然である。

エアボード一台につき二丁、つまり六丁の機関銃から放たれた弾丸の嵐はごく短時間で騎兵の集団を文字通りに全滅させた。馬も含めて生存者無し。

「ボルトアクションライフルなら騎手だけ殺せましたね」

確かに。敵の数が十二騎なら騎手は十二名。六人がボルトアクションライフルで射撃すれば、接敵される前に全員を仕留めることは出来たと思う。

「そうかもしれないけど、圧倒的な力を見せつけるというのも今回の作戦の目的だからね」

「お馬さんが勿体無いです」

「仕方ないね」

馬という家畜は非常に使い途の広い家畜だ。乗ってよし、荷車を牽かせてよし、畑を耕させてよし、食べてよしと三拍子どころか四拍子揃っている。馬系の獣人に言うと嫌な顔をされるけど。

今はそんなことはどうでもいいか。報告報告。

「処理完了。こちらに被害なし」

『よくやった。引き続き警戒せよ』

「了解」

通信機越しに報告を終え、周波数を切り替える。

「敵兵の死体を道の端に寄せるよ。二番機と三番機からも一人ずつ人を出して。残った方は回収班の援護。魔道士は車上で待機」

『了解』

『りょーかい』

二番機と三番機から返事がくる。

「んじゃ、行ってらっしゃい」

「えっ⁉　私が行くんですか⁉」

「あたし隊長だし。指揮しなきゃいけないし」

「うぅっ！　ジャギラのばかぁっ！」

あっはっは、持つべきものは忠実な部下だねぇ。さぁて、敵さんはどう出るかな？

◆
◆
◆

北門で突破を試みた敵騎兵隊が居たようだが、それ以降はまるで殻に閉じこもった貝のようにボブロフスクは沈黙を保っていた。いや、防壁上に守備隊らしき兵士の姿がちらちらと見えているから、適切な表現ではないか。とにかく、降伏勧告に応えるような動きは何もなかった。

「……時間だな」

太陽の位置を確かめたシルフィがボソリと呟いた。俺には殆どわからないが、シルフィは太陽の位置で割と正確に時間を測れるらしい。俺の体感だともうとっくに三十分過ぎているような気がするんだが、どうにも気が急いていたらしい。

シルフィが再びスピーカーのマイクを手にする。

『刻限だ！　降伏の意思あらば白旗を掲げよ。さもなくば、攻撃を開始する！』

再度呼びかけるが、ボブロフスクに動きはない。ここまでのようだな。

「ハーピィ爆撃部隊。ボブロフスクの南門を破壊しろ」

『了解、爆撃開始します』

　シルフィの指示で既に上空に展開していたハーピィ爆撃部隊が爆撃を開始する。上空からの急降下爆撃だ。爆弾を投下し、跳ね上がるようにハーピィさん達が上空に戻っていく。そして次の瞬間、ボブロフスクの城門で大爆発が起こった。実際には中規模の爆発が複数同時に起こっただけの筈なのだが、タイミングが完璧だったせいで大爆発を起こしたように見えるのだ。

「ハーピィさん達息合いすぎでは？」

「暇があればひたすら訓練していたからのぅ。妾の寝床とかよく仮想標的にされとったぞ。模擬弾集めをよく手伝ったもんじゃ。あと土で防壁もどきもこさえてやったりしたぞ」

　後ろからグランデの眠たそうな声が聞こえてくる。ハーピィさん達何やってんの。

　ともあれ、職人芸のような一撃で南門が一撃で粉砕されて崩れ落ちてしまった。そこにもう一撃爆弾が投下され、今度は瓦礫が跡形もなく吹き飛ぶ。これでハーピィさん達は両足の爆弾を撃ち尽くしたはずなので、再爆装が必要に……って戻ってくるのはえぇな。

「次の攻撃目標は防壁上の守備兵と兵舎、武器庫だ」

『りょーかい！』

　再びハーピィさん達が飛び立って行き、今度は防壁上の守備兵が一斉に爆破され、続いてボブロフスクの内部守備施設が散発的に爆撃されていく。俺達はそれを見守るばかりだ。

「うーん、一方的」

「そういう構成になってるんだからそうなるのが当たり前。弓矢も魔法も届かない高さから攻撃してくるんだから、抵抗のしようがない」

後ろからアイラの冷静な分析が聞こえてくる。まぁうん、アウトレンジから一方的にボコボコにしてるんだからそうだよね。

「ええと、この後はどうするんだ？」

「処理は後続に任せて私達は前進する」

「そうなるよな」

俺達は戦後処理などにかかずらっている時間はない。高速打撃部隊の役割というのは、圧倒的速度と火力で敵拠点を次々に破壊し、後続の本隊が容易に敵拠点を制圧するための筋道をつけることである。いちいち本隊が追いついてくるのを待っていては足を速くした意味がない。

「戦果を報告しろ」

『こちら斥候。防壁上の守備兵は全滅。主要な防衛施設の破壊も確認』

「よし、ハーピィ爆撃隊は帰投しろ。十五分の小休止後、進軍を再開する。各員水分補給などを怠るなよ」

『『『了解』』』

「十五分ね。じゃあ今のうちに航空爆弾補充してくるわ」

「ああ、何も心配はいらんと思うが、気をつけろよ」

「了解」

シルフィにそう返事をして俺はエアボードの操縦席から飛び降りた。さぁ、サクサク補給しようかね。

◆　◆　◆

『敵拠点の抵抗、なくなりましたー』

「レオナール、歩兵を突入させろ」

『承知』

　高速打撃部隊を運用して二日目。今日も今日とてメリネスブルグへの道すがら、聖王国軍の拠点潰しである。昨日潰した聖王国軍の防衛拠点は合計四つ。今日は二つ目だ。高速打撃部隊の手際は回を重ねるごとに良くなってきている。

　警告及び降伏勧告をしてジャギラ率いる銃士隊が即座に出入り口を封鎖。ハーピィの斥候部隊と連携しながら伝令その他情報伝達手段を潰し、同時にレオナール卿率いる精鋭兵部隊が突入準備を開始。

　基本的に聖王国軍は降伏せずに籠城の構えを取ってくるので、ハーピィ爆撃部隊が拠点を執拗に爆撃。敵の抵抗を無力化してから精鋭兵が敵拠点内に突入。制圧。制圧確認後、俺が護衛を伴って敵拠点に入り、瓦礫の撤去と戦利品の収奪を迅速に行う。その間にアイラ達魔道士部隊が敵の生存者を死なない程度に魔法で治療。そして速やかに次の戦場に移動。概ねそんな感じの流れで俺達は着々と敵拠点を制圧していた。

「敵拠点の抵抗が無くなったというか、殆ど崩れてない？」

「建築士がヘボだった？」

「見た限りでは石材をケチっているようには見えませんが……」

「そりゃ石を高く積んどるんじゃから爆発で横から崩されたらひとたまりもないじゃろ。そして一箇所崩れたら後はガラガラと連鎖的に崩れるわけじゃな」

「「なるほど」」

流石は土や石の扱いに関しては一家言あるグランドドラゴンである。グランデの解説に首を傾げていた俺とアイラとザミル女史は深く納得した。

「あれじゃ、あのハーピィどもが落としておる爆弾な。あれに対応するなら高く城壁を築くのではなく、縦横にたくさん堀を掘ってその中で戦うべきじゃろうな。落ちてきた爆弾が地表で爆発しても、堀の中なら衝撃波を浴びることも破片を浴びることもない。堀にすっぽりと爆弾が入ったら直撃したやつは死ぬじゃろうが、被害範囲は少なくなるじゃろ。銃の攻撃からも身を隠しやすいじゃろうし」

塹壕戦なんて概念を知るはずもないグランデが爆撃と銃撃に対する有効な防御方法として塹壕を掘ることを考えつくとか凄いな。ドラゴンの知恵、侮りがたし。

「流石はドラゴン。賢い」

「そうですね。感服しました」

「そうじゃろうそうじゃろう」

アイラとザミル女史に褒められてグランデがこの上なく機嫌を良くする。でもビッタンビッタンとエアボードの床をその強靭な尻尾で叩くのはやめようね。揺れるし床が壊れるからね。

若干ほのぼのとした雰囲気だけど、今も戦闘中なんだぜ。別に俺達はふざけているわけでもなんでもないんだ。なんというかこう、感覚が麻痺しつつあるんだろうな。

「コースケ、次の砦型敵拠点で例のものを使うぞ」

それに対してシルフィはずっと難しい顔をして気を張った様子だ。果たして感覚が麻痺しつつある俺と、緊張感を維持し続けているシルフィ。どっちがマシなのかは全くわからないな。

「……あまり気が進まないけど、実験は必要だよな」

そう言って俺は昨晩作り上げた特殊な航空爆弾をインベントリから取り出した。

大きさは普通の航空爆弾とあまり変わらない。しかし、この航空爆弾には折り畳んだパラシュートがつけられている。起爆装置などもゴーレムコアを利用した信頼性の高い仕様のものだ。

何故爆弾にパラシュートが取り付けられているのか？　それは投下したハーピィさんが投下後に爆発に巻き込まれないようにするためである。

そして、この爆弾だが……この爆弾には爆薬は入っていない。その代わり、標準サイズの魔力結晶が一つと、ごく小さな魔煌石の欠片が二つ封入されている。

そう、これは投下用の魔煌石爆弾なのである。

魔法の仕組みを理解していない俺にはその作動原理を完全に理解することは出来なかったのだが、バラして解析したアイラが言うには魔力結晶の魔力を二つの魔煌石の欠片の間で循環させながら増幅させ、最終的に二つの魔煌石の欠片が蓄えられる許容量を大きく超える魔力を生み出すことによって大爆発を起こすということらしい。

なるほど、わからん。

「計算上は小規模の砦一つを吹き飛ばす程度の出力」

「計算上はな」

万が一計算で一桁間違えていたとかいう事態が起こると砦ごと俺達が吹き飛びかねない。だから運用には万全を期する必要があるわけだ。

『制圧完了である。回収と救護を』

「よくやった。魔道士隊、砦へ。コースケも頼む」

「ん、わかった」

「はいよ」

シルフィの指示に従って俺は航空魔煌石爆弾をインベントリにしまい込み、運転席から降りた。続いてアイラと武器を携えたザミル女史も降りてくる。シルフィやメルティは留守番、グランデはそもそも降りる気ゼロのようであった。賢いけど基本ぐうたらなのである。ドラゴンなので。

「さーて、お仕事お仕事……」

「ん」

念の為いつでも武器を取り出せるようにショートカットを確認しながら崩壊した砦に向かう。

俺達が今やっているのは血で血を洗い、敵の命を塵芥のように扱う戦争行為だ。だが、それでも自分達が守るべき一線というものは一応こさえてある。

聖王国が俺達解放軍を賊としてしか認識していない手前、本来俺達解放軍と聖王国の間には一切の戦争法規というものは存在しない。生き残りを嬲り殺そうが、盾に貼り付けて人の盾にしようが誰にも咎め立てられることはないのだ。本来は。

勿論問題がないわけではない。あまりに残虐な所業を行うと民衆の支持は得られないし、後々の政治的な交渉に響く。それに、降伏が無意味だと知れば敵は死兵と化してそれこそ言葉通りに死物狂いで頑強に抵抗してくるようになるだろう。それは俺達にとっては大きなマイナスだ。今のところは抵抗の余地もなく撃滅してるけど、良いことではない。

まぁ、身も蓋もなく言ってしまえば後々に聖王国と交渉する際のアリバイ作りみたいなものだな。

一応俺達としては大きく三つのスタンスを採用している。

『攻撃前に通告と降伏勧告をする』
『負傷して戦闘能力を喪失した敵兵には手当てを施す』
『死者の遺体は放置せずにまとめて荼毘に付す』

という感じだ。本当は戦争法規も何もないんだから俺達は無警告で容赦なく敵を攻撃しても構わないし、負傷兵の救護なんてする必要もないし、敵兵の遺体をわざわざ処理する必要もないんだけどね。

ただ、今回の戦いの内容を後々聖王国側の攻撃材料とされてしまうのは業腹だ。だから俺達は自らある程度の節度を持って聖王国軍に接してるってわけだな。別に善人ぶっているわけでもなんでもなく、ただ必要だからそうしているのだ。

なんてことをつらつらと考えながら歩いていると、ちょんちょんと脇腹を突かれた。突いてきたアイラに目を向けると、大きな瞳がじっと俺の顔を見上げていた。うーん、可愛い。

「魔煌石爆弾を使うのは気が引ける？」

「ちょっと色々あってな。心理的抵抗感がないとは言えない」

別に魔煌石爆弾は深刻な放射能汚染を引き起こしたりもしないし、放射性降下物が広範囲に降り注いだりもしないんだけど、どうにもあの驚異的な破壊力を見ると心理的なアレルギーめいたものがね。大量の航空爆弾で砦一つを瓦礫の山に変えるのも、一発の魔煌石爆弾で砦一つを瓦礫の山に変えるのも同じことと言えば同じことなんだけどもさ。

「本国から来てる本隊に投入するって時に、ぶっつけ本番ってわけにもいかないからな。まぁやるしかないだろう」

「ん、必要」

そうやって話しているうちに崩壊した砦に辿り着いた。アイラは俺に手を振って負傷者の集められているエリアにテクテクと歩いて行ってしまったので、俺はザミル女史を引き連れてそこら中に散乱している瓦礫や敵兵の肉片を片っ端からインベントリに収納していく。

瓦礫を片付けている間に埋まっている生存者を見つけたり、それはもう酷いことになっている遺体を見つけたりもする。鼻の良い兵が瓦礫に埋まっている生存者を見つけた場合、ダッシュでそこに向かって瓦礫を撤去したりもする。半ば重機のような扱いである。

まぁそれは良いとして、この作業の何がキツいって言うとやはり死体を沢山見ること。これに尽きるだろう。体の一部が欠損しているくらいの死体はまだいい方で、下手すると上下に真っ二つとか、上半身や下半身が見当たらないとかって感じの死体が普通にゴロゴロしている。もう慣れたからゲロを吐くことはなくなったが、気分の良い仕事ではない。

片付けが終わったら俺が穴を掘り、そこに集めた死体を入れて魔道士部隊が火の魔法で一気に焼き払う。そして遺灰を埋め、石碑に今日の日付とこの世界の鎮魂の言葉を彫って俺のお仕事は完了だ。

砦にあった物資は武器防具、食料に資金、資材、崩れた砦の残骸に至るまで全て俺のインベントリに収納である。今回の砦は爆撃で砦全体が崩れたので、ほぼ更地だ。慰霊碑だけが、ここに砦があったことを証明するかのようにポツンと建っている。

「んじゃ、次に行くか」

「そうであるな」

そう言いつつ、俺が慰霊碑を立てるのを近くで見守っていたレオナール卿は、今度は寄り集まって呆然としている聖王国兵の生き残り達に視線を向けていた。

治療した聖王国兵は砦の備蓄から近くの村や街に行くのに必要なだけの物資だけを渡して放逐である。ギリギリ歩けるくらいまでは治療したので、後は自分で頑張れという処置だ。正直彼らの面倒を見ている暇は俺達にはないので。

「思うところがあるのか?」

「フン……あんな腑抜けどもはどうでも良いのである。次に行くのであるな」

「そうか。そうだな」

肩を竦めて歩き去っていくレオナール卿の背中を追う。尻尾の先の毛が微妙に膨らんでいる辺り、何かと思うところはあるようだが、自制しているみたいだな。流石は百戦錬磨の武将といったところだろうか。

「次は魔煌石爆弾を使う予定だから」

「アレであるか。実験で吹き飛ばされる聖王国軍が少しだけ哀れなのである」

そう言いつつレオナール卿の背中が小刻みに揺れた。魔煌石爆弾で聖王国軍が砦ごと吹き飛ばされるのを笑っているのだろう。

普段はお気楽食道楽のおっさんであるレオナール卿だが、二十年前の戦争では奥さんを聖王国軍に殺されたって話だからな。しかも酷く名誉を傷つけられて。言葉では同情しても恨み骨髄の本心は少し気が晴れるような感じなんだろう。

◆　◆　◆

「とまぁ、そんな感じでな」

「あれでレオナールも相当丸くなったのだがな。ここ数ヶ月は解放軍の将軍としてあちこちで聖王国軍の残党狩りをしていたし、古傷が疼いてきているんだろう」

俺とアイラ達魔道士部隊が協力して作った塹壕から顔を出し、砦の方に視線を向けながらシルフィがそう言う。

本日三つ目の敵防衛拠点に着いた俺達は早速降伏勧告を行い、今は相手の出方を待っているところである。到着時には全く迎撃の用意ができていなかったので、まだ俺達は敵の情報よりも早く攻略を進めることが出来ているらしい。

「相手も困惑しているだろうな」

「そうだろうな。見たこともない乗り物に乗って突然現れたと思ったら、四半刻後に砦を破壊する、だもんな。しかもそう言った相手が遠巻きに砦を取り囲んで堀を掘ってその中に隠れてるわけだし」

聖王国軍側からするとわけがわからないだろうな。

だが、彼らはわけがわからないなりにも防衛準備を進めているようで、全く降伏するような気配がない。

「シルフィ姉、そろそろ時間」

「そうだな……コースケ」

「へい」

インベントリから風魔法式拡声器を取り出してシルフィに渡す。エアボード用の拡声器を作った時に一緒に作ったやつだ。所謂トランジスタメガホンの魔法版である。

『砦に立て篭もっている聖王国軍に告ぐ。即刻降伏せよ！　さもなくば砦ごと貴公らを破壊する！』

シルフィが呼びかけるが、聖王国軍からの返事はパラパラとまばらに降り注いでくる矢であった。有効射程外なので、殆ど矢が届いていない。

「まぁ、こうなるな。ピルナ、作戦実行だ」

『了解。魔煌石爆弾、投下開始します』

「総員耐衝撃防御。飛んでくる砦の破片に気をつけろ」

無線越しに各部隊の隊長達から返事がくる。

ちなみに、エアボードはインベントリに収納済みだ。爆発の衝撃や飛んできた瓦礫で壊れたりしたら大変だからな。

「ん、ピルナが飛んでる」

「ああ。投下したな。隠れるぞ。シルフィもだ」

「ああ」

爆発の瞬間を見届けようとするシルフィの袖を引っ張り、塹壕の中に身を隠させる。

まだかな？　と思った次の瞬間、目の前が真っ白になって音が消えた。

塹壕の中に身を隠していたはずなのに、平衡感覚がおかしい。立っているのか座っているのかすら判然としない。耳からキーンという音が聞こえている気がする。鼓膜がやられたのだろうか？

「コースケ、アイラ、無事か？」

「ん、大丈夫」

「俺はまだクラクラする」

地面に両手を突き、目を瞑っているうちになんとか回復してきたので、立ち上がって塹壕から顔を出してみる。

「Ｏｈ……」

「跡形もないな」

「ん、威力は概ね計算通り」

離れた場所に存在したはずの砦は基礎部分すら残さずに綺麗サッパリ吹き飛んで消えていた。生存者は恐らく一人も居ないだろう。

「これを濫用するのは危ういな。最終手段に留めるべきだろう」

「どうかな。まぁその辺りは今夜の軍議で決めるとしよう」

「ん、それが良い」

俺の慎重論にシルフィとアイラはその場では同意してくれなかった。

最終的な製造とか、原料である魔煌石の供給に関しては俺に頼る部分が多いわけだから、もし俺の意見が通らなかったとしてもコントロールはできると思うが……注意しなきゃいけないな、これは。

◆　◆　◆

魔煌石爆弾を実戦運用したその夜。本日最後に制圧したベルリッヒ砦に部隊を入れた解放軍は、兵達にたっぷりの食事と一杯の上等な蜜酒を振る舞った。

たった一杯というのはケチ臭く思えるかも知れないが、明日もまた戦うわけだからあまり深酒をさせるわけにもいかないのだ。本当はシルフィも一日か二日休息を与えたいところなんだろうけどな。残念ながら今の俺達にそんな時間はない。今は一刻も早く道中の脅威を排除し、メリネスブルグに到達するのが俺達の為すべきことだからだ。

で、兵達が飯を食い、たった一杯の密酒を舐めるように飲んでいるその時。

「どうせ全員ぶっ殺して砦も破壊するのである。ガンガン使うべきである。時間も手間もかからなくて結構なのであるな」

「魔煌石爆弾使用後の周辺魔力濃度の上昇度合いが異常。濫用すれば何らかの魔力的災害が起こる可能性がある。魔道士としては濫用は支持できない」

「手早くはありますけど、敵兵ごと砦も物資も吹き飛ばしてしまうのは困りますね。いくらコースケさんにかかれば砦の再建は難しくないとはいえ、今後の統治に影響が出かねないので濫用は困ります。物資も略奪できないですし」

「今後どれだけ使うかの是非はともかくとして、士気高揚効果は高いですね。聖王国軍の本隊を相手にするということで不安に思っていた兵達も、今日の魔煌石爆弾の威力を目の当たりにして十分以上に勝算があると実感できたようです。逆に、あれを目にした敵兵は恐れ慄くことになるでしょう」

「魔煌石爆弾の運用そのものには不安はないですね。爆発の前に退避することはできたので。命令があれば何度でも落とせます」

それぞれレオナール卿、アイラ、メルティ、ザミル女史、ピルナの意見である。

レオナール卿の言うことは尤もと言えば尤もだ。今は急いでいるのだし、手間を掛けずにボンボコ吹き飛ばしていくのは効率的ではある。

　しかし、アイラの言うことにも耳を傾ける必要はあるだろう。過去、黒き森のエルフ達は精霊石を用いた破壊的な攻撃を乱発した結果、人の住めない土地であるオミット大荒野を作り出したのだ。魔煌石爆弾を濫用すると同じような結果を齎《もたら》すかもしれない。アイラはそう警告しているのだ。

「メルティのは意地汚いだけじゃないか？」

「意地汚いとは心外な。砦や駐屯地というのはそこにある必要があるから建造されるんですよ。そこに兵を置き、街道を監視し、必要があればその戦力を使って山賊や魔物を討滅する。そのために砦は築かれているんです。そりゃ短期的には砦が無くなったことで大きな影響は出ないでしょうけれど、長期的には再建が必要になる可能性が高いです。そうするとコースケさんを後方に送る必要が出てきます。コースケさんにしてもらいたいことはいくらでもあるのに、壊さなくても良い砦を壊して後方に送らなきゃならなくなるのは効率が悪いですよね？」

「アッハイ」

「それに今は戦争をやってるんですよ。軍事行動を継続するには武器防具に矢玉、医薬品、食料に資金、その他にもありとあらゆる物資が必要になります。あればあるほど良いんです。コースケさんもそれはわかりますよね？」

「はい」

「それを意地汚いだなんて……ひどいです」

　よよよ、とメルティが服の袖で自分の目元をわざとらしく覆う。とってもわざとらしいが意地汚いは言いすぎでしたね、はい。

「わかった、意地汚いは言い過ぎだった」

「わかってくれたなら良いんです」

メルティがニッコリと微笑む。ワーキリカエガハヤイナー。

「で、士気ね。やっぱり影響はあるかぁ」

「はい。銃士隊は最初からあまり心配していなかったようですが、歩兵の方はそれなりに心配していたようですね。ハーピィの航空爆撃があるとは言っても、野戦で大量の騎兵に突っ込まれたり、魔道士部隊に魔法を釣瓶撃ちにされたりすると厳しいと考えていたようで。砦を一撃で破壊する魔煌石爆弾の威力は彼らに安心感を齎したようです」

「どんな大軍でもあれをボコスカ撃ち込めば全滅必至なのである。当然であるな」

「戦争に関する協定も何も結んでいない状況ですから、どんな手を使っても非難される謂れは無いと言えばないですけどね。あまりやりすぎると後々突かれますよ」

「後々のことなんてその時に考えればよいのである。今は勝つことが優先であるな」

「それじゃあ後でシルフィエルや私やお城で私達を待っている王族の方々に迷惑がかかるんです」

「勝たねば迷惑もなにもないのであるな。こちらの兵を死なせずにあちらの兵を皆殺しにできる武器があるなら躊躇なく使うべきなのである」

メルティとレオナール卿がバチバチと視線をぶつけ合って虚空に火花を散らす。

ピルナはそんな二人に視線を向けながら苦笑を浮かべていた。彼女のスタンスとしては使うなら使うで構わない。俺達の決定に従う、という感じか。どちらかというと俺達に、というよりは俺に、なのかもしれない。

ちらりと隣を見ると、シルフィはバチバチと舌鋒を交わすメルティとレオナール卿のやり取りをじっと見ていた。視線はそちらを向いているようではあるが、何か深く考え事をしているようにも見える。実際、魔煌石爆弾の運用について考えを巡らせているのだろう。

その視線がこちらに向けられる。

「コースケはどのように考えている?」

「俺? 俺はそうだなぁ……」

シルフィの発言で会議の卓に着いている全員の視線が俺に集まってきた。そんなに見られたら穴が空いちゃうぞ。

「ぶっちゃけ言えばコストはそんなに高くない。使う魔煌石の量は高が知れてるし、魔力結晶だってやろうと思えば大きめの魔物の魔石とかでも代用できるしな。だからバカスカ投入することはできなくはないんだが、あまりバカスカ撃つべきではないと思っている」

「その心は?」

「切り札は切り時を見誤ると自分の首を絞めかねないと思うんだよな。他の手段でどうにかできるのなら、多少の被害や手間を厭わずにそっちの手段を使ったほうが良いと思う。正直、俺は一瞬で何百人、何千人の命を奪う魔煌石爆弾が怖い。使うべき時に使うことは躊躇すべきじゃないと思うけど、バンバン濫用するのは気が進まないな。それに、後々のことを考えると必要以上に聖王国の兵士を殺しまくるのも具合が悪いだろう？」

「それはそうですね。必要以上に敵愾心《てきがいしん》を煽るのは得策とは言えないです」

「だよな。今の俺達の着地点ってのはメリネスブルグを占拠し、聖王国から来る討伐軍を追い返して
メリナード王国を再建するってところだろ？　そうなると、最終的には外交的手段を以て聖王国にそれを認めさせないといけないわけだ。そうだよな？」

俺はそう言って会議室の面々に視線を巡らせた。

「魔煌石爆弾はその外交の場における切り札の一つになるだろう。だから、俺は運用を慎重に行ったほうが良いんじゃないかな、と考えている」

「さすがコースケさん。脳筋獅子男とは違いますね」

「吾輩は吾輩なりに効率と兵の安全を第一に考えただけである。ザミルはどう思うのであるか？」

「使うべき時には躊躇なく使う。それで良いかと」

そう言ってザミル女史はシルフィに視線を向けた。つまり、使うかどうかの最終判断はシルフィが下すべきだと、そういうことだろう。

「わかった。では魔煌石爆弾の使用に関しては後々の外交的影響を考慮した上で私の判断で使用することとする。良いな？　コースケ」

「……ああ」

とは言ったものの、本質的な意味での最終判断を下すのは俺である。シルフィの要請に従ってインベントリから魔煌石爆弾を取り出すか否か、その判断は常に俺に委ねられているわけだ。

何故なら、シルフィには俺の意思を完全に無視して俺のインベントリから何かを取り出す方法なんてないわけだからな。俺が大量虐殺の最後の安全弁か。嫌な役回りだよ。

「そんな顔をするな」

俺の表情を見たシルフィが苦笑を浮かべる。よほどひどい顔をしていたらしい。

「魔煌石爆弾の運用については以上で良いな？　では、明日に備えて解散だ」

シルフィの宣言によって各々解散していく。後に残ったのは俺とシルフィの二人だけだ。

「他の面々は？」

「私だけでは不満か？」

「まさか。ちょっと気になっただけだよ」

いつもならこういう時に二人きりになることはあまりない。なんだかんだで皆仲良しというか、皆で美味しく分け合いましょうって感じだからな。俺がこの謎の能力に付随したヘルスとスタミナシステムを持っていなかったらとっくに腎虚で死んでると思う。冗談じゃなしに。

「どういう風の吹き回しと言うか、どういうアレなんだ？」

会議に使っていた卓と椅子をインベントリに収納し、いつもの籐製の長椅子と木製のローテーブルを設置する。俺にかかれば会議室からリビングへの模様替えなんてのは一瞬である。俺有能。

「特に何か理由があるわけではない。メルティは収奪した物資の管理を部下に任せきりというわけにもいかないから見に行っただけだし、アイラは魔道士部隊の会合だそうだ。ピルナは連日の爆撃と魔煌石爆弾の登場でテンションが上りすぎているハーピィ達を宥めるとか言っていたな」

「なるほど」

頷きながら籐製の長椅子に並んで座る。本当に特に何かあったわけではないらしい。まぁ、多少は俺とシルフィを二人きりにしてやろうという配慮もあるのかも知れないが。

「まだ二日目だが、疲れただろう？　コースケはあまりこういう人死にが多く出るような事態というのは得意じゃないものな」

「まぁ、そうだなぁ」

ゲームでなら色々と凄惨なものもやっていたが、現実に目の前にするのは当然馴染みが薄い。それでもこの世界に来た当初と比べれば随分慣れてきたと思うが。この手で聖王国軍の密偵も撃ち殺したしな。

「私と共に歩むというのはこういうことだ。嫌になるだろう？」

「そりゃ精神的にはキツいよな。でもそんなのよりシルフィと一緒に居るほうが俺にとっては大事だ」

「……そうか」

シルフィがそう言って身体を傾け、俺に寄りかかってきた。いつもなら蜜酒の瓶を取り出すところなのだが、今日のシルフィは蜜酒よりも俺に甘えたい気分らしい。

「よしよし」

寄りかかってきたシルフィをそのまま優しく引き倒し、頭を俺の膝の上に乗せて撫でてやる。そうするとシルフィは撫でられた猫のように目を細めた。シルフィの髪の毛は戦場という埃っぽい環境にあってもなおサラサラとした触感を保っている。なんだろう、エルフには身体の状態を美しく保つ加護めいた力でもあるのだろうか。

「シルフィは頑張ってるよな。皆の命を背負って決断を下すのは大変だ」

「うん、大変なんだ」

俺に頭を撫でられ、目を瞑りながらシルフィが溜息を吐く。

自分の判断一つで解放軍の兵士が死ぬ。自分の判断一つで聖王国軍の兵士が何百人単位で消し飛ぶ。そんな決断をシルフィはこの二日間下し続けてきたのだ。そりゃさぞかし心労も溜まることだろう。

「シルフィはよくやってるよ。皆そう思ってるし、俺もそう思ってる」

「ほんとうに？」

「本当さ。だから今日は俺がシルフィをとことん甘えさせてやろう。俺に出来ることならどんなわがままでも聞いちゃうぞー」

「ほんとうに？　それじゃあ――」


シルフィはそれはもう遠慮なくわがままを言いまくってくれた。はいはいパパですよー。


「シルフィさーん？」

「……」

翌朝、我に返ったシルフィが久しぶりにシーツに包まって蓑虫モードになるくらいに。

「昨日どんなことをしたんです？」

「言ってもいいか？」

「……いったらこーすけをころしてわたしもしぬ」

　マジトーンである。本気である。

「だそうだ」

「じゃあ聞けませんね。残念です」

　聞いたメルティもシルフィの本気度を感じ取ったのか、素直に諦めた。そうした方が良いと思う。俺もうっかり口を滑らせて痛い目に遭いたくはないので。

Different world
survival to
go with the master

第五話
王都奪還

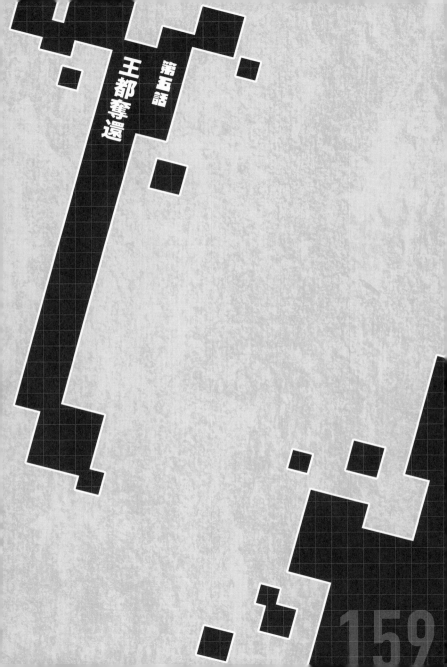

「やっと着いたなぁ」

「そうだな。流石に一筋縄では行きそうにもないが」

今日も今日とていくつかの防衛拠点を破壊しながら進むこと数時間。遂に俺達、高速打撃部隊はメリネスブルグの手前まで到達した。

アーリヒブルグを発ってから今日で三日目だが、道中の防衛拠点を尽《ことごと》く破壊して進んできたということを考えると驚異的なスピードだと思う。もっと多くの兵員を輸送するに足るエアボードが用意できていれば道中の防衛拠点を潰す必要もなかったんだが……兵員の大量輸送に関しては今後の課題だな。もっとお手軽な手段があれば良いんだが。

「それにしても多いなぁ……何人居るんだ？」

「さてな、一千以上、二千未満だとは思うが」

俺とシルフィが目を向けた先には揃いの鎧兜を装備した兵士達が整然と並んでいた。前衛はがちがちに鎧を装備した重装歩兵、その後ろには長い槍を突き出した長槍兵、更にその後ろには弓矢を装備した弓兵。その集団の左右には更に馬に乗った騎兵が展開している。

それに対する俺達の数はきっかり五百名。斥候のハーピィさんから報告が入らないとわからないが、人数だけで言えば彼我の戦力差はおよそ二倍から四倍である。まともにぶつかりあえばこちらに勝機はない筈なのだが。

「普通に考えれば絶望的な戦力差なのだがな……」

「……カモにしか見えない」

敵軍の陣容を目にしたシルフィが苦笑をうかべながら呟き、その隣でアイラがボソリと身も蓋もないことを口にする。

「一応します？　降伏勧告」

「まぁ、そうだな。形式的に一応な。まず応じないだろうが」

「だよな」

基本的に剣や槍などを用いたこの世界の野戦というのは数が物を言うものだ。数が多い方が少ない方に降伏するということはまずありえないと言って良い。

妙な乗り物に乗ってはいるものの、俺達の数は彼らに比べれば半数以下である。いかに身体能力に優れる亜人相手の戦闘だとしても、平原での野戦ということであれば数の多い彼らの方が有利だ――と彼らは考えているに違いない。

「やるか」

「ほい」

シルフィに外部スピーカーのマイクを手渡すと、シルフィは何度か咳払いをして喉の調子を調整してからマイクに向かって語りかけ始めた。

『私はメリナード王国解放軍の指揮官、シルフィエル＝ダナル＝メリナードだ。メリナード王国領に展開する聖王国軍に告ぐ。武装解除し、降伏せよ！　さもなくば諸君らはこの場で躯《むくろ》を晒す運命となる。武装解除し、降伏すれば本国まで無事送り届けることを約束しよう』

スピーカーからシルフィの声が響き渡る。すると、少しの沈黙の後に敵陣から笑い声が上がった。

俺の耳では正確には聞き取ることはできないが、なんとなく馬鹿にしているようなニュアンスは伝わってくる。

「降伏しそうな感じではないな」

「そうだな。仕方があるまい――銃士隊、攻撃開始。折角の広いスペースだ、存分にかき回してやれ。ハーピィ爆撃部隊は敵後衛を壊滅させろ。歩兵部隊は待機。お前達の出番は野戦を挑んできた愚か者どもを殲滅した後だ」

通信機の向こうから了解、という返事が多数戻ってくる。それと同時にハーピィ達が俺達の後方から飛び立ち始め、銃士隊の面々が乗るエアボードが滑るように加速を始めた。

それに合わせて聖王国軍は長槍兵を前に出して鈍色に光る穂先をハリネズミのように突き出した。どうやら聖王国軍はエアボードを戦車《チャリオット》の類だと判断したようだ。残念ながらそんな生温い存在ではないんだよなぁ。

遠くからガァァァァアン、ガァァァァアン、と断続的に発砲音が聞こえ始めた。それと同時に歩兵部隊の前面に展開していた長槍兵が薙ぎ倒され、槍衾が瞬く間に崩壊していく。

「お、敵の弓兵が射ってきてるな」

「停止結界の前には無意味」

アイラの言葉通り、降り注ぐ矢の雨は銃士隊のエアボードに届く前に勢いを失って落下しているようである。エアボードに乗り込んでいる魔道士が、アイラが新しく編み出した結界魔法を使って矢を防いでいるのだ。俺には仕組みがよくわからないが、飛んでくる矢の運動エネルギーを奪う特殊な結界魔法であるらしい。対象の指定と条件付けに苦労したとかなんとか。

そうやって銃士隊のエアボードが敵兵をゴリゴリと削り取っていると、今度は敵陣の後方で断続的に爆発が発生した。敵陣の上空に到達したハーピィ爆撃部隊が矢の届かない高度から航空爆弾を次々と投下し始めたのだ。

「何度見ても酷いな、これは」

「一方的な蹂躙だよなぁ」

既に聖王国軍は混乱の極致である。

それはそうだろう。前も後ろもズタズタにされているのだ。前衛の兵は未知の攻撃に晒されて半ば恐慌状態に陥っているし、後方は後方で航空爆弾に蹂躙されてミンチ祭りだ。指揮系統もクソもあったものじゃないだろう。密集しているのも良くなかったな。

程なくして聖王国軍のメリネスブルグ防衛部隊は壊滅した。銃士隊二十名による機関銃掃射とハーピィ爆撃部隊による執拗な航空爆撃にかかればおよそ一千名から二千名の聖王国軍がたった十数分で物言わぬ躯に早変わりである。あまりにもえげつない。

「生存者の救出、するか?」

「さて、どうしたものかな」

そう言うシルフィは鋭い視線をメリネスブルグに向けていた。何かを警戒しているような雰囲気だな。

「敵に魔道士部隊が見当たらなかった。救出作業中に合唱魔法を撃ち込まれたりする危険性がある」

「ああ、なるほど」

それは確かに迂闊に前には出られないか。聖王国軍が布陣していた場所はメリネスブルグの城壁から割と近い。１００ｍはないかな。普通の魔法だと多分届かないが、聖王国の魔道士部隊が使うという合唱魔法なら十分に射程圏内なんだろう。

どうしたものか、と考えていると城壁にいくつもの白旗が上がり、閉じられていた城門が開き始めた。突然の展開に車内に緊張が走る。

「何が起こっている」

シルフィがゴーレム通信機で斥候ハーピィさんと銃士隊に呼びかけると、銃士隊のエアボードから困惑したような声が返ってきた。

『ええっと……白旗を掲げたアドル教の神官達が城門から出てきました。どうしますか？』

神官、神官ね。このタイミングってことはエレンが上手くやったのか？

「どうする？」

「白旗を掲げているならとりあえず話はできるだろう」

そう言ってシルフィは肩を竦めた。とりあえず、これでメリネスブルグ攻略戦は終わりか？　随分と呆気なかったな……それだけエレンが上手くやってくれたということだろうか。

とにかく、警戒を怠らないように対処するしかないな。ホイホイと応じて一網打尽にされたらかなわん。

◆◆◆

先行している銃士隊が白旗を掲げて出てきたエレン達と接触し、エレン達が降伏の申し出と負傷者の救護を求めてきたことをゴーレム通信機で伝えてきた。

「私とレオナール、それにメルティの三人で交渉に臨む。場所はコースケに作ってもらう。そうだな、あの辺りに頼む。石床にテーブルと椅子があれば良いだろう。畑は後で戻してやってくれ」

そう言ってシルフィは街道の脇の畑を指差した。城壁からの弓矢が届かない場所を選んだようだ。誰かの畑だけど。休耕地なのかそれとも植え付けの前なのか、作物が生えているということはないようである。

「了解」

「わかりました」

「ザミルはコースケに付いていてくれ。アイラは銃士隊を警護に使って負傷者の救護支援をしろ」

「承知致しました」

「ん、わかった」

シルフィの指示を受けて各々が動き出す。そこでもう一つ声が上がった。

「妾は？　いい加減暇なんじゃが？」

今までエアボードの中で惰眠を貪ったりお菓子を貪ったりつまらなそうに戦場の光景をみていたりしたグランデである。

「グランデがやることはないなぁ……元の姿に戻れるようになったなら威圧には使えそうだけど、そもそもグランデは俺達の争いごとには興味ないだろ？　手を貸す理由もないだろうし」

「それはそうじゃの。とはいえ暇は暇じゃしコースケについて歩くかの」

「コースケ殿の護衛の手はいくらあっても良いですね」

話が決まったので全員でエアボードを降りてインベントリの中に収納しているとレオナール卿も後方から合流してきた。歩く方向はみんな一緒だ。城門の方向である。どこまで歩くかが違うだけで。

「気をつけてな」

「ああ、問題ない」

一番手前で作業をする俺とザミル女史とグランデが最初に皆と別れることになる。

「さーて、ササッとやるかぁ」

ミスリルシャベルでザクッとそこそこの範囲を一掘りで掘り返し、岩ブロックをザクッと敷き詰める。そして大きめの長テーブルを一つと椅子を十脚出して準備完了。その間ほんの数分である。

「相変わらずコースケの力は面妖じゃのう」

「凄まじいですね」

「はっはっは、褒めても何も出ないぞ」

そう言いつつ他に何か必要なものはないだろうか？　と頭を捻ってみる。飲み物くらいは用意しておくべきだろうか？　とは言っても、ここはちょっと風が吹けば砂埃の舞うような場所だしなぁ。壁も無いし。飲み物を用意しても普通のコップとかだと風が吹いただけで砂埃が入りかねない。そういうことを考えるとペットボトルって便利な容器なんだな。蓋を閉めればそういう心配はないし。

「飲み物とか用意するべきかね？」

一応ザミル女史に聞いてみた。

「あまり意味が無いかと。恐らく手を付けないでしょうし……」

「ですよねー」

毒を警戒して手を付けないだろう、というのがザミル女史の考えである。

「コースケ、妾はお腹が空いたぞ」

「えぇ……もう少しでここで会談が始まるんだから我慢しようよ」

「いやじゃいやじゃいやじゃいやじゃおなかすいたおなかすいた」

「あーっ！　お客様！　お客様お客様！　いけませんお客様！　折角作った石床を尻尾でゴンゴンするのはいけませんお客様！　あーっ！」

グランデが棒読みで駄々をこね始める。これはわざと俺を困らせようとしてますね？　単に構って欲しいだけなのか何か考えがあるのかは今ひとつわからんな。とは言えこのままにしておくと折角整えた石床が破壊されてしまう。というかもう既に砕けて石片が飛び散り始めている。ぱわふるぅ。

「わかったわかった。何が食べたい？　ハンバーガーか？」

「ぱんけーき。クリームとジャムたっぷりのやつ」

「ほう、パンケーキ。それは立ったまま食べられませんね？」

「そこにテーブルがあるじゃろ？」

そう言ってグランデはにっこりと無邪気な――いや無邪気に見えるけど何か企んでるわこれ。間違いないわ。なんなんですかね？

「いやー、そこは今から使うからね？」

「あー、なんかあばれたいきぶんになってきたのー。このへんのゆかとかてーぶるとかガリガリしたいきぶんになってきたのー」

グランデが鋭い爪の生えたごつい手をこれみよがしにワキワキする。あの爪、グランドドラゴンの爪としての威力をちゃんと持っているんですよね。やろうと思えばテーブルどころか石床も厚さ10mmの鋼鉄の装甲も引き裂くことができるんですよ。

「ＯＫＯＫ、わかった。これでいいか？　これでいいよな？」

そう言って一人用のテーブルと椅子を出したが、グランデは首を横に振った。

「駄目じゃ、そこがいい」

グランデは会見用の長テーブルの一点を指差した。所謂お誕生日席である。ええ……？

「グランデさん？」

「ここ数日ひまひまのひまじゃったんじゃ。いいじゃろ？」

「えー……」

助けを求めるようにザミル女史に視線を向けてみるが、サッと逸らされた。どうして目を背けるんですか？　俺に協力してくれません？　駄目？　信仰上の理由で？　ああそう、信仰上の理由なら仕方ないね。まぁそもそもグランデが本気を出したら俺達じゃ止められないしね。いや、ザミル女史はワンチャンあるかな？

　その後も少し交渉したが、グランデはお誕生日席に座ることを頑として譲らなかったので仕方なくお誕生日席に椅子を用意してご要望通りにパンケーキを用意してやる。シルフィ達がこっちに来る前に食べ終わってしまえば問題ないっ……！

「おかわり」

「はい」

　グランデがたった一枚のパンケーキで満足するわけもなかった。どうもグランデは食い溜めをすることもできるらしく、たまにこうやって衝動的にドカ食いするんだよなぁ……。この子の腹は異次元にでも繋がっているのではなかろうか？

　そうして仕方なくグランデの給仕をしていると、シルフィ達が戻ってきた。エレンとそのお付きのシスターや神官を引き連れて。

「……コースケ？」

「不可抗力だ」

　ジト目を向けてくるシルフィにそう言って砕けた石床を指差すと、シルフィは無言でグランデに視線を向けた。

「別に良いじゃろ？　あれじゃ、おぶざーばーってやつじゃよ。見届人みたいなもんじゃ」

　シルフィはグランデの言葉を聞いて暫くグランデに視線を向けていたが、やがて諦めたのか溜息を吐いてさっさと自分の席についてしまった。

「アドル教の皆様はそちらにおかけください」

メルティの案内で、シルフィが座ったその反対側にエレンを始めとしたアドル教の面々が座っていく。俺が知っているのはエレンとアマーリエさんだけだな。他には高位の神官らしきちょっと豪華な僧衣を身に纏った壮年の男性が一人、鎧を身に着けた武人――というよりは衛兵のような壮年の男性が一人。合計四人だ。

それに対するこちらの陣容はシルフィとメルティ、それにレオナール卿である。メルティはともかくシルフィとレオナール卿は完全武装で威圧感があるだろうな。

「あの娘は……？　見るからに人間ではありませんが」

エレンの紅玉のような瞳がグランデに向き、眩しいものでも見るかのように細められる。もしかしたらグランデにも光輝とやらがあるのだろうか？

「グランドドラゴンが秘術で人間に近しい姿に変化したモノだ。名はグランデ。我々解放軍に参加しているというわけではなく、あくまでもそこにいるコースケという男に対する個人的な友誼で同行している」

「グランデじゃ。まぁ見届人みたいなもんじゃ。置物だとでも思うておけ」

口元を白いクリームと赤いジャムで汚したグランデがドヤ顔で薄い胸を張る。それを目にしたアドル教の面々はどう反応したら良いか困惑しているようである。いやうん、そうだよな。こんなちんちくりんがドラゴンだ、とか言われても信用できまい。俺が彼らの立場なら無理だ。

「嘘ではないようです」

だが、エレンがそう言うとアドル教の面々の困惑度合いがより一層強まった。彼らは真実の聖女とも呼ばれるエレンの真偽看破能力に絶対の信頼を置いているはずだ。その彼女がシルフィ達の言葉を嘘ではないと言うのならば嘘ではないのだろう……と思いつつも、信じがたいといった雰囲気である。

「彼女のことは気にしないでくれ。自分で言った通り、この場を見届けるだけのつもりのようだからな。それよりも、話の続きをするとしよう」

シルフィがそう言うと、アドル教の面々はその言葉に従うかのようにシルフィに向き直――いやエレンがグランデを、というかパンケーキをガン見してるな？　そして俺の視線に気付いたのか、今度は俺の顔をじっと見つめてくる。

いや、この状況では出せませんて。諦めて？　という思いを込めてプルプルと首を振るとエレンはいかにも『使えないですね貴方は』みたいな態度で小さく溜息を吐きやがりましたよ。無茶を言わないで？

「気にするな、というのであればそうするとしましょう。それでは、話し合いを始めるとしましょうか」

そう言ってエレンが赤い瞳をシルフィに向け、シルフィの琥珀色の瞳もまたエレンに向けられる。

ここで俺が口を出す場面は多分無いだろう。俺はグランデの口元を拭いてやりながら両陣営の会談を見守ることにした。

◆　◆　◆

「さて、ではこちらからの要求を伝えよう。まず、メリネスブルグは我々解放軍によって聖王国の支配から解放されることになる。それにさしあたってメリネスブルグに駐留している聖王国軍には全ての武装を解除してもらう。その上で武器庫の武器はすべて接収させてもらう」

「それだけですか?」

「基本的にはそうだ。我々の目的は旧メリナード王国領の奪還とメリナード王国の再建にある。メリナード王国では亜人と人間の間に扱いの差はない。皆等しく人族だ。だから、我々はアドル教を信じているというだけで誰かを排除することはしない。ただし、メリナード王国の名の下、信仰を理由とした亜人への差別は容認しない。それが受け容れられないなら出ていってもらう」

強制的にでもな、と言葉を付け加えてシルフィは琥珀色の瞳をエレンに向けた。

「なるほど、そちらの要求は理解しました。では、市民に対する虐殺行為や略奪行為はしない、という認識でよろしいですね?」

「基本的にはな。ただ、亜人を手酷く扱ってきた者にはそれ相応の報いを受けさせる。私達は把握しているぞ、お前達聖王国の民が『教化』と称して罪もない亜人達を虐げているのをな」

「……聖王国民全てがそのような行為に手を染めているわけではありません」

シルフィの言葉にエレンが眉間に皺を寄せて静かに呟く。

教化、というのはまぁつまり平たく言えば亜人に対する虐待行為を、良いことをした風に言い換えたアレである。

アドル教主流派の教えによれば、亜人というのは全て余すことなく主神アドルに罪の烙印を押された生まれながらの罪人である。よって、正しきアドル教徒は彼らに罰を与え、その罪を贖《あがな》う手助けをしなければならない——とかなんとか。

それらしい御託をいくら並べても、やっていることは単なる虐待行為である。殴る蹴るは当たり前。水や食料を与えずに倒れる寸前まで重労働をさせたり、果てにはとても口では言えないような行為も平然と行われているらしい。俺は直接目にしてないけど。

「勿論把握しているさ。そのような行為に手を染めているのが貴族や豪商などの権力者、或いは本来清廉潔白であるはずのアドル教の高位聖職者だということはな。ついでに言えば二十年前の聖王国によるメリナード王国侵攻の理由が魔力持ちを増やすためにエルフを欲しがっていたからだ、ということも知っているぞ」

「……」

シルフィの皮肉にエレンの表情が更に曇る。

「まぁ、そんなことは清らかな聖女様に言っても仕方がないだろうがな。我々がそういったことを理解した上で必要以上の殺生をしようとは思っていないということだけは把握しておけ。私は解放軍の兵に一切の略奪や虐殺を許しはしない。それではお前たちと同じになってしまうからな」

「シルフィエル様」

なおも口を開こうとするシルフィにメルティが横から声をかけ、その先の言葉を中断させた。それでもなおシルフィは何か言葉を口にしようとしたが、意志の力でそれを呑み込み目を瞑る。

「この二十年の間に積もり積もった我々の怨みは決して小さいものではありません。しかし、それはそれ、これはこれです。詳細な話を詰めていきましょう」

そう言ってメルティはメリネスブルグに駐留している聖王国軍の無力化や、臨時統治や防衛体制、治安維持体制について話し合いを始めた。

とりあえず、アドル教というか聖王国の戦力に関しては全て武装解除の上で武具を没収。ただし、治安維持にあたるメリネスブルグの衛兵については軽鎧と警棒、警杖などの捕具については接収対象外とした。突然衛兵が居なくなればメリネスブルグの治安が著しく悪化する可能性が高いからだ。

メリネスブルグ内の治安維持に関しては解放軍の歩兵の一部もメリネスブルグの衛兵隊と共にその任に就くことになるようである。俺の予想ではそれだけでなくハーピィの斥候から人員を出して上空からも事件の監視をするんじゃないかと思っている。ゴーレム通信機があれば市民の通報を待つまでもなく動くことが出来るからな。

その他に当面の間メリネスブルグ内での夜間の外出を制限すること、メリネスブルグの経済活動への影響を最小限に収めるように手配をすることなど具体的な統治に関する話も詳細を詰められていった。

「それで、私達の処分に関してはどうなるのですか？」

話し合いが一段落した頃になってエレンがそう切り出してきた。私達、というのはつまり今までメリネスブルグの指導者的立場であったエレンを含めたアドル教の人間、ということだろう。

「……先程も言ったように我々はアドル教の聖職者だからという理由だけで誰かの命を奪うつもりはない。また、全員の首を飛ばして悦に入るような趣味も持ち合わせてはいないし、そのようなことをしてメリネスブルグの市民に不安を与えることも望んではいない。基本的には我々の監視下に今まで通りに過ごしてもらう。徐々に我々のやり方に変えていってもらう部分は出てくると思うがな」

「そのような処分とも言えない処分で貴女達の部下は納得するのですか？」

「それはお前の心配することではない」

エレンの質問にピシャリとそう答え、シルフィは席を立った。

「まずは武装解除だ。これ以上の人死にを出したくなければ精々上手く兵達を説得しろ。レオナールは歩兵と銃士隊の半数を率いてメリネスブルグを制圧しろ」

「承知」

「残りの半数とザミル、コースケは私と一緒に王城に向かう。聖女達にも一緒に来てもらうぞ。衛兵隊長のギュスターヴ殿にはレオナールに同行してもらう」

「しょ、承知した」

「わかりました」

鎧を着た衛兵っぽい中年男性はメリネスブルグ衛兵隊のギュスターヴという名前であるらしい。

彼の率いる衛兵隊は聖王国軍と一緒に戦場には出ず、メリネスブルグの城壁で防衛体制を整えていたようで、彼を含めた衛兵隊に死傷者は一人も居ないそうだ。もし戦場に出ていたら聖王国軍と一緒に躯を晒す事になっていただろうな。

彼が徹底抗戦を選ばず、エレンの言葉に従って降伏を選んだのはまさしく英断だったのであろう。彼の決断によって多くの衛兵と市民の命が救われたに違いない。

「私達も王城に同行致しますね」

「そうだな。アイラと魔道士隊にも救命措置に目処がつき次第王城に来るように言ってくれ。私達に同行する歩兵と銃士隊から護衛をつけることにする。それとハーピィの斥候部隊は周辺の偵察に、爆撃部隊はメリネスブルグの監視をするように伝えておけ」

メルティの言葉に頷きながらシルフィが指示を飛ばしていく。メルティの言う私達、というのはメルティと同行している文官衆の事だろう。ここまで彼らの仕事は殆ど無かったが、ここからは彼らの戦場である。

「なんじゃ、終わりか？」

パンケーキを食べ終わってつまらなそうに会談の様子を眺めていたグランデがそう声を上げる。

「ああ、終わりだ」

「ふむ……結局のところ、お主らはなんでそんなにいがみ合ってるんじゃ？　話を聞いていても妾にはとんとわからんかったわ」

「二十年前の戦争に端を発するからな。話せば長くなる」

「ほーん……人間なんて百年も生きられんのに、わざわざ同族同士で殺し合うとか意味がわからんのう」

グランデはそう言って釈然としない表情を浮かべながら席から立ち、翼を広げた。

「コースケは街の中に入るんじゃろ？　妾はついていっても退屈そうじゃから、ちょっと古巣で遊んでくる」

そう言ってグランデは翼を羽ばたかせて瞬く間に空の彼方へと飛び去っていった。その様子を目の当たりにした聖王国側の面々が目を丸くしている。グランデがドラゴンの化身だということを、いまのを見てやっと正しく認識できたのかもしれない。確かにあの見た目だとなぁ。ドラゴンっぽいけど幼女とまでは言わないけど細い娘っ子だものなぁ。

「さぁ、行動を始めるぞ。貴方達にも同行してもらう。コースケ、エアボードを出してくれ」

「了解」

メリネスブルグを制圧する部隊はともかく、城に向かう俺達は徒歩でってわけにはいかないものな。結構距離あるし。

◆

◆

◆

城に向かう部隊用のエアボードをインベントリから必要な台数取り出し、それらに分乗して俺達は王城へと向かった。

俺の運転するエアボードに同乗するのはシルフィとメルティ、ザミル女史、それにメリネスブルグに入る前に救護所で拾ったアイラ。その他にエレンとシスターのアマーリエさんが乗っている。他の聖王国の面々は他のエアボードに搭乗してもらった。衛兵隊長のギュスターヴはレオナール卿と一緒に歩いてメリネスブルグへと向かったけど。

「それにしても驚きました。正直あの数はいくらなんでも不味いのではないかと思っていたので」

全員がエアボードに乗り込み、俺がエアボードを動かし始めると、エレンがいきなり無感情な声でそう切り出した。

え？　アマーリエさんが居るのにまるで聖王国軍の方ではなく俺達の方を心配していたみたいな物言いは不味くないか？

「あの程度はコースケの与えてくれた力を以てすれば何ほどのものでもない。というか、良いのか？」

「はい。いつまでも隠していても仕方がないので」

ちらりと、後部座席の様子を見ることの出来るバックミラーを確認すると、エレンが全く気負った様子のない表情でコクリと頷いたところであった。彼女の隣に座っているアマーリエさんは状況がよくわからずオロオロしている。というか、バックミラー越しに俺の方にも視線を向けてきている。

エレンがアマーリエさんに俺のことをどう説明していたのかはわからないが、恐らくは聖女であるエレンと協力関係にある稀人《まれびと》、くらいの説明だったんだろう。

まさか真正面から敵対している解放軍――彼らからすれば反乱軍に所属しているとは思っていなかったに違いない。

「あ、あの、エレオノーラ様？　一体どういう？」

「実は私は解放軍と通じていました」

「えっ」

「例の経典はコースケが持ち込んだものですが、そもそもコースケは解放軍の人間でした。私を助けたのは偶然でしたが、看護をしている間にコースケが解放軍の手の者だということは打ち明けられていました。その後、王城に巣くうスライム経由で解放軍と通じていたのです」

アマーリエさんは今にも気絶しそうなほどに顔色を悪くしていた。そりゃそうだろう。自分の仕えていた聖女様が敵である解放軍と通じていたなんていうのは、敬虔なアドル教徒であると同時に善良な聖王国の民であるアマーリエさんにとっては悪夢のような出来事に違いない。

「ちなみに私が解放軍、というよりもコースケに与しているのはそれが神託だからです。神のお告げの内容についてはアマーリエにも話していましたね」

「そ、それでは、バルト団長達を謀殺したのも……」

「いいえ、そういう意図はありませんでした。確かに多少煽りましたが」

煽ったんかい。

「その結果、彼が召されてしまったのは実に好つご——コホン。実に痛ましい事件でしたネ」

誤魔化すならちゃんと誤魔化そう？　というか黒いぞオイ。ちゃんと聖女ムーブして？　ほら、アマーリエさんが卒倒しそうになってるでしょ。

「これが聖女とは……アドルというのは目が節穴か何かなのではないか？」

シルフィがジト目でエレンを睨みつける。隣に座っているアイラの大きなお目々もジト目になっている。メルティはなんかニコニコしてるけど。ああ、メルティとエレンは気が合うかもしれないね。うん。

「ほんの数千人規模の組織であればまだなんとか全員が仲良しこよしでいられるのかもしれませんが、数十万、数百万単位の組織ともなると派閥や利権、それに個人の欲やしがらみなどによって全員が仲良しこよしとは行かないものなのです」

「嘆かわしいことだな。これだから同族を同族とも思わない人間というやつは……」

と、シルフィが嘆かわしげに頭を振りながら溜息を吐いたところでメルティとアイラが口を開いた。

「亜人でも同じだと思いますけどね。三人集まれば派閥ができるとも言いますし」

「ん。師匠もそういうので苦労したって言ってた」

メルティとアイラによる突然のエレン擁護にシルフィが『裏切られた⁉』とでも言いたげな表情を見せる。そんなシルフィの様子を見てエレンがとても優しげな笑みを浮かべた。

「前から思っていましたが、黒き森の魔女は恐ろしげな通称に反してとても純朴な心の持ち主ですよね」

「……その幼子でも見るかのような不快な表情を今すぐにやめろ」

形勢不利を感じ取ったのか、シルフィはそれだけ言ってぶすっとした表情で黙り込んだ。

運転しながらそんなに後ろの様子を窺っていても大丈夫なのかって？　大丈夫です。アイラ謹製の衝撃吸収障壁を展開してますから。何かに当たってもソフトな接触になるので実際安全。飛んでくる矢玉や魔法攻撃もついでに止めてくれるという便利機能付きです。

「あの……エレオノーラ様」

「はい、なんですか」

「その、神託というのはどういう内容で……？」

「そうですね。この期に及んで胸の内に秘めておく必要はないでしょう。神はこう言いました。私は行く先で死と対峙することになる。だが、それを乗り越えた先で運命と出会う。運命に寄り添い、生きろと。私は白豚野郎の――」

「聖女様、お言葉遣いが汚のうございます」

「――コホン。元大司教の手の者に暗殺されかかったことを死との対峙と捉え、その出来事から私を救ったコースケを私の運命だと考えました。そして行動し、今に至ります。私の真実を見る眼も、光輝も未だ失われてはいませんので、私の解釈は結果として間違っていないものと考えています」

俺の突っ込みに咳払いをしてから、エレンは前に俺にも聞かせた神託の内容をアマーリエさんにも話して聞かせた。てっきり神託の内容はアマーリエさんにも共有しているのかと思ったのだが、特にそういうわけではなかったらしい。

エレンの神託の具体的な内容についてはシルフィ達も知らなかったようで、興味深げな表情をしている。特にアイラが。

「興味深い。コースケは黒き森のエルフの伝承に則《のっと》る形でこの世界に現れたはず。エルフの伝承ではコースケをこちらの世界に導いたのは精霊。でも、アドルと思われる存在が神託という形で聖女とコースケを出会わせている。アドルは唯一神。それは今の教えでも古い教えでも共通している。それなのに、エルフの信仰対象である精霊に喚ばれた存在であるコースケの存在を認めるかのような神託を下すのは……でもコースケの力は奇跡に近い性質――」

アイラが早速ブツブツと早口で呟きながら考察を始めている。ははは、アイラはブレないなぁ。

「そういうわけで、私の行動は神の御心に添ったものだと私は考えています。現に、正しき教えが書かれている経典が発見され、現在の主流派が神の教えから逸脱しているということも判明しましたから。神も昨今のアドル教と聖王国上層部の腐敗っぷりに業を煮やしておられるのでしょう」

「そ、そうなのでしょうか……？」

アマーリエさんは顔を青くしたまま震えている。こうしてみると神への信仰度というか、悪く言えば狂信っぷりの差が如実に現れているように見えるな。エレンは自分の力が失われていない以上、自分の行動は間違ってはないと微塵も疑ってない。その結果、二千人近くの命が失われたことに対して怯えや恐れの感情が一切無いように見える。信仰の力って凄いな……ちょっと怖いぞ。

「私達もアドル教の古い教えというものには目を通した。とりあえず、あの内容ならばメリナード王国でも受け容れられるのではないかと考えている。少なくとも、積極的に排除しようとは私は思わない」

「そう、ですか……」

アマーリエさんの言葉にはすっかり力が無くなってしまっていた。彼女にしてみたらいきなり敵が攻めてきて、このメリネスブルグを守る軍隊がたった十数分で全滅して、エレンの提案で滅茶苦茶緊張しながら降伏して、そのまま会談に臨んで、その帰り道に今まで仕えていたエレンが実は裏切ってましたという爆弾発言だものな。俺が彼女の立場なら胃に穴が空いているかもしれん。後でライフポーションを処方してやろう。

などと考えながらエアボードを進めていると、ようやっと目的地が見えてきた。

「もう少しで着くぞー」

微妙な雰囲気になっている後部座席にそう伝えながらゆっくりをエアボードを前に進める。

シルフィがこの城を出て凡そ二十年。それだけの長い月日をかけてやっとシルフィは実家の敷居を跨いだのだ。

◆ ◆ ◆

「どうやらデッカード殿は我々の動きに気付いているようですね」

言わなくてもわかっていることをわざわざ口に出して言うな、という意思を込めて視線を向けるが、視線を向けられた男——第三聖騎士団長のパラスはどこ吹く風といった様子だ。聖騎士である奴が私の視線に気付いていない筈がないので、意図的に無視しているのだろう。本当にこの男はいちいち癇に障る。

「ごほん……それで、どうされますかな？」

ローブ姿の中年男性——王直属の第二魔道士団の長であるメイジー殿が咳払いをして険悪になりかけた場の雰囲気を仕切り直す。うむ……私も少し大人気なかったな。相手は成人して間もない若造なのだから、年上で立場のある私が余裕を持つべきだったな。

「うむ、まぁ進むしかありませんな。補給物資を分散されたのは面倒ですが、伝令を出して更にその先に集積地を設ければなんとかなるでしょう」

背教者デッカードめ。教団からまだ正式な破門状が発行されていないからと権限を振るって聖軍の物資を勝手に動かしおって……お陰で補給計画が滅茶苦茶だ。六万もの軍勢を滞りなく動かすには綿密な補給計画——所謂兵站が重要になる。

当然、今回の聖軍——反乱征伐軍も私の指揮の下、完璧な補給計画が立てられていた。というのに、あの狸爺め。奴らに追いついたら必ず私が奴の素っ首を叩き斬ってやる。

「よろしければ我々が先行してデッカード殿を仕留めましょうか？　そうすればこれ以上兵站計画を乱されることもなくなると思いますが」

「いいや、それは危険だ。反乱軍の戦力は未知数だし、デッカードもあれで高位の奇跡の使い手だ。聖騎士団の実力を疑うわけではないが、結果的に戦力の逐次投入になりかねん。聖軍である我らに敗北は許されんのだ。だからこそ、戦力は纏めて運用するべきだ」

パラスの提案に首を横に振って反対する。無論、これは半分ほどは建前だ。パラスが率いる第三聖騎士団はクローネ枢機卿の子飼いだ。ベノス枢機卿からはくれぐれも奴らに功績を挙げさせないようにと厳命されている。奴らに抜け駆けをさせるわけにはいかん。

「そうですか。それなら仕方がありませんね」

そう言ってパラスはあっさりと引き下がる。すました顔の下でどんな腹黒いことを考えているのやら。これだから混ざりモノは信用できん。実は裏でデッカードや反乱軍と繋がっていると言われても私は驚かんぞ。何せ奴の身体には穢らわしい亜人の血が半分流れているのだからな。

第六話
エルフの王族達

城内は騒然としていた。

そりゃそうだろう。解放軍を名乗る賊を討伐する、と言って出ていった軍が全滅したという情報が届き、その賊である解放軍が自分達のトップである聖女と共に城に押し寄せてきたのだ。それも凡そ三百人もの数で。彼らにしてみればこれから一体何が起こるのか、何をされるのかと戦々恐々となるのは仕方があるまい。

「どうする？」

「まずは落ち着かせるのが先決だろう」

俺が聞くとシルフィはそう言ってエアボードの中からスピーカーに繋がるマイクを引っ張り出した。ミスリル銅合金製のケーブルは長さに余裕を持たせてあるので、エアボードの直近であればスピーカーの使用自体は可能である。車中でないと使えないのは不便だと思ってちょっと長めにしておいてよかったな！

「我々はメリナード王国解放軍。そして私は指揮官のシルフィエル＝ダナル＝メリナードだ。諸君らの頼みの綱である聖王国軍は我々の手によって粉砕され、聖女は降伏を申し出てきた。そして、我々はそれを受け容れた。我々はこれ以上無用の血が流れることを望まない。武装解除に素直に従ってくれれば傷つけることはしないが、抵抗するのであれば容赦はしない。以上だ」

スピーカーを使ってそう告げたシルフィはマイクをエアボードに戻し、歩兵達に指示を飛ばしていく。ひとまずは城の中庭に押収した武器を集めるようである。文官衆は城内と行政機構を掌握するために動くことになり、銃士隊を護衛につけて城内であれこれをするようだ。

「俺達は？」

「コースケには押収した武器や物資をインベントリに収めてもらう必要があるが、まずは王族の居住区画へと向かう。アイラ達もついてきてくれ」

「ん、わかった」

アイラがコクリと頷き、魔道士隊も一様に頷きを返してくる。エレンも俺達について来るようだ。

「私も同行します。アマーリエ達はあちらの文官の方々の案内をしてください」

「は、はい。その……お一人でですか？」

「はい。問題ありません」

心配するアマーリエさん達にエレンは無表情で頷き、俺の隣に立った。

「いざとなれば私の運命の人がきっと助けてくれます」

「……」

「……」

そう言って俺にピトリとくっつくエレンをシルフィとアイラがジト目で見つめる。ヒェッ……見えない火花がバチバチしてるよぉ。

微妙に不穏な気配を撒き散らしつつ俺達は階段を何度か上り、回廊を歩いて目的の場所へと向かう。城内の調度品は最低限というか、いっそ質素とも言って良いような有様であった。これはエレンの趣味なのだろうか？

「懐かしいな。二十年前の記憶が徐々に蘇ってくる」

「ん、久しぶり。調度は変わってしまっているものも多いけど、お城そのものは何も変わってない。あの燭台とかは昔のまま」

そう言ってアイラが見上げる先には壁に据え付けられた鈍く金色に輝く燭台があった。多分真鍮製だろう。聖王国の連中も流石に壁の真鍮製燭台を引っこ抜いて持っていくようなことはしなかったらしい。金とか銀とかでできていたら引っこ抜かれてたんだろうなぁ。

「なんか寒くないか？」

今気づいたのだが、歩を進めるに従って周囲の気温が低下しているように感じられる。

「そろそろ、ということだ」

シルフィはそう言いながら厳しい表情のまま歩を進め続ける。

ああ、そういえばシルフィのお父さんの力で区画ごと凍りつかせているんだっけ。普通、人間は凍ると死ぬと思うんだが、きっと魔法的なアレコレで死なずに凍ったまま過ごせるようになっているんだろう。深くは考えないでおく。

魔法という不可思議な現象に科学的なアプローチで突っ込むのは無粋というものだ。特に命や魂に関する分野に関しては。

単純な物理現象ならまた話は違うんだけどな。風魔法は色々と使い道がありそうで面白そうだ。そのうち爆発魔法とか光魔法あたりにも手を出してみたい。

超強力な閃光を発生させる魔法とか、うまく使えばレーザー兵器とか作れそうだし。

「ここまでですね。これ以上進もうとするとライムさん達に止められます」

エレンがそう言って立ち止まったのはどこかへと続く回廊の途中だった。ここまで来ると肌にはハッキリと冷気が感じられる。まるで冷蔵庫の中のような肌寒さだ。

「進んで大丈夫か？」

「大丈夫だろう。きっと見ているさ」

シルフィは気にした様子もなく歩みを進めた。その後に俺とエレン、それにアイラと魔道師団が続く。肌に感じられていた冷気はさらに強くなり、最早肌を刺すようなとも表現できるような厳しさだ。俺はまだ我慢できるが、身体の小さいアイラはいかにも寒そうに身体を小さく震わせている。

「アイラ」

俺がそう言って手を差し出すと、アイラは俺の手を両手で握ってきた。すっかり冷たくなってしまったアイラの手を両手で包み込むように握ってやる。

「あったかい……」

「もう少しだろうから頑張れ」

「ん」

少し元気を取り戻したアイラがコクリと頷く。そんなアイラをシルフィとエレンが羨ましそうに見ていた。

「……握ります？」

「……そうだな」

「はい」

シルフィはちょっとだけ逡巡して、エレンは即断して俺の両手をそれぞれ握ってきた。まさに両手に花である。

「この絵面はどうなんだろう……これからシリアスな場面なのでは？」

「それはそれ、これはこれだ」

シルフィはそう言い切ってずんずんと凍てついた回廊を進んでいく。それに引っ張られるように俺とエレンが続き、その後をアイラと魔道士団がパタパタと足音を立ててついてくる。

そうして暫く歩いた後、遂に俺達はそこへと辿り着いた。

「すっげぇなこりゃ」

それは凍りついた空間だった。

品の良い調度も、柔らかそうなソファも、それに座る美姫達も、床に横たわった王も、それに寄り添う王妃も、何もかもが凍りつき、停止している。

凍りついた空間には不可思議な光が舞っていた。それは、いつか見た覚えのあるものに似ているように思えた。そう、あれはこの世界に来て二日目……いや三日目の早朝のことだったな。

「精霊か？」

「ああ。氷の精霊だな」

そう言ってシルフィの見つめる先には合計五人の人物がその身を凍てつかせたまま微睡《まどろ》んでいた。

一人は床に横たわった王。俺の目から見ると二十代後半か、三十代前半くらいに見える超絶イケメンだ。そしてその王に膝枕をしたまま悲しそうな表情で凍りついている王妃らしき女性。どことなくシルフィに顔つきが似ているように思える。

更に部屋の中央にある三人がけ、一人がけのソファに座ったまま凍りついている美姫が三人。やはり全員がどことなくシルフィに顔つきが似ているように思える。シルフィの姉妹達だろうか？

「これが精霊ですか……？　ですが、これは……」

精霊を目にしたエレンが何か難しい表情をしている。そんなエレンの様子に俺が首を傾げている間にシルフィが俺の手を放して凍りついた部屋の入口に立ち、しっかりと両足で石床を踏みしめ、歌のようなものを歌い始めた。

それは多分、言葉ではなかった。今までの出来事から察するに、俺はこの世界の言葉や文字を完全に理解できるはずである。それにも拘わらず、俺にはシルフィの歌う歌の内容がよくわからなかったのだ。だから、シルフィが口にしているものは恐らく確とした言語ではないのだろうと思う。

しかしその効果は絶大であった。

きらきらと青白い輝きを放ちながら部屋の中を自由気ままに揺蕩《たゆた》っていた氷の精霊達はシルフィの歌に従うように整然とした規則を持って部屋の中を巡り始め、徐々にその姿を減らしていったのだ。それと同時に肌を刺すような冷気は徐々に緩和し、凍りついていた室内が溶け出していく。部屋の中の時間が動き始める。

最初に目を覚ましたのは正面のソファに腰掛け、隣に座る美しいエルフの姫に寄りかかりながら微睡むように目を閉じていたもう一人のエルフのお姫様であった。三人のお姫様の中で一番小柄なお姫様で、アイラと大差ない体格のお姫様だ。

「んぅ……さむい」

そう言ってブルリと身震いをして、眠たげに目を擦りながら彼女は部屋の出入り口に立っているシルフィに、それから周りに目を向けた。

青みがかった銀髪が揺れ、アクアマリンのような瞳が辺りを見回し始める。

「貴女は一体……？　イフ姉さま？　ドリー姉さま……？」

目覚めた彼女は自分が寄りかかっていた姫と、もう一人の姫の名前を呼び、自分の隣で眠っているお姫様の名前らしきものを呼びながら彼女を揺り起こすように呼びかけ始めた。

「……さむ」

最初に目を覚ました姫に揺り起こされ、彼女の隣で眠っていた二人目の姫が目を覚ます。彼女がイフ姉さまなのだろうか？

「アクア……？　それに、ドリー姉さまと母上……父上……？」

彼女はまだ意識がはっきりしていないようで、目をしょぼしょぼとさせながらしきりに頭を振っている。彼女の髪の毛は輝くような赤い色をしていた。地球ではありえない髪の毛の色だが、不思議と彼女に似合っているように見える。瞳の色はエメラルドのように輝く碧色だ。

細身の女性で、手足がスラリと長い。スレンダーと表現するのがしっくりと来る女性だ。

「んっ……？」

次に目を覚ましたのは一人がけのソファに腰掛けていた健康的な身体つきの金髪のお姫様である。身長はシルフィよりも少し低いと思うが、中々に……うん、シルフィ以上だな、あれは。すごい。エルフと言えばスレンダーという俺のつまらない固定観念をぶち壊してくれる。

目を覚ました彼女は頭痛を堪えるかのようにこめかみを押さえ、ゆっくりと部屋の中に視線を巡らせた。そして、その視線を部屋の出入り口に立つシルフィに向ける。

「……シルフィちゃん？」

「えっ」

「ええっ⁉」

彼女の呟きに、先に目覚めた二人が驚き、目を剥いてシルフィに視線を向けてくる。どうやら先に目覚めた二人はシルフィのことがわからなかったらしい。

「……イクス」

最後に目を覚ました王妃様らしき女性が王様の名前らしきものを呟き、悲しみに満ちた表情でシルフィに視線を向ける。シルフィと同じ琥珀色の視線がシルフィの姿を捉え、僅かに見開かれた。

「シルフィエル……？」

「……はい、お母様」

シルフィが絞り出すような声で返事をして俯く。そして、微かに嗚咽が聞こえてきた。

「まぁ……本当に貴女は泣き虫ね。ほら、いらっしゃい」

シルフィがお母様、と呼んだ女性が微笑み、手招きをする。引き寄せられるようにおぼつかない足取りで彼女の傍まで歩いていったシルフィが彼女の傍で崩れるように床に両膝を突き、彼女に抱きついた。

「ありがとう……頑張ってくれたのね」

声にならない声でシルフィが泣きながら、お母様と呼んだ女性の胸に顔を埋める。そんな彼女の頭をシルフィにお母様と呼ばれた女性はいつまでも撫で続けるのだった。

◆
◆
◆

シルフィが母親らしき女性に撫でられているのを横目に見ながら俺は倒れ伏している王様らしき男性の横に跪《ひざまず》き、手首を取って脈を測る。彼の身体は氷のように冷たく、またその手首から脈拍を一切感じ取ることはできなかった。やはりライム達に聞いた通り、彼は自らの命を引き換えに自分の妻と娘達の命と時間を凍りつかせて時間を稼いだようだった。

「ライム」

「よんだー？」

俺が呼ぶと天井からべちょりと何かが落下してきた。落下してきた物体は速やかに人の形を作り出し、こてんと首を傾げる。やはり俺達の動向を観察していたらしい。

「王様はもう助からないのか？」

「むりー？　魔力と生命力を全部使って二十年前にもう魂は砕けちゃってるー？」

「そっかぁ……」

なんとか助けられればと思ったが、そうなんでもかんでも上手くは行かないか。

「いずれにせよこのままというわけにはいかないよな……」

ちらりとシルフィの様子を窺うが、まだ母親らしきエルフの女性の胸に顔を埋めて泣いているようだ。勝手に王様の遺体を俺のインベントリに収納するわけにもいかないな。まずはシルフィの姉妹とコンタクトを取っておくか。

俺は立ち上がり、他の二人の姉妹にドリー姉さまと呼ばれていた女性に近づく。見た目的にも三姉妹の中で一番年上に見える女性だ。最初に目を覚ましたアクアと呼ばれた女性が青みがかった銀髪、二番目に目覚めたイフ姉さまと呼ばれた女性の髪の毛が輝くような赤髪、そして最後に目覚めたこの女性は正に黄金色と形容するのが相応しいゴージャスな金髪であった。

ドリーさんはともかく、あっちの二人は地球じゃ染めないとあり得ない色だよな。少なくとも俺は自然にあんな髪の毛の色になる人は見たことも聞いたこともない。

「初めまして。私の名前はコースケと言います。黒き森でシルフィ……シルフィエル様に拾われ、命を救われてから、解放軍の皆と一緒に聖王国の手からメリナード王国を奪還するために戦ってきました」

「そう、ですか……私はドリアーダ＝ダナル＝メリナード。シルフィエルの姉です。あちらの赤い髪の子がイフリータ、青銀色の髪の子がアクアウィル、彼女達も同じくシルフィエルの姉です」

「なるほど……あちらの女性は王妃様――皆さんのお母様ということでよろしいですか？」

「はい。セラフィータ＝ダナル＝メリナード……メリナード国王、イクスウィル＝ダナル＝メリナードの妻で、私達四姉妹の母です」

「四姉妹……ですよね」

「はい」

そう言ってドリアーダさんは少し困ったような笑みを浮かべる。多分、それは彼女から見てもシルフィの姿形が大きく変容してしまっているからだろう。今のシルフィは外見だけで考えれば、今俺の目の前にいるドリアーダさんと同い年くらいか、下手をすると少し年上にでも見えてしまいそうな外見だからだ。

背は恐らくドリアーダさんよりも高いだろうし、色々なところの発育もドリアーダさんと殆ど変わらないだろう。逆に言えば、ドリアーダさんはシルフィより小柄なくらいなのにシルフィ並みに……あまりそういう目で見ると不敬罪とかになりそうだな！　とにかくあれだ。とてもすごいです。

複数人掛けのソファで寄り添い合いながらこちらに視線を向けてきているイフリータさんとアクアウィルさんにも視線を向ける。イフリータさんの体格はスラッとしたスレンダー体型、アクアウィルさんはアイラと同レベルのつるーんぺたーん。だが三人とも文句のつけようもない美女、美少女である。聖王国の連中が、何が何でも手に入れたいと考えるのも無理はないのかも知れない、と思える程に。加えて言えば彼女達は一騎当千の兵を生み出す戦略物資でもあるのだ。吐き気のするような話だが。

「まず、突然のことで不安に思う部分もあるでしょうが、安心してください。私達はシルフィと共に貴女達を助け、そしてメリナード王国を取り戻すために戦ってきました。そして、その戦いももう終盤です。恐らくは」

「そうなのですね……私達は何年眠っていたのでしょうか？」

「凡そ二十年です。今は眠りから覚めたばかりで身体も辛いでしょうから、詳しい説明は身体を休めた後が良いかと思います」

「そう、ですね……」

彼女はそう言って手を握ったり閉じたり、ゆっくりと立ち上がったその時であった。

「あ」

「えっ」

立ち上がったドリアーダさんの服がボロボロの塵となって崩れ落ちた。俺の目の前に転《まろ》び出る二つの果実がたゆんと揺れる。Ｏｈ……まーべらす。

突然の出来事に室内の空気が凍りつく。ははは、まるでシルフィが術を解く前みたいじゃないか。

とりあえず俺は目を瞑り、左手で目を覆ってインベントリから清潔な白いシーツを取り出してドリアーダさんがいる方向に差し出した。当然ながら、その際に彼女の身体に触れるようなやらかしはしない。何せしっかり見て距離感はバッチリ掴んでたからね！

「……目を開けても？」

「……はい」

シーツの重みが消えて少ししてから声をかけると、ドリアーダさんの恥ずかしそうな声が返ってきたので目を開いた。そうすると、真っ赤な顔をして白いシーツに包まり、一人がけのソファに座り直したドリアーダさんの姿が視界に入ってきた。

「なんというかその、すみません」

「い、いえ……事故ですから」

そう言うドリアーダさんは今にも消え入りそうな小さな声であった。うん、初対面の男に全裸をガン見されたらそうなるよな。でも仕方がないんだ。どんな状況でもあんなものを見せられたら思わずガン見して固まってしまうのは男の性《さが》なんだ。むしろ早い段階で復帰して目を塞いでシーツを差し出した俺は褒められても良いはずだ。多分。

「ええと……」

「こ、こっち見ないで！」

イフリータさんの方に目を向けると、彼女は顔を赤くしながら庇うようにアクアウィルさんを抱き寄せ、こちらに手の平を突き出してきた。ああ、そんなに動いたら……。

「ひぅっ⁉」

「そぉい！」

服が崩れ始めるのを見た俺は素早くインベントリから二枚目のシーツを取り出し、イフリータさん達に投げつけた。

「わぷっ⁉」

空中でバサリと華麗に広がった白いシーツがイフリータさんとアクアウィルさんの上に覆い被さる。ふふふ、俺は学習できる男。同じ失敗は二度は繰り返さない。

「メルティ」

「はい」

シルフィ達の方を振り向かずにメルティの名を呼び、インベントリから三枚目のシーツを取り出して肩越しにそれを持ち上げる。そうするとすぐにシーツが俺の手から離れていった。あとはメルティが上手くやってくれるだろう。

「ええと、多分ずっと極低温下にあった服が劣化してたとかそういう感じだよな」

「ん、多分そう。気づかなかった」

「とりあえず各種サイズの服をありったけ吐き出しておく。すまんがライム、俺を部屋の外まで運んでくれ」

「おまかせー」

インベントリの中から女性ものの服を適当に吐き出し、両手で顔を覆って蹲《うずくま》る。そうすると俺の身体が柔らかいものにするりと持ち上げられ、運ばれ始めた。ライムは便利で良い子だなぁ。

いや、便利っていうのは悪い意味じゃなくてね？　別に俺は無体に彼女を利用するつもりはないぞ。頼りになるなぁって意味だ。

背後で扉の閉じる音がしたのを確認してから目を開く。そうすると、俺とライムだけでなくエレンも部屋の外に出てきているのがわかった。

「アドル教の聖女が居ては積もる話もできないでしょう。私は気遣いのできる聖女なので」

「なるほど。まぁなんだ、とりあえずシルフィの目的が一つ果たされて良かったよ。できることなら家族は……まぁ一緒に居たほうが良いんだろうしな」

俺は実感が湧かないがね。両親は離婚したし、母親は病気で死んだし、父親とは疎遠だったからな。小さい頃は良い思い出もあったはずなんだが、そんな記憶ももう曖昧だ。

「コースケは家族というものにあまり良い思い出がないのですか？」

「どうかな。中々に複雑なんだよ。パッと手短に話せるような内容ではないな。この世界とは婚姻というものに対する感覚というか、意識も違うだろうし」

余程信心深い家庭とかじゃない限り、俺の知る日本の婚姻関係ってのはカジュアルというか、役所行って書類を書いて判子を押せばそれでおしまいってイメージだからな。まぁ、実際にはそんなことはないんだろうけど。離婚するとなると慰謝料とか養育費とか色々と面倒な話もあるようだったし。

ただ、両親が離婚するに至る色々を見てきた俺にとっては結婚や家庭なんてものはどうにも縁遠い存在であった。壁、いや液晶モニターの向こうにあるような感覚だ。見ることは出来るけど、触ることはできない。触ろうとも思わない。そんな感じの。

「私はあまり良い思い出はありません。両親はアドル教の敬虔な信者でしたが、私の力が判明すると同時に私をアドル教に預けてしまいましたから。金貨の袋と引き換えに」

「金貨の袋と引き換えに、ね。それも嫌な話だな」

「まぁ、私は聖女として蝶よ花よといった感じに、それはもう手をかけられて飢えることもなく大事に養育されましたし、両親だった人達も私と引き換えに得た金貨できっと良い暮らしをしたでしょうから。誰も不幸にはなっていないのですけれど」

「俺のちょっと悲しくなった気持ち返してくれる？」

「形のないものを要求するとは……さては心の傷を理由に私に卑猥なことを要求するつもりですね？」

「おー……コースケさくし？」

エレンが赤い目を細め、薄く笑みを浮かべながら自分の身を守るかのように自らの身体を抱き竦め、ライムがものすごく純粋な、それでいてわくわくとした雰囲気を醸し出す瞳で見つめてくる。

「違うから。そういうのじゃないから。あと策士とかじゃないから」

この二人と話しているとどっと疲れる気がする。でも気分は少し軽くなったかもしれない。

「まぁ、シルフィにとっては感動の再会だよなぁ……感動の再会が終わったらデスマーチが始まるんだけど」

「大変ですね」

ふふふ……他人事のように言っているがエレン、君にも手伝ってもらう気満々だからな、俺は。少なくとも俺は！　何を手伝ってもらうかは全く見当もつかないけど、絶対に何か手伝ってもらうからな！

「ライムもてつだうー？」

「そうだなぁ、ライムにも手伝ってもらえそうなことがあったら頼むな。まずはシルフィとか王妃様達の警護を頑張って欲しいけど」

「わかったー」

ライムは素直で可愛いなぁ……とか思っていたら廊下の隅に赤い粘液と緑の粘液がチラリと見えた。ベスとポイゾも来ているらしい。

「あー、つかれたなー、とってもつかれたなー、ベスとポイゾにも癒やして欲しいなー」

「仕方ないわねぇ」

「喚ばれて飛び出て、なのです」

廊下の隅からにゅるりと湧き出してきたベスとポイゾがライムと一緒になって俺を持ち上げてゆらゆらと揺らし始める。俺はお神輿か何かかな？

「……本当に、人でも亜人でも魔物でも関係ないんですね」

「ライム達は魔物というよりは精霊に近い存在っぽいけどなぁ。俺、精霊とか妖精には何故だか好かれる体質らしい。魔力は一欠片も無いみたいなんだけど。それよりもライム達のぷよぷよベッドは一度寝ると病みつきになるぞ。是非試してみると良い」

「……じゃあ少しだけ」

エレンは少し警戒した様子だったが、俺が何の問題もなく寛いでいるのを見てスライムベッドを試すことにしたようだった。ふふふ、聖女すらも駄目にするに違いないこの魔性の快楽を存分に味わうが良い。

◆
◆
◆

「コースケ、待たせ——これは何事だ？」

部屋から出てきたシルフィが困惑の声を上げた。その気持ちは大いにわかる。部屋から出てきたら俺とエレンがスライム娘三人に半ば取り込まれたかのような状態になっているのだから。しかし当の俺達は極楽気分である。最高の寝心地のベッドに全身を満遍なく揉み解され、その上ポイゾの発するえも言われぬ爽やかな香気に包まれているのだから。

全身マッサージとアロマセラピーを同時に受けているようなものだ。心身を酷使している俺とエレンにはとても効く。気持ちよくて何もかもがどうでも良くなってくるレベルで。

「おい、何かマズい成分が混ざっているんじゃないだろうな？」

シルフィがどこからか取り出した布で口元と鼻を覆いながらポイゾを睨みつけている。あぁー……最高に気持良いぃ……。

「依存性は無いのですよ？」

「今すぐにコースケと聖女を解放しろ」

シルフィがマジトーンでポイゾにそう宣告して拳を握りしめる。へへへ、YOシルフィ！　そんなにカッカするなよ。この匂いは最高にハイになれるぜ？

「こうでもしないとダメなくらいこの二人はストレスが溜まっていたのですよ？」

「その話は大いに参考にさせてもらうが、今二人が使い物にならないくらいぐでんぐでんになるのはマズい。早くしゃっきりさせろ」

「精霊使いが荒いのです」

「ぶぉっ⁉」

「んぁっ⁉」

突如鼻の奥にツーンと来る凄まじい香気が脳天を突き抜けていった。これはあれだ、ワサビが効きすぎたような感じだ！　痛い！　涙が出る！

「〜〜っ！」

エレンも鼻を押さえて涙目になっている。気付けにしても刺激的過ぎる。でも涙目のエレンはちょっと可愛い。

「正気に戻ったかぁ？　コースケぇ？」

「ふがふが」

シルフィが頬を膨らませながら俺の鼻を摘まみ、自分の方に向かせて、俺がエレンに向けていた視線を無理矢理引き剥がす。ちょっと膨れたほっぺが可愛い。なんだこの可愛い生き物。嫉妬？　嫉妬なの？　焼き餅妬いてるの？　今までになく激しい発露だな！　今までにもなかったわけじゃないが、シルフィがここまで嫉妬の感情を顕にするのは初めてじゃないだろうか？

「はいちーん」

「んーっ⁉」

隣ではライムがエレンの鼻のあたりにベチョリと手を付けてなにかしていた。いや、何をしているのかはわかるけれどもさ。そのやり方は場合によってはSANチェックものだろうからやめてやれよ。

「い、いと尊き聖女である私になんたる暴挙……」

スライムベッドから解放されたエレンが四つん這いで戦慄《わなな》いている。スライム式お鼻ちーんは衝撃的だったらしい。

俺？　俺はシルフィの手でスライムベッドから引っこ抜かれて少し乱れていた服装を直されています。こういう時は素直に甘えるというか、されるがままにしておくのが一番だと私は学習しています。俺はかしこいので。

「謁見……いや、会談の準備が整った。入ってくれ」

「了解」

「わかりました」

エレンがスンッ……と一瞬で無表情の聖女モードになる。その後ろでライムが触手を伸ばしてエレンの服装の乱れを直してやっているのがなんだか微笑ましい。というか、ああしてみるとライムは結構エレンのことを気に入っているように見えるな。エレンのベッドになってやったベスとか、掛け布団になったポイゾからも特にエレンに対する隔意のようなものは感じられない。むしろ好意的にすら見える。

俺が把握していないところでライム達経由で解放軍と情報をやり取りしている間に仲良くなったのだろうか？　それとも、エレンも精霊に好かれるような何かを持っているのだろうか？　どっちもありそうだなぁ。

などと頭の片隅で考えながら先程まで凍りついていた部屋の中へと入り――。

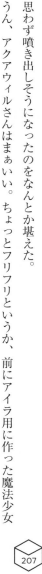

「ッ‼」

思わず噴き出しそうになったのをなんとか堪えた。

うん、アクアウィルさんはまぁいい。ちょっとフリフリというか、前にアイラ用に作った魔法少女風の服を着ているのは、まぁいい。見ようによってはただの可愛らしいドレスだし。

でもイフリータさん。貴女は何故赤い芋ジャージを着ているのか？　いや、隙無く素肌を隠せる服装ではあると思うが、何故赤ジャージ？　髪が赤いからジャージも赤くしたのか？　赤ジャージとエルフのお姫様とかミスマッチ過ぎる。

「……何よ？」

「いえなんでも」

ジロリと睨まれたので視線を逸らすと、その先にはノースリーブのニットセーターを着たドリアーダさんの姿があった。Ｏｈ……エクセレント。やはりチョイスは謎だがよく似合ってると思います。大きなおっぱいに縦セタは最高だよなぁ？

「痛い」

「見過ぎだ」

シルフィに太腿を抓られた。そんなに言われるほど凝視はしてないと思うんだが……ほら、シルフィがそんなこと言うからドリアーダさんが恥ずかしそうにモジモジしてるじゃないか。

「大儀でした。コースケ殿……いえ、コースケ様」

声をかけられ、声の主に向き直る。

彼女はなんと言えば良いか……とにかく美しい人だった。瞳はシルフィと同じ琥珀色で、髪の毛一本一本が煌めく銀糸のようであった。そう、彼女はシルフィと同じく銀色の髪と琥珀色の瞳を持つ女性なのだ。顔つきもどことなくシルフィに似ているように思える。それはやはり母娘だからだろう。

黒いドレスを身に纏った彼女は微かに憂いを帯びた笑みを俺に向けてきていた。俺は彼女を前にして跪き、頭《こうべ》を垂れる。今後彼女がどういう扱いになるかは別として、彼女は今は亡きメリナード王国の王の妃である。出来る限りの礼節は尽くすべきだろうと思ったのだ。シルフィに手を出していることだとか、姉妹の皆さんに不躾な視線を送ってしまったことはとりあえず横に置いて。

「勿体ないお言葉です。生まれも育ちもここことは違う世界なもので、色々と礼を失してしまうこともあると思いますが、どうぞご容赦ください」

「そのようにかしこまる必要はありません。シルフィエルに聞きましたが、貴方の力なくしてシルフィエルがこの地を踏むのは難しかったという話ではないですか。それに、貴方は異世界からの来訪者、稀人なのでしょう?」

「ええ、まぁ、はい」

「ならば尚更です。本物の稀人という存在はある意味で王権に比するほどの権威を持つ存在ですから……シルフィエルやメルティ達の話を聞く限り、貴方が稀人であることは間違いないようですし」

「それは……そういうものなんですね」

「そういうものなのですよ。何より、貴方はシルフィエルの旦那様なのでしょう? 私は義理の息子を跪かせて悦に入るような趣味はありませんよ」

そう言ってセラフィータさんは微かに笑みを浮かべてみせた。彼女なりのジョークなのだろうか。どう反応したらいいのかわからんぞ！

「本当はコースケにも母上や姉上達とゆっくり話をしてもらいたいのだがな。今はあまり時間も無い」

「いつもどおりお母様って呼んでいいのよ？」

「……コースケ、すまないが父上の遺体をインベントリに保管しておいてくれ。いずれ葬儀を行うまでコースケのインベントリに保管しておいてもらうのが一番安全だ」

「シルフィちゃんに無視されてしまったわ……ドリー、シルフィちゃんが反抗期みたいなの。私、どうしたら良いのかしら？」

「お母様。シルフィエルは忙しいみたいですから……」

よよよ、と嘘泣きをするセラフィータさんをドリアーダさんが宥めている。うーん……空元気だろうなぁ。イクスウィル王を失った悲しみをなんとか心の奥に留めて、努めて明るく振る舞ってシルフィやドリアーダさん達を元気づけようとでもしているんだろう。

「私はシルフィについていくわよ」

赤ジャージが素っ頓狂なことを言い始めた。

「イフ姉さま？」

アクアウィルちゃん……さん？　が白に近い水色のフリフリ魔法少女服を着たまま、傍らにいる赤ジャージことイフリータさんの顔を見上げる。

「眠る前はお父様に言われて諦めたけど、私はあいつらと戦うことを諦めてないわ。良い機会よ、私も戦うわ」

そう言って鼻息を荒くする赤ジャージ。うーん……俺はイフリータさんのことをよく知らないからなんとも言えないな。名前と容姿から火の精霊と親和性が高そう＝戦闘能力は高そうってイメージはあるけど、実際のところどうなのだろうか？　姫という立場から来る独断専行の鉄砲玉みたいな感じだったりするとトラブルしか呼ばなそうなんだが。

「イフ姉さま。悪いが、今は大人しくしていて欲しい。今はメリネスブルグ全域の掌握をするために時間を無駄にできないんだ」

「シルフィエル、貴女ちょっと見ない間に身体も態度も随分大きくなったわね？　いいから私に任せておきなさい。聖王国の連中なんて私の魔法で全員焼き払ってやるんだから」

そう言いながらイフリータさんが薄い胸を張ってふんぞり返る。うーん、これはだめなやつですね？

そっとメルティやアイラに視線を向けてみるが、二人とも目を瞑って首を横に振ったり困ったような表情を浮かべたりした。なるほど、把握した。

「シルフィ。メリネスブルグの掌握に関しては俺達が動くから、家族水入らずで過ごしていてくれ」

そう言って俺はチラリとイフリータさんに視線を向けた。俺に視線を向けられたイフリータさんが身を守るかのように自分の身体を抱き竦め、フーッ！　と猫か何かのように威嚇してくる。

「……ハッ」

「おいちょっと待てあんた今どこ見て笑った？　ぶっ殺すわよ？」

「それじゃあシルフィ、頼んだぞ」

「ああ」

「ちょっと待ちなさ——うわっ⁉　力強っ⁉　ちょっとシルフィエル、あんたいつの間にか中身がオーガにでもなったわけ？」

「ふふふ……イフリータお姉様。少し、遊びましょうか？」

「今はどれどころじゃ……ちょっ、痛っ!? なにす――あ゛ぁー!?」

背後から聞こえてくる赤ジャージの悲鳴を、重厚な扉を閉めることでシャットアウトする。

「ライム、ベス、ポイゾ。ここの守りは任せるぞ」

「おまかせー？」

「仕方ないわね」

「わかったのです」

「アイラ、メルティ、エレン、それにザミル女史。行くぞ」

鉄砲玉をシルフィに押さえておいてもらっている内にやることをやってしまおう。

◆
◆
◆

城内掌握の作業そのものは迅速に進んだ。メルティがテキパキと指示を出し、エレンがその指示を追認して解放軍だけでなく城内の人間も使って進められたためだ。解放軍の兵士達が恐れられていたというのも大きいだろう。何せ、数で勝る聖王国の正規軍相当の戦力を無傷で粉砕したのだ。メリネスブルグの人々にとって今の解放軍は全員が一騎当千の強兵に見えているに違いない。

まず最初にメリネスブルグの王城で行われたのは武装解除である。王城の警備に関しては解放軍の銃士隊と精鋭兵達が行うので、聖王国側の戦力は必要がない。何かの機会に叛乱を起こされても困るので、武器に関しては剣や槍、弓矢どころか甲冑や手甲の類まで徹底的に没収した。

次に没収したのは財貨の類と食料である。財貨に関しては現金や宝石、貴金属、手形の類など根こそぎだ。美術品や調度品なども必要最低限のものを残して俺のインベントリにポイである。これは別にそのまま全部没収するわけでなく、俺のインベントリを使って内訳を詳細に確認するためのものだ。内訳を俺が口頭で伝え、目録を書き出してから明日にでも国庫に戻す予定である。

食料に関してもこれは同様だ。王城の備蓄食料は籠城や飢饉に備えた非常食料でもあるので、空にしてしまうのはよろしくない。俺が管理しておけば盗難や劣化の心配もないのだが、そうなると俺が倉庫番として拘束されてしまうことになるので、やはりこちらも目録を書き出してから倉庫に戻す予定である。

何故こんな作業をしているのかというと、聖王国側の資料を鵜呑みにするのがリスキーだからである。どちらにしても解放軍としては安全上の理由で一度全部調べる必要があるのだから、一度にやってしまおうという話なのだ。齟齬が見つかれば杜撰な管理をしている輩を燻り出すこともできるだろうし。

「やることが……！　やることが多い……！」

とりあえず城内の物資の収納を終えたら今度はメリネスブルグ中を回って各所にある衛兵の詰め所や軍の駐屯所、宿舎、武器庫に食料庫、その他諸々を回って同様に民間の在庫を除いた統治者側の物資を掻き集めて回らなければならない。適切な場所に適切な物資を適切な量配備するために、まずは一度数を確認せねばならないのである。

当然、その作業には俺のインベントリを活用することになる。正確な数字がポンと出るのは便利なのだ。何せモノがモノである。剣や槍、矢束の数だけでも相当なものだし、備蓄食料に至っては混ざりものの入った不良品はまだ可愛いもので。数が大幅に合わない、倉庫の奥に仕舞い込まれていた小麦袋の中身がただの砂利だった、なんてことすらあった。管理が杜撰過ぎる……！

そんな事態が発覚する度にメルティが実に良い笑みを浮かべるのである。それはもう、愉しそうな笑みを。コワイ！　担当者は謝って！　今すぐ謝って！　早く！　手遅れになっても知らんぞぉ！

内心戦慄しながら物資の収納を終えたら、今度は捕虜の収容施設の建設である。交戦した聖王国軍の軍人達は殆ど死んだので捕虜の数はそう多くはないが、負傷者は酷い手傷を負っている者も少なくなく、清潔な寝床と継続的な医療処置が必要な者が少なくなかった。

捕虜収容施設と言うよりは病院だな。うん。まぁちょっと警備が厳重な病院だ。

これはメリネスブルグ内にあった居住者の居なくなった大邸宅の土地を徴発して作ることになった。解放軍がアーリヒブルグまで迫った際にメリネスブルグから逃げ出した権力者の邸宅だったらしい。

多少残っていた家具などを根こそぎインベントリに放り込み、邸宅をミスリルツールでぶっ壊して資源化し、その資源を使って頑丈な病院めいた捕虜収容所を作った。邸宅に備わっていた柵は元から高く頑丈であったのでそのまま使うこととし、監視用の櫓を要所に作ることによってとりあえずの完成ということに相成った。水源が乏しかったので捕虜収容所の中心に無限水源を使った給水塔を建てたくらいだろうか、特筆するような点は。

ああ、俺が邸宅を光り輝くツルハシやシャベルで粉砕し、地均しをして瞬く間に立派な豆腐――ゲフンゲフン……立派な捕虜収容所を作ったのは多数の住人に目撃された。正直隠しようがないからな……敷地は広いし。周囲一帯の人払いをするというのも難しかったし。

完成次第爆撃部隊のハーピィさんに飛んでもらい、捕虜をこちらに運び込むということになった。

ええと、それで次は……？　くそぉ、やることが多いってんだよぉ！

◆◆◆

「とてもつかれた」

「軟弱ね。おかわり」

「んだとオラァン⁉」

「怒りながら素直におかわりを出すコースケは優しいな」

地獄の集計作業後、明日にすると言っていた城内の倉庫に備蓄物資を戻す作業も詰め込まれて疲れ果てた俺であったが、流石に陽も落ちて暗くなると解放された。というか、シルフィの手によってメルティの魔の手から救出された。紹介がてら、家族に地球の料理を振る舞って欲しいという名目で。シルフィマジ天使。メルティはあくま。

で、今はシルフィの姉妹達とお母上には適当に出したバラエティ感溢れるメニューを絶賛提供中である。アクアウィルさんはスイーツ系を好み、赤ジャージは肉系とかパスタとかガッツリ系がお気に入り。ドリアーダさんはピザやらフライドチキンやらのジャンクな感じの食べ物が好みであるようだ。お母様のセラフィータさんは少食なようで、少しずつ色々な料理を摘まんでからは俺の出した蜜酒を楽しんでいるようである。

「凄いです。見たこともないお菓子がこんなに沢山……夢みたい」

「味は悪くないわね」

「とっても美味しいです」

赤ジャージの態度が若干気に入らないが、概ね好評のようだ。なに、小娘の戯言と思えば気にもならないものさ。実際には俺より年上っぽい気がしないでもないけど。

「コースケさんは多才なのね」

ドリアーダさんが頬を僅かに上気させながら微笑む。うん、綺麗なお顔なのにピザソースが口元についているのがちょっと残念感あるね。でもいっぱい食べる女性は嫌いじゃないよ、うん。

「俺自身はそうでもないですよ。俺の能力が優れているだけで」

「稀人として持って生まれた能力もその人の才能だと思いますよ。貴方はちゃんとその能力を使いこなしているのでしょう?」

「そう、ですかね。そうだと良いんですが」

セラフィータさんはそう言ってくれたが、俺が自分の能力を十全に使いこなしているのか? と言うと大いに首を傾げざるをえない。アチーブメントの解放を積極的に狙っていくような行動はあまりしていないし、周りの状況に振り回されて未だに手を入れられていない部分も多くあると思う。そもそも、自分の能力の全貌をまだ完全に把握しているわけではない。

「案外卑屈なのね?」

「客観的であろうと思っているだけだ。十全に自分の能力を活かすことができているかと言えばそこまで自信はないんだよ。ここに来るまでに沢山の人を殺してきたわけだからな」

もしかしたら流す血をもっと少なくできたかもしれない。

とは言え、俺の今までの行動が大幅に間違っているとは思ってはいない。ベストではなかったかもしれないが、ベターではあっただろうと思う。ひとまずとは言え、家族を解放するというシルフィの目的は達成されているのだから。

「申し訳ない。祝いの席で言うようなことじゃなかったな」

「いいえ。そういったことも含めて、私達は全てを受け止めていかなければならない身ですから」

「そうですね。お母様の言う通りです」

セラフィータさんの言葉にドリアーダさんが同意した。

彼女達が目覚めるまで二十年。その間に行われた聖王国による統治で命を落とし、あるいは命を落とさないまでも不幸に見舞われた亜人の数は計り知れない。それだけでなく、彼女達を助け出すために解放軍が殺害した聖王国軍の兵士も多数に上る。彼女達は今、それらの屍《しかばね》の上に立っているようなものだ。

「今後、どうしていくか。私達は決断しなければならないでしょう」

彼女達の存在というのはメリナード王国が聖王国に攻め込まれる直接的な要因と言っても過言ではない。聖王国は戦争を起こしてでも彼女達の血を求めたのだ。彼女達が眠りから解放されたとなれば、またぞろ聖王国はメリナード王国に攻め込んでくるかも知れない。

そもそも解放軍がメリナード王国の領土を取り戻したとして、彼女達をどう扱うかというのも問題だ。解放軍のリーダーはシルフィなのだから、その親族である彼女達が軽い扱いを受けるということはまぁないだろうが、だからといって再興したメリナード王国の中核に彼女達のいる場所があるのか？　というと俺には微妙に思える。

無論、シルフィの家族としてそれなりの扱いを受けるであろうということは想像に難くないが、政治的なポジションというか、役職というか、どのような役目を果たしていくかということに関しては俺には良い案が浮かばない。そういう難しい話はさっぱりなんだ。

「まぁ……難しい話は横に置いて、今は素直に家族の再会を喜ぶのが良いんじゃないですかね」

「あんたが話の発端じゃない」

「そいつは失礼！　こいつでも喰らえオラァ！」

「何よこれ……熱っ⁉」

そう言って俺は赤ジャージにたこ焼きを差し出した。ははは、全部食った後に中に何が入っているかを教えてやるぜ。そして名状し難い生物を口にしてしまった赤ジャージにはＳＡＮチェックを食らわしてやろう。

◆
◆
◆

食事が終わったら王族の方々にはお休みいただき、解放軍の首脳陣を集めての会議である。

シルフィの母で旧メリナード王国の王妃であったセラフィータさんや、シルフィの姉で王族四姉妹の長姉であるドリアーダさんも参加したいということであったので、二人にも参加してもらっている。

「私達は口は出しませんから、聞かせてもらうだけでもお願い致します」

「母上、姉上。眠りから覚めたばかりでお疲れなのでは？」

「大丈夫です。イフとアクアは限界だったようですけれど」

シルフィの心配の声は二人の王族スマイルで受け流されてしまった。なんというか、オーラが違うんだよな。溢れ出る高貴さとでも言うのだろうか。細かな仕草一つ一つをとっても気品があると言うか。シルフィには……無いな。うん。生い立ちからして王族としての教育は中途半端なものだったんだろうし、こればかりは仕方あるまい。

「なんだ？」

「なんでもないヨ。それでええと、まずは各部署の報告だな」

「はい。では報告しますね」

そう言ってメルティはメモ帳に視線を落とした。あのメモ帳は俺がクラフト能力で作って渡したものだ。メルティをはじめとした内政官にボールペンと一緒に配布しているもので、ボールペン共々、内政官や解放軍の補給係などには使い勝手がとても良いと大好評である。もう羊皮紙や木簡に羽ペンの生活には戻れないと言われた。

「まず聖王国軍の捕虜に関してですが、合計で百六十八名を捕虜としました。全員が負傷者です」

「……思ったより少ないな?」

俺の見た感じ、三百名以上は生き残っていたように思うんだが。五体満足とはいかなかったようだけど。それにメリネスブルグ内で捕らえられた聖王国軍の軍人もいるはずだろう。そう考えるとあまりに数が少ないように思う。

「回復の見込みが薄い、或いは回復しても重篤な後遺症が残る可能性が高い重傷者には慈悲を与えましたから」

さらりとそんなことを言うメルティに戦慄する。慈悲を与えたというのはつまり、とどめを刺したということだろう。全ての人を救うことはできない、ということか。グランデの生き血を使った回復薬なら失った四肢も回復できるかもしれないが、数百単位で揃えるのは現実的に不可能だ。

「アドル教は何も言わなかったのか?」

「はい。むしろアドル教の聖職者からの提案と、本人達の望みでそうしました。貴族や魔力持ちでない平民の傷痍軍人はろくな仕事につけずに貧困に喘いで生きていくことが多いそうですね」

私達は仲間を見捨てたりするつもりはありませんが、と言ってメルティは肩を竦める。こういうところも聖王国軍と解放軍の違いなんだろうな。解放軍の場合はライフポーションを配布しているおかげで回復不能な後遺症を負うことはあまりないし、もしそうなったとしても安全な後方に送って後方支援要員になってもらうようにしてある。流石に全員にグランデの生き血を使った回復薬を使うことはできないけどな。

「続けてくれ」

「はい。これらの捕虜に関しては貴族や魔力持ちは魔力封じの枷をつけた上で管理します。平民兵士で重篤な負傷を負っていない者は今までの捕虜と同じ扱いですね。基本的には聖王国との外交交渉が開始された後の外交カードになります」

シルフィに先を促されたメルティが更に言葉を続ける。

「捕虜の収容数にはまだまだ余裕がありますので、こちらに向かってきている討伐軍から捕虜を取るのも問題ないと思います。ただ、今までの戦闘で得られた敵の負傷兵の数から考えるに、より多くの負傷兵を救うのならば救護を専門とした人員の編制と、コースケさんの薬を大量に用意する必要があるかと」

「なるほど。救護部隊の編制に関しては明日にでも聖女に打診しろ。薬草の手配はできるな？　コースケはメルティが集めた薬草を使ってライフポーションを作っておくように」

「待って、シルフィ姉。コースケの薬はよく効くけど、普通の薬も必要。市井に出回っている薬草を無理に徴発するとメリネスブルグ内で薬や薬草の価格が高騰して疫病が流行ったり、民の不満が大きくなりかねない」

「ふむ……どうすれば良い？」

アイラの言葉にシルフィが首を傾げる。

「薬草の栽培も進めたほうが良い。コースケの力を使えばすぐに大量の薬草を量産できるはず」

「なるほど。種や苗は調達するあてがあるのか？」

「いくらかコースケが持ってる。後は城下の薬師の店や錬金術師の店から調達すれば良い。近くの森から冒険者に持ってこさせるという手もある」

「そうか。メルティ、薬草の調達に関してはアイラと協力して早急に進めてくれ」

「承知致しました。次にメリネスブルグで徴発した物資について報告を致します」

そう言ってメルティが報告した内容を要約すると、メリネスブルグ内に蓄えられている食料はおよそ二ヶ月分とのことだった。二ヶ月分ねぇ。

「それってつまり無限に籠城できるってことだよな？」

「そうですね」

「そうだな」

「ん、そう」

「そうであるな」

「えっ？」

困惑の声を上げたのはセラフィータさんとドリアーダさんの二人だけである。

いやだって、ねぇ？　二ヶ月も余裕があるならメリネスブルグ内の区画を整理して大規模な畑を作ることなんて簡単だし。時間をかければ全ての家屋の屋上に短期間で作物を収穫できる畑を作ることだって可能だろう。無論、そうするには家屋の形状などを適した形に作り変える必要があるだろうけど、それも二ヶ月もあればまぁなんとでもなるだろう。

「メリネスブルグ内では手に入らない物資もあるから、実際には無限とはいかんだろうが……まぁ籠城しているだけで先に向こうが干上がるのは間違いないだろうな。だからといってそんな消極的な手段を取るつもりはないが」

「シルフィエル、どういうことなの？」

ドリアーダさんが困惑した表情でシルフィに質問を投げかける。シルフィは少しだけ考え込んでから口を開いた。

「コースケの力を使えば短期間で作物を収穫できるんだ。コースケが一から十まで面倒を見ると麦が三日で実る」

「……？」

ドリアーダさんが「この子は何を言っているのかしら？」という表情でシルフィを見つめながら首を傾げる。そして周囲の人達――メルティやアイラ、レオナール卿にも視線を向けるのだが、当然ながら全員がシルフィの言葉を肯定するかのように頷いた。

「？？？」

「事実です。ちなみに俺が面倒を見なくても、俺が用意した農地なら他の人が種を蒔いても凡そ二週間で作物が収穫できます」

俺にも視線を向けてきたのでシルフィの言葉を更に補っておいた。

「ドリアーダ。荒唐無稽な話にしか聞こえませんが、コースケ様は稀人です。皆がそうだと言うのであればそれが事実なのでしょう。差し出口をしてはいけませんよ」

「そう……ですね。申し訳ありません」

「いや、コースケの力が非常識なのは私達が一番よく知っているからな。ドリー姉様が信じられないのも仕方あるまい」

「ん。不条理の塊」

俺の能力の理不尽さに一番振り回されたアイラが、困惑するドリアーダさんをものすごく優しい目で見ている。アイラは今でも俺のやることを見て遠い目をすることがあるからな。

「あとはメリネスブルグの治安についてだが……レオナール」

「メリネスブルグ内の聖王国軍の施設に関しては漏れなく制圧が終わったのである。衛兵隊は基本的にこちらに協力的であるな。治安維持に関しては夜間の外出禁止令の公布を既に終わらせてあるのであるな。夜目の利く種族を中心にメリネスブルグ内を警邏し、夜間に怪しい動きを取る連中を片っ端から捕らえていく予定である。今こうしている間にも活動中であるな」

「相手は主に人間となるだろうが……適切にやるようにな」

「勿論であるな」

シルフィの言葉にレオナール卿は至極真面目な表情で頷いた。レオナール卿は聖王国の人間に厳しいからな。シルフィとしてはやりすぎないか心配なんだろう。

「あとは……アドル教の処遇か」

シルフィの言葉に会議室内の空気が途端に重くなった。まぁうん、懸案事項だよね。でもあまり無体な待遇は俺が反対するぞ。

「なるほど。まぁ妥当なラインですね」

◆◆◆

翌日。王城の応接間でアドル教への沙汰を聞いたエレンは静かにそう言って頷いた。

「妥当と思ってくれるならこちらとしては助かるがな」

エレンの対面に座ったシルフィがそう言って息を吐く。

昨晩の話し合いで決まったアドル教への処遇。それはストレートに言えば現状維持であった。

当然ながら解放軍からの指示には従って貰う形になるが、メリネスブルグ内に存在するアドル教の財産などに関しては接収したものをそのまま返還する。その代わり、アドル教は聖堂に訪れる信徒達に対して人心の安定を図るわけだ。

アドル教の教えに関してもオミット大荒野で発見された古い教典の内容に従って亜人排斥の教えを排し、本来あるべきアドル教の教えを浸透させるように働きかけてもらうことになる。いきなりの方針転換は民に不信感を与えるだろうから、こちらは徐々にという形になると思うけど。

解放軍というか行政側からアドル教に与える予算に関しては現状の予算の使い途などを精査の上、改められることになるだろうということで一応の同意を得た。エレンとしても今回のことを機会に所謂金満主義の生臭司祭を排除したいという考えがあるようだ。

そういうのは基本的に主流派の連中なので、適当に罪をでっち上げて追放なり処刑なりをして欲しいということである。なおこの話題で話している時のエレンはとても良い笑顔であった。主流派の生臭坊主どもに関してはエレンも相当腹に据えかねていたらしい。

と、一通りの話し合いが終わったわけだが――。

「シルフィ！　なんで侵略者のこいつに甘い顔を見せるのよ!?　こんな奴ら全員磔《はりつけ》にしてから燃やしてやれば良いんだわ！」

シルフィの隣で今まで黙っていた赤ジャージの口から超過激な発言が飛び出した。その言葉を聞いたシルフィは片手で目元を覆って溜息を吐き、エレンは俺の隣から『なんですかこの頭悪そうなじゃじゃ馬は』という視線を向けてくる。いやうん、エレンの気持はよく分かるよ。

「イフ姉様……口は出さないという約束だったでしょう？」

「それはそうだけど……だっておかしいじゃない！　こいつらが聖王国を煽ったからメリナード王国が大変なことになったのよ!?　それなのに実質お咎めなしだなんておかしいじゃない！」

赤ジャージがエレンを指差しながらきゃんきゃんと吠える。

「イフ姉様が眠りに就いてからもう二十年です。既にメリネスブルグでは一世代巡っているのですよ。当然、メリネスブルグ内にもアドル教徒が多くなっています。そんな状況でメリネスブルグを実効支配している我々が聖職者を虐殺したら治安が著しく悪化するのは火を見るよりも明らかです。それに、エレオノーラの教派は亜人を排斥することを謳う主流派ではなく、亜人との融和を謳う古い教えを守ろうとする懐古派です。それは旧メリナード王国の思想とも近いものです。手を取り合い、協力体制を築くのがお互いにとって得なんですよ」

「でも、アドル教は敵よ！　というかあんた！　なんでその女の隣にいるのよ⁉」

「え、だって三対一みたいな形で対面したらバランス悪いじゃん。なんか圧迫してるような形になりそうだし」

「あんたはシルフィの味方でしょうが！　こっちに座りなさいよ！　おかしいでしょうが！」

赤ジャージがビシィ！　と俺を指差して座ったままダンダンと地団駄を踏む。

「なぁシルフィ、これ本当にシルフィのお姉さん？　本当にお姫様？　俺のお姫様像とかけ離れすぎてるんだけど」

「イフ姉様はちょっとこう……直情的なんだ」

「ものすごい気を遣った表現だな」

「不出来な姉を持つ黒き森の魔女も大変ですね」

「なんでアンタ達は一体感を出してるのよ！」

むきー！　とでも言わんばかりに目を三角にして赤ジャージが俺達三人に吼える。五月蝿《うるさ》い赤ジャージだなまったく。

「あのなぁ、お前の言う通りにアドル教の聖職者を一掃したとして、その後に信徒が暴動でも起こしたらどうするんだ？　そいつらも一掃するのか？　今のメリナード王国の領土内には沢山のアドル教徒とその数に見合った聖職者がいるぞ？　そいつらも全部磔にして燃やして灰にするのか？　そんなことをして誰が得をするんだ？」

「そ、それは……」

「そんなことをしたら聖王国との講和なんてできなくなるぞ。お前は俺達と聖王国のどちらかが完全に滅ぶまで殺し合えと言いたいのか？　ん？」

実際のところは魔煌石爆弾を自重無く使いまくれば聖王国を更地にすることだって不可能じゃないと思うが、俺はそんなことをする気は更々無いぞ。

「……」

先程までの勢いはどこに行ったのか、赤ジャージは途端にシュンとして黙りこくってしまった。ちょっと突かれたくらいで涙目になって黙るくらいなら最初から口を出すなよこのお馬鹿が。

「コースケ、そのくらいにしてやってくれ。イフ姉様はその……まだ若いんだ」

「若いって言ったってお前、シルフィのお姉さんだろ？」

「それはそうだが、エルフとしてはまだ子供なんだ……二十年眠ってたから、年の差は私と殆ど無くなってしまったけれど」

そう言ってシルフィが気遣わしげな視線を赤ジャージに向ける。俯いた赤ジャージ――イフリータはその碧色の瞳からポロポロと涙を零していた。オイオイオイオイなんで泣くんだよ。それじゃまるで俺が泣かしたみたいじゃないか。

「泣ーかした、泣ーかした」

「うぜぇ⁉」

エレンが無表情で俺を両手の人差し指で指差しながら囃し立ててくる。

「イフ姉様……その、今はもうただ敵を倒せばいいって段階じゃないんだ。私達は聖王国に要求を呑ませ、どうやってこの争いを終結させるかということを視野に入れて行動しなければならない。そうするとなると、聖王国と交渉するためのパイプを持っているアドル教という存在は我々にとって必要不可欠な存在なんだよ。だから、イフ姉様の言うようなことはできないんだ」

「一部は存分に焼き払ってくれていいんですけどね。昼間から酒を飲んで女を寝所に連れ込む生臭司祭とか」

「話をまとめようとしているんだから混ぜっ返すな……そう言えば、お前の上司とやらはどうなった？とっくに着いている頃ではなかったか？」

「できる限り討伐軍を足止めするということで、到着が遅れています。明日には着く予定ですが」

「ふむ……ならそろそろ偵察の警戒網に引っかかる筈だな。発見次第連絡する、そちらは受け入れ準備を進めてくれ」

「わかりました」

まだ涙を流しているイフリータを連れてシルフィが退室していく。

「行かないのですか？」

「泣かした俺が一緒に行ってもな。まぁあんまりゆっくりもしてられないんだけど」

今日は薬草を作るための畑を作らなきゃならないし、市場への影響が少ない範囲で集められた薬草を使ってライフポーションも作らなきゃならない。どうせ畑を作るならと薬草の分だけでなく普通の畑も作らされそうな気がする。イモ類マメ類あたりは保存も利くし、今から作り始めても無駄にはならないだろうしな。余ったら売るなり炊き出しに使うなりいくらでも使い途がある。

「貴方も多忙なんですね。私としてはベッドで横になっているイメージが強いんですが」

「そりゃ出会う切っ掛けが切っ掛けだったからな。実は俺はとっても働き者なんだぞ」

そう言って力こぶを作ってみせると、不意にエレンが俺の方に倒れ込んできた。そのまま俺の膝に身体を横たえ、ごろんと仰向けになって俺の顔を見上げてくる。

「私は働きたくないです。誰も彼も聖女様聖女様と不安げな瞳で私に詰め寄ってくるんです。疲れます」

「それは大変だな。よく頑張ってるな、エレンは」

前頭部のあたりをくしくしと撫でてやると、俺の顔を見上げている赤い瞳が気持ちよさそうに細められた。うーん、可愛い。俺もこのまま仕事をサボっていたいなぁ……と思っていたがその幸せは長く続かず、程なくして現れた角の生えたあくまに俺は仕事へと連れ去られてしまうのであった。

第七話
嵐の前の穏やかさ

「ハーピィ達の動きが慌ただしいなぁ」

王城の広大な中庭の片隅。そこで薬草園を作るべくミスリルシャベルで土を掘り起こしていた俺は空を見上げて呟いた。

「そうなのですか？」

そんな俺に問いかけてきたのは蒼い瞳を持つ美女である。金糸のようなゴージャスな金髪の間から覗く尖った耳が彼女がどのような種族なのかを声高に主張していた。

「ええ。もしかしたらエレン――聖女の上司とやらが捕捉されたのかもしれませんね。当初の予定よりも遅い到着なんですが」

「なるほど。馬車での長距離移動は大変ですものね」

そう言って金髪の美女――ドリアーダさんが納得したようにコクコクと頷く。

この世界で長距離移動の手段といえば基本的に馬車である。ただ、馬車の移動というものはトラブルが多い。魔化された木材などを使ってなかなか壊れないように工夫しているようだが、車軸なんかは折れる時は折れるし、車輪が車軸から外れて破損することだってある。魔物や盗賊の襲撃で時間だけでなく命まで失うこともある。

そういうわけで、遠距離移動の旅程に遅れが出たりするのは割と普通のことであるらしい。まぁエレンの上司は聖王国で立場が急激に悪くなっている懐古派の首魁なわけで、恐らく敵対派閥である主流派からの妨害なんかも色々あったんだろう。

「それにしても、コースケさんは不思議な人ですね」

「まぁ面白人間に片足どころか両足突っ込んで肩くらいまでどっぷり浸かってる自覚はありますね」

シャベルの一振りで広範囲の土を掘り返したりできるようになっている今、ドリアーダさんの言葉を否定することは全くできそうにない。

「その不思議な力は精霊から授けられたのですか？」

「正直言ってよくわからないんですよね。気がついたらこっちの世界にいたんで。特に精霊だか神様だかと会話した記憶もないですし。生き残るために目の前にあった森に入って、ふとした拍子に能力を自覚して、その矢先にシルフィに出会いましたから」

「そうなんですね……そうだ、シルフィとはどのように出会ったのですか？　私、興味があります」

ドリアーダさんが頬を上気させてワクワクした様子で聞いてくる。シルフィとの出会い。シルフィとの出会いねぇ……。

「視界も利かない朝方に寝床から叩き落とされまして」

「？」

「わけも分からず落下した衝撃に喘ぎながらも手元に武器を取り寄せようとしたら、こう、手の甲から手の平まで貫通するようにナイフか何かを突き立てられて」

「？？」

「痛みに混乱していたところに顔面キックを食らいました。ブーツの底で」

「？？？」

「それで倒れ込んだところを踏まれましたね。頭をブーツで。頭蓋骨がミシミシ言うくらい」

「あの、シルフィとの出会いの話ですよね……？」

「そうですけど」

　今思い出しても背筋がゾクリとするなぁ、あの状況。シルフィが俺を殺すつもりだったら目覚めることもなく寝首を掻かれて終わってただろうし。

「出会いはもの凄くバイオレンスだったんですよ。本当に」

「……」

　恐らくロマンチックな出会いを期待していたであろうドリアーダさんが片手で目元を覆い、深い溜め息を吐いた。

「それでその後はまぁ、なんとか殺されずに済んで情報交換に成功して、エルフの里に連れてってもらって、当時は解放軍ですらなかった難民の皆にリンチされかけたところをシルフィに助けてもらって、隷属の首輪を嵌められてシルフィの奴隷になりました」

「……ちょっとシルフィちゃんと話してきますね」

「あーっ！　あーっ！　大丈夫です大丈夫です！　シルフィが俺を奴隷にしたのは人間を憎んでいる難民やエルフ達から俺を守るためでしたから！　ちゃんと優しくしてくれてましたから！」

　にこやかにそう言って恐ろしげなオーラっぽいものを放ちながらこの場を去ろうとするドリアーダさんを必死に引き止める。このままドリアーダさんをシルフィのところに行かせると何かとんでもないことが起こりそうだ。

「出会いはそんな感じだったんですけど、一緒に過ごしているうちに可愛い面も沢山見せてくれましたし、というか暴力的に振る舞ったのは本当に最初の一日だけでしたから。その後の奴隷扱いも結局俺を守るためのものでしたから、不可抗力です不可抗力！」

「……当のコースケさんがそう言うならシルフィちゃんのおいたは私の胸にしまっておきます」

どうにも納得しきってなさそうな表情だが、一応はシルフィへの突撃をやめてくれることになったらしい。良かった、終わったかと思ったよ。

「というか素朴な疑問をよろしいですか」

「はい？」

「ドリアーダさんは何故こんなところで俺の作業風景を観察していらっしゃるので？」

農業ブロックを置く範囲を指定しながらそう聞くと、彼女は俺の質問に素直に答えてくれた。

「シルフィちゃんの良い人っていうのがどういう人なのか知りたいと思ったんです。身体は十分に育ったみたいですけど、私やお母様にしてみればシルフィちゃんはまだ子供ですから」

「なるほど」

彼女達の認識で言えばシルフィはまだ成人年齢前のお子様である。エルフの特異な生態のせいでシルフィの身体はとても子供とは言えないほどに育っているし、その精神も過酷な状況のせいで大分大人びているのだろうが、エルフの感覚から言えば間違いなくシルフィはまだ子供なのだ。四姉妹の長姉であるドリアーダさんや、その母であるセラフィータさんからすればシルフィの伴侶として振舞っている俺がどのような人物なのか気になるのは当然のことだろう。

「まぁ、俺の評価は自分からはなんとも言えませんけど……俺はシルフィを愛していると断言できますし、シルフィもきっとそう思ってくれていると思います。アイラとかハーピィさん達とかメルティとかエレンとかグランデに関しては……まぁ彼女達の同意があったということで」

思わず遠い目になる。こうして口にすると自分の節操の無さに嫌気が差してくる。でも、今更言い訳もあるまい。全員俺の大切な人だ。元の世界の倫理観で言えば最低のクズ発言だが、この世界の倫理観では違うのである。

「ふふふ、そんなにたくさんの女性を相手にして平然としているのは素敵ですよ。もう何人か増やしませんか？」

「ヒェッ……シルフィ達に言ってください」

この城に来てからというもの、神出鬼没で文字通り底なしのスライム三人娘にまで狙われているのである。これ以上増えたら命の危険がある。生存本能がドリアーダさんの危険度をビンビンと感じ取っているのだ。

「わかりました、そうしますね」

そう言ってドリアーダさんは足取りも軽く中庭から去っていった。え？　マジ？　マジで聞きに行くの？　どうすれば角を立たせずに断れるんだ？　どうすれば良い？

「……シルフィに期待しよう」

頭から湯気が出そうなほど考えた結果、俺は思考を放棄して仕事に打ち込むことにした。薬草畑を作らないとね。死者を一人でも少なくするためにね、必要だからね。あとは過剰生産にならない程度に畑も作ろうかなー。果樹も良いなー。

ああ、そのまま食べてよし、ワインにしてよし、干してレーズンにしてもよしのブドウにしようかな？　よーし、頑張っちゃうぞー。

俺は都合の悪いことと訪れるかも知れない過酷な未来への不安を忘却すべく畑仕事に精を出すのであった。

◆
◆
◆

やぁ、コースケだよ。城内が慌ただしくなってるけど特に呼ばれたりはしないコースケだよ。

うん、まぁエレンの上司を迎えるのに俺という存在が必要なのかというと、必要は無いんだよね。解放軍のトップであるシルフィとその補佐としてメルティかレオナール卿が居ればそれで面目は立つというか、十分だし。解放軍内部における俺の地位は実質的にシルフィに次ぐナンバーツーだと思うんだけど、実のところ公的な立場としてはアイラやメルティ、レオナール卿、ダナンやザミル女史みたいに魔道士部隊隊長とか内政官筆頭とか将軍とかそういう類の肩書きがあるわけじゃないしね。

だから王城がこうやって慌ただしくなっていても俺は俺に割り当てられた仕事を黙々とこなすわけです。

「じー……」

「……」

「じー……」

物陰からこちらに圧の高い視線を向けてくるエルフのお姫様の視線に耐えながらね。ハハッ。というか口でじーって言うの可愛い。可愛くない？　まぁ向けられてる視線は決して友好的な感じではないんですけどね。ＨＡＨＡＨＡ！

チラ、と視線を向ける。

「……！」

エルフのお姫様が俺の視線を受けてサッと隠れるが、その際に青みがかった銀髪がふわりと少し遅れて隠れていくので誰がこちらの様子を窺っているのかは一目瞭然である。背も小さいし、間違いなく四姉妹の三女、アクアウィルちゃん……いや、一応俺より年上だからアクアウィルさん……？　とにかく彼女で間違いないだろう。

掘り起こし終わり、農地ブロックも敷き終えた王城の中庭の畑に薬草の苗を植えながら考える。

一体彼女は何故俺を監視しているのだろうか？　まぁ順当に考えれば俺がシルフィに最も近しい人間だから、だろうか。一応俺は稀人だということで納得してもらっているはずだが、人間という種族そのものが彼女にとっては信頼することができない存在なのだろう。

彼女の視点で言えば聖王国の人間に追い詰められ、自分達を生かすために父親が自らの命を犠牲にしたのはほんの数日前の話なのだから。そんな人間が稀人と自称して自分の妹に取り入っているわけだからな。

妹……うん、妹なんだよな。シルフィは彼女の妹なんだ。どう見てもアクアウィルさんの体格はアイラと同等くらいだし、それはつまり小がゲフンゲフンから中がゲフンゲフンの少女並みなわけなのだが、それでも彼女はれっきとしたシルフィの姉なのである。

「……甘いお菓子」

「……！」

こんな簡単な誘いで物陰から長いお耳が出てきてピコーン！　と反応してしまうけれど彼女は俺より年上のシルフィの姉なのである。この反応によってシルフィを心配して俺を監視していたのではなく、単に甘いお菓子を目当てに様子を窺っていたのでは？　という疑惑が浮上してきたけど彼女はシルフィの姉なのである。

飛び交っていたハーピィが落ち着いた空を見上げてみると、陽の傾き具合からそろそろおやつ時であることがわかった。こっちの世界に来て時計の無い生活を続けることはや半年前後。そろそろ俺も陽の位置で大体の時間を推察できるようになってきた。本当に大まかな時間だけど。

とりあえず薬草の苗もキリの良いところまで植え終えたので、そろそろ休憩しても良いかも知れない。あとは他にやることって言っても無限水源の設置くらいだし。給水関係に関してはアイラと相談して決めたほうが良いだろう。自動給水装置を作るにしてもアイラに魔道具を作ってもらう必要があるし。

そういうわけで、小休止である。インベントリから濡れタオルを取り出して土で汚れた手と顔を綺麗にして農地にしていない地面に木製のテーブルと椅子を二脚設置する。

「……」

「……」

両者、睨み合い……！　ではなく、俺はテーブルの上にお菓子を設置して笑顔で手招きをしていた。設置したお菓子は新作のいちごパフェである。グラスの上に盛られた芸術的な造形のクリームと真っ赤ないちごが目を引く逸品だ。

「一緒に食べよう！」

「……！」

勿論出したいちごパフェは二つである。流石に二人で一つのパフェをつつくというのは俺と彼女の関係性ではありえまい。俺の場合一つ作れるならもっと沢山作れることがバレているから、むしろ誰が相手でもそんな事態には発展しないかもしれない。一緒にパフェをつついてキャッキャウフフみたいな概念はこの世界には無いからね。

とてとてとて、と俺の様子を窺っていた物陰から出てきて駆け寄ってきたアクアウィルさんがはたと立ち止まる。

「うぅ……」

どうやら俺の前に出てくるのは彼女的にNGだったらしい。

「まぁまぁまぁ。見ているだけじゃわからないことも話せばわかるかもしれないし」

俺の言葉に納得したのかどうなのかはわからないが、アクアウィルさんは俺に警戒しながらも席に着いてくれた。そして俺が差し出したパフェスプーンを受け取り、小さな声でいただきます、と言って小さく会釈してからパフェをつつき始める。

「……!!」

「ん、美味い美味い。いい出来だなぁ」

口の中に広がる甘いクリームといちごソース、そして甘酸っぱいいちごの味。それぞれが口の中で完全な調和を生み出し、幸せな気分が心を満たす。甘味と酸味のバランスが良いなぁ。これなら甘いものが苦手な人にもウケそうな気がする。

「それで、殿下は何故俺を監視していらっしゃったんで？」

「……」

俺がそう聞くと彼女は慌ててパフェをつつく手を止め、ジトリとした視線を向けてきた。その視線には明らかに敵意——とまでは行かないが、少なくともプラス方向ではない感情が込められているのが丸わかりである。

「ええと、殿下に何か怒られるようなことをしましたかね……？」

「……イフ姉様をいじめました」

「Ｏｈ……」

とても好意的とは言えない彼女の態度の原因が判明して俺は思わず天を仰いだ。確かに、俺は赤ジャージを泣かしたが、それは赤ジャージがふざけたことを主張したからそれを詰めただけである。

確かに世間知らずのお嬢様相手に少々大人気なかったかもしれないが、彼女が口にした主張は到底受け容れられるものではなかった。前言を撤回するつもりは俺にはない。

しかしこうやって赤ジャージを泣かした俺の様子を窺い、真実がどういうことなのかを見極めようとする辺り、アクアウィルさんはかなり理性的であるように思える。ふむ。

「殿下がどのように事態を把握しているか存じ上げないので、あくまで俺の視点から見た事情、ということで認識していただけるなら事の次第をお話しますが」

「……聞きます」

アクアウィルさんが頷いてくれたので、俺は赤ジャージことイフリータを泣かせた事情について丁寧に説明した。

俺達解放軍の考えとイフリータの考えが大きく乖離していたこと、イフリータの主張が聖職者だけでなく、他のアドル教の信徒達、そして解放軍とメリナード王国の人々を泥沼の殺し合いに引きずり込みかねない過激な発言であったこと、何より戦争を終わらせるためにアドル教主流派、及び聖王国とのパイプとなるアドル教懐古派の人々は俺達にとって必要不可欠な存在であること。

「というわけです。実際のところ、今の情勢でイフリータの言う通りに事を運ぶのはあまりに犠牲が大き過ぎる。彼女や殿下の心に寄り添っていない判断だということは十も承知ですが、承服は致しかねるという次第ですね」

「……なるほど。イフ姉様が的はずれでとても乱暴なことを主張したのがよくわかりました」

「ありがとうございます」

「それはそれとして、貴方もいま私に説明したように、イフ姉様を泣かせないようにもっと穏便に説明ができたのではないかと思いますが、どうですか？」

「む……」

それを言われると弱い。確かに売り言葉に買い言葉で攻撃的な口調になってしまっていたかもしれない。何も知らないくせに何を言っているんだこいつはとイフリータを見下していたかもしれない。

「イフ姉様は短気で激しい気性をしていますが、同時に繊細な心の持ち主でもあります。もう少し優しくしてあげてください。お願いします」

「わかりました。反省します」

アクアマリンのような綺麗な瞳でジッと見つめられるとどうにも断りづらい。なんというか、身体は小さいのに有無を言わせぬ存在感がある。ううむ、これが王族のカリスマというやつだろうか？

「うん、貴方は素直で良い人ですね。流石はシルフィのお婿さんです」

彼女はそう言って微笑み、再びパフェをつつき始めた。先程までの有無を言わせぬ存在感はどこへやら。パフェをつつくその姿は見た目相応の可愛らしさに満ち溢れている。

「うーむ……」

「？　どうしたんですか？」

「いえなんでも」

きょとんとした表情のアクアウィルさんに首を振ってみせて俺も再びパフェをつつき始める。

流石は王族。幼く見えてもただものではない。しかしそう考えると赤ジャージは残念な奴だなぁなどと考える俺なのであった。

◆◆◆

「ごちそうさまでした。お話ができてよかったです、今後も仲良くしてくださいね」

いちごパフェを平らげたアクアウィルさんはそう言って優雅な所作で俺に挨拶をして去っていった。あれだ、カーテシー的なやつだ。ドリアーダさんは気さくなお姉さんって感じだったが、アクアウィルさんは理知的で礼儀正しいお姫様だな。

第一印象はお姉さんの陰に隠れてるような気弱なお姫様って感じだったんだけど……いや、眠りから覚めた直後のあの姿が本性なのかもしれないな。状況が落ち着いて心に余裕ができたから印象が変わるような振る舞いができるようになったのかもしれない。今後も要観察ってところだな。

そしてアクアウィルさんにも窘められてしまったからな。赤ジャージ――イフリータには後で謝罪しにいくとしよう。確かに感情的になって言い過ぎてしまった。

しかし謝りに行くにしても仕事を放り出していくわけにはいかない。割り当てられた仕事を終えてからだな。高速栽培ができる畑は俺でないとどうしようもないし。

そういうわけで黙々とシャベルで土を掘り返し、農地ブロックを配置してクワで耕す。広範囲を一気に処理できるようになったから作業そのものは楽ちんだ。

農地の準備ができたら薬草の苗や種を植えていくこれは一ブロックずつやらなきゃならないから、これが一番時間がかかるんだよなぁ。それもまぁ、コマンドアクションで後退しながら植えていけば良いんだけれども。コマンドアクションで足をピクリとも動かさずにスーッと移動してると周りから気味悪いものを見るような目を向けられるのが玉に瑕だな。便利なんだけどな。

「こんなもんか」

それなりの広さになった薬草畑の半分ほどに苗や種を植えたところで在庫が尽きた。アイラかメルティが調達してくるまでは残りはこのままだな。

「あとは……」

他に何か仕事が残っていないか考える。捕虜の収容施設は作った。聖王国から来る討伐軍への備えとして武器弾薬を含めた物資の分配も終わっている。となると、あとはやるとすれば武器弾薬の量産くらいか。

「んー……」

恐らく銃士隊の機関銃だけで片がつくとは思う。機関銃に使用できる弾薬は豊富に作っておいたから恐らく足りるとは思うんだよな。いくら聖王国軍といえども開幕の機関銃掃射で前衛が壊滅したら無理押しはしてこないだろう。

でもなぁ、宗教が絡むと損耗率とかそういうのを度外視して突っ込んできたりしそうだよなぁ。いや、俺の偏見かもしれないけれどもね。そうなると信仰心を上回るほどの恐怖を見せつけないといけないかもしれないわけで……うーん。試作で作っていた自動擲弾銃を本格運用するか？　射程およそ1500メートル、装弾数48発のやべーやつだ。

使用する多目的榴弾の威力は殺害半径5メートル、加害範囲半径15メートル、直撃の場合は50ミリメートルの装甲を貫通可能。聖王国軍の虎の子だという魔道士部隊の合唱魔法とやらがどの程度の強度を持っているかは知らんが、50ミリメートルの装甲を貫徹する多目的榴弾をばかすか撃ち込まれて無事ということはあるまい。ちょっと過剰火力感はあるけど、弾薬は作っておくか。俺が城壁の上から運用すれば広い範囲をカバーできるだろう。

　しかしそんなことをやらかしたら聖王国から完全に敵認定というか、魔王的な認定されそうだよなぁ。気にしている場合でもないんだけれども。先に降伏勧告を行って、それでも向かってくるなら完膚なきまでに打ち砕く。そのうえでもう一度降伏勧告を行う。それで決着するはずだ。相手の頭がまともならな。

「鉄、銅、火薬が要るな」

　どれもそれなりに在庫はあるが、今後のことも考えれば早めに調達しておいたほうが良いだろう。火薬の材料になる厩肥類は下水からいくらでも採れそうだから、問題は鉄と銅だ。サクッと手に入れるならポイゾ辺りに付き合ってもらって下水の沼鉄鉱を採取するのが良いかな。あの下水鉄を沼鉄鉱と呼んで良いかというとかなり怪しいけど。

「ポイゾー、ポイゾはいるかー」

「呼んだのです?」

　中庭だと地面が土だし壁も近くにはないから流石に出てこないかなぁと思ったけど、何の問題もなくポイゾがどこからか湧き出してきた。ほんとどうやって出てきたのかね？　君は。

「鉄とか銅が至急欲しくてな。下水のあの金属が欲しいんだ」

「わかったのです。どこに運ぶのです?」

「俺も一緒に行こうかと思うんだが」

　そう言うとポイゾは少しだけ考えてから首を横に振った。

「ちょっと歩かなければならない場所もあるので、こっちに持ってくるのです。コースケはいつ呼ばれるかわからないから、あまり遠出しないほうが良いのです」

「む、そうか……？　そうか」

確かに急に呼び出される可能性はなくもない。なんだかんだ言って俺の能力は色々と潰しが利くというか、できることが多いからな。いざという時に連絡を取れないのは不味いだろう。

「と言っても手持ち無沙汰ではあるんだよな」

「ならサロンに行くと良いのですよ」

「サロン？」

「なのです」

サロンというと王族区画の辺りにある談話室みたいなところだよな。凍りついたシルフィの姉達や王妃様、それに亡くなった王様が居た場所だ。

「行くときっと良いことがあるのです」

「……？」

ポイゾの意図が読めないが、彼女がそう言うからにはきっと本当にそうなのだろう。少なくとも彼女はそう考えているわけだ。ポイゾが俺を陥れる理由なんてないものな。俺を陥れてどうこうするくらいなら単に俺を叩き潰して闇から闇へ葬るほうが楽だし、速いし、彼女にはそれができるだけの力がある。

「よくわからんが、わかった」

「素直なのは良いことなのです」

ポイゾと別れてサロンに向かうことにする。場所は既に知っているので迷うこともない。元から城に勤めていた人間のメイドさんやシスターがなんだか慌ただしく動いているのを横目で見ながらトコトコと王族区画へと向かう。凍りついた王族区画はこの城で働く人達にとってはアンタッチャブルな区画だったので、近づくにつれて慌ただしさは鳴りを潜めてくる。

王族区画へと続く一本道の廊下まで来ると、城内の慌ただしさは既に遠い残響のようなものにまで成り果てていた。なんだか寂しい雰囲気だなぁ、などと考えながら廊下を進み、サロンの扉を開ける。

「……？」

ポイゾはなにか良いことがあると言っていた筈だが、サロンは無人のように見えた。まぁ、別に、誰も居なくたって良いのだけれども。よくわからんなぁ。

頭を一掻き。これですぐに踵を返して城内をあてもなくウロウロするのもなんだかつまらないな。折角上等なソファなんかが設置されている談話室に来たわけだし、たまには一人でのんびりするのも良いかも知れない。

ちなみに、今ここにあるソファは城内の凍りついていなかった区画から運び込まれたものである。元々ここにあったものは二十年も極低温に晒されていたせいで程なく朽ち果ててしまったので。

さて、手前にあるソファにでも座るべか、とソファに近づいたところで思わず声を上げそうになった。

「……すぅ」

そこには赤ジャージではなくお姫様らしいドレスに身を包んだイフリータが寝ていた。ソファに寝ていたので近づくまでその存在に気づかなかったのである。

「……ふむ」

こうして静かに寝ているとイフリータもやはりお姫様なのだな、と思う。シルフィの姉というだけあって顔立ちはもの凄く整っているし。黙っていれば美人、というのはまさにこういう奴のことを指すのであろう。

「んー……」

こいつのあどけない寝顔を見られたことは果たして良いことなのだろうか？　ポイゾの意図がわからない。しかしここでこいつが突然目を覚ましたりしたらどうなるかは火を見るよりも明らかである。きっと勝手に寝顔を見るなとか離れろケダモノとか言って魔法でもぶっ放してくるのだろう。

そうなる前に退散するのが賢い選択というやつだな。うん。そう判断した俺は即座にその場を離れようと――。

「……」

「……」

ぱちり、と開いた碧色の瞳とバッチリ目が合った。

◆　◆　◆

「……」

「……」

これが寝ぼけ眼《まなこ》であれば、静かにフェードアウトすればなんとかなったのかもしれないが、明らかにパッチリお目々であった。君、寝起き良いね？

どうする？　どうすれば良い？　考えろ、考えるんだコースケ！　大丈夫だ、幸い先日捕虜収容所を作っていたおかげでショートカットには石壁ブロックが入っている。危険を感じたらすぐさま防御することは可能だ。ここで俺が取るべき行動は……！

「……」

「……」

コースケはようすをうかがっている！

「……」

「……何か言いなさいよ」

「可愛い寝顔だと思いました」

「なんでかしこまった口調なわけ？　王族を王族と思わない態度があんたの芸風でしょ」

「芸風ってお前ね……」

イフリータは俺の発言にまったく興味も示さずに身を起こし、小さくあくびをしてみせた。人前であくびをしてみせるというのはお姫様としてというか、淑女としてどうなのかね？

「で？　何？　シルフィとかメルティとかその他大勢みたいに私も手篭めにしにきたわけ？」

「いや、普段着に赤ジャージを選ぶ人はちょっと」

「なんだかよくわからないけど馬鹿にされているということはわかるわ」

　イフリータのジト目を受け流しながらテーブルを挟んで対面に座ることにする。さて、座りはしたものどうしたものか。思ったより穏便な反応だったのは幸いだったが。

「それで何だっけ。ええと、俺がお前を手篭めにするとか？　いや、それは無いだろう。色々な意味で」

「色々な意味って何よ、色々な意味って」

「まず、自分で言うのもなんだが俺は自分から女性に手を出せるほどの度胸は持ち合わせていない。それも寝ている女性に手を出すとかそういうのはまず無理」

「熱弁するようなことじゃないんじゃないの、それ」

「ついでに誤解を解いておきたいんだが、俺が彼女達を食い散らかしているわけじゃない。俺が彼女達に食べられているんだ」

「そ、そう……」

　俺の目に本気を感じ取ったのか、イフリータが若干引きつつも気の毒そうな視線を向けてくる。最初に手を出したその時に限っては据え膳に飛びついたとか、まっすぐ向けられる感情に絆《ほだ》されたとかそういう面が多分にあるが、一度関係を結んでからの毎夜のあれこれは単純に俺が捕食されていると主張しても良いと思う。

「一応今回の経緯を話すと、ポイゾにここに来ると良いことがあると言われてな。今できる仕事も終わったことだしなんだろうと来てみたら誰も居ない。なんなんだ一体、と思いつつソファに座ろうと入口から歩いてきたらお前が寝ててな。寝顔が可愛くてつい眺めてしまった。とはいえ、勝手に寝顔を眺めたことには変わりない。それについてはすまなかった」

「素直に謝るのね」

「自分が悪いと思ったら謝るさ。それとな、この前は言い過ぎた。言った内容自体を撤回する気はないが、それにしたって言い方というものがあっただろうと思う。悪かった」

そう言って俺はもう一度頭を下げた。

「……そう」

イフリータは目を伏せて小さな声でそう言った。なんだよ、随分としおらしいじゃないか。やっぱり赤ジャージを着ていないと調子が出ないのだろうか。

「あー……なんだ。その。ほら。寝顔を見た件と言い過ぎた件、二つお前に借りがあるわけだ」

「……それで？」

「二回、俺のできる範囲でお前の願い事を実現してやる。お詫びの気持ちだ」

どうにもこいつがしょげて燻っているのを見ているのは気持ちが悪い。そんな気持ちから出た言葉であった。

「……二回、お願いを聞いてくれるのね？」

「おう。この前食ったもので気に入ったものがあるなら出してやるし、綺麗な装飾品や服、なんなら剣でも槍でも鎧でも好きなものを作ってやろう。女の子に剣でも槍でもってのは微妙かもしれないが」

「貴方にできることならなんでも聞いてくれるの？」

「俺にできる範囲であればな。でも聖王国との戦いに連れて行けとか、聖王国の連中を一人残らず滅ぼしてこいとか、この場で死ねとかそういうのは無しだぞ。常識的な範囲で頼む」

「それじゃあ――」

いふりーたはふしぎなことばをとなえた！

「……はい？」

十秒前の俺に言いたい。よせ、やめろ、早まるな！　と。

◆
◆
◆

「……コースケ？」

「はい」

「それはどういうことだ？」

「ええっと……正直に言うと俺にも何がなんだかよくわからなくてですね？」

「嘘は言っていませんが、本当のことも言っていませんね」

真実の聖女ぉ！

「わかった、正確に言おう。こうなった経緯は説明できるがどうしてこうなったのかは俺にもわからない。こいつも話してくれないから」

冷ややかな視線で見下ろしてくるシルフィとエレン。その視線の先には俺の膝の上に頭を乗っけて平然と二人を見返しているイフリータの姿があった。そう、膝枕状態である。

「では経緯を説明しろ。誤魔化したりしたら……わかっているな？」

シルフィがチラリとエレンに視線を向ける。シルフィに視線を向けられたエレンは紅玉の如き紅い瞳で俺を見下ろし続けていた。その視線に晒されている俺は嘘を吐いてもすぐさま見破られるというわけだ。先程のように。

「中庭でのタスクを終えた俺はポイゾにここに来れば良いことがあるぞと言われてここに来た。そうするとこいつがこのソファで眠っていた。寝顔が可愛いなぁと眺めていたらこいつが目を覚ました」

「こいつじゃなくてちゃんと名前で呼びなさい」

膝の上のお姫様から物言いが入った。

「……イフリータの寝顔を勝手に眺めるのはマナー違反だと俺は思ったから、謝罪した。ついでに、この前のやり取りでは内容はともかく、言い方に問題があったと思ったからそれについても謝罪した。それでもイフリータが落ち込んだ様子だったから、謝罪二回分、つまり二回、俺のできる範囲でお願いを聞くと言ったんだ」

シルフィとエレンが目をスッと細める。ヒェッ……迂闊な発言だったと反省していますからどうか許して。

「イフリータはそれを聞いて『私のものになりなさい』と言ってきたんだ。何故そうなるのかはわか

らなかったが、俺はもうシルフィのものだし、それは無理だと言った。イフリータだけのものになるなんて今更できないってな」

「……ふむ」

シルフィの冷たく鋭かった視線が和らいだ。よし。

「しかしイフリータはこう返してきた『貴方のできる範囲のことを叶えてくれるって言ったじゃない。私も貴方のハーレムに入れるように努力しなさい』ってな。それで、ライムを呼んでお二人にお越しいただいたというわけだ。こちらから行くべきじゃないかと思ったんだが、願い事の二つ目で膝枕を要求されてな……すまん」

膝枕は叶えられない範囲の『お願い』ではないので言うことを聞かざるを得ない。なので、不躾とは思ったがライムに言って二人を呼んでもらったと。

「嘘はついていませんね」

「そうか」

シルフィが頷き、イフリータに視線を向ける。

「ではこの先はイフ姉様に説明してもらおうか」

「別に。大した理由なんて無いわよ」

「嘘ですね」

エレンが真実を見通すという紅い瞳でイフリータの発言を速攻で否定する。

「……シルフィが先んじてお婿さんを見つけているのが羨ましかったからよ」

「本当ですね」

「では単に羨ましかっただけで、コースケに対しては特に好意などは抱いていないということだな？」

「当たり前でしょ。こいつとの出会いからこっち、私がこいつに好意を抱くポイントなんて無いじゃない。なんとも思ってないわよ、こんな奴」

イフリータが俺の膝枕の上でそう言いながらシルフィの発言を鼻で笑う。うん、そうだろうとは思ってたけどここまでストレートに言われるとガラスのハートにヒビが入りそうだ。

「嘘ですね」

「「……」」

Ｗｈｙ？

「嘘ですね」

大事なことなので二回言いました。と言わんばかりの無表情でエレンがそう言い、首を振る。

「うっ、嘘じゃないしっ！　適当なことを言わないでくれるっ⁉」

「嘘ですね。主神アドルに誓って、嘘ですね」

俺の膝枕から勢いよく身を起こし、顔を真っ赤にして叫ぶイフリータ。

それに対してエレンは無表情のままそう言って首を振り、指先を振って聖印である光芒十字を切ってみせた。後で聞いたことだが、これは神に誓って私は真実を言っているという意味であるらしい。

シルフィに視線を向けると、彼女は腕を組み、細い顎に手を当てながら何か考えこんでいるようであった。いや、そんなに真剣に検討しなくても良いいんですよ？

「さ、さっきから嘘だの本当だのって何なのよ、あんた！　嘘吐くんじゃないわよ！」

「誓って私は真実しか口にしていません。主神アドルから頂いたこの眼にかけて」

「イフ姉様にはまだ言っていなかったが、彼女はアドル教の聖女だ。アイラによると彼女の眼は一種の魔眼のようなものらしくてな。他人の発言が嘘か真かを判別できる能力があるらしい。実験の結果、的中率は今の所100パーセントだ」

俺の知らないところでアイラはそんな実験をしていたのか……まぁアドル教の信者でもなんでもないシルフィ達がエレンの能力を信用するためにはそういったことも必要だったのかな。

「う……」

「う?」

「うわぁぁぁぁん！　シルフィのばかー！」

恥ずかしさで居たたまれなくなったのか、イフリータは急に立ち上がり、泣きながらサロンの外に飛び出していってしまった。あまりに素早い身のこなしである。

「ええと、追いかけた方が良いか?」

「放っておいてやってくれ。そのうち落ち着いて戻ってくるだろう」

そう言ってシルフィが俺の隣に座る。エレンはその反対側に座る。挟まれた。

「さて、次は迂闊な発言をしてしまうこのお馬鹿さんをどうするか話し合おうか」

「そうですね」

「ゆるして」

魔女と聖女に挟まれた俺に残された手段は唯一つ。所謂初手全面降伏であった。

◆　◆　◆

「そもそもですね。私に手を出す前にあちこちに粉をかけて回っているというのはどういうことなのですか？　聞けば竜人の娘もいるとか。しかも私に出会った後に出会った相手だと言うのに既に手を出しているという話ではないですか」

ぷんぷん、とでも擬音がつきそうなほどに機嫌を悪くしたエレンに説教を食らっています。コースケです。というかグランデとはまだ顔を合わせていない筈だよな？

「だ、誰からそんなことを……」

「ポイゾさんです」

「あの性悪バブルスライム！」

脳裏にテヘペロしているライムの顔が過る。たちが悪い事にポイゾを含めたスライム三人娘には俺はあらゆる意味で歯が立たないので、何かしらの方法で報復することもできないのだ。いやまぁ、こんなことをやって場をかき回すのはポイゾだけなのだが。

「……まだ手を出していなかったのか」

シルフィが生温かい視線を向けてくる。やめて、その目で俺を見ないで。

「聖女、コースケはな、なかなかの意気地なしだ」

「知ってます」

「一度手を出したらそうでもないが、最初の一手はこれでもかというくらい押していかなければいかんぞ。露骨な挑発を繰り返して理性を飛ばすか、自分から押し倒すくらいしないと駄目だ」

「なるほど。残念ながら非力な私では押し倒すことは叶わなかったんですよね」

シルフィの言葉を聞いた聖女様が肩書に相応しない嗜虐の光を帯びた真紅の瞳を向けてくる。

「ちっ、違っ……ま、待てっ！　シルフィっ⁉」

「コースケ、お前が悪い。手を出そうと思えばいくらでもチャンスがあっただろう？　あまり待たせてやるな」

「いやあのですね？　エレンはこの地におけるアドル教のトップで、聖女なんだぞ？　そんな気軽に手を出すとか……」

「それを言うなら私は解放軍の長で旧メリナード王国の王族だが？　アイラだって解放軍の魔法団長にして旧メリナード王国の神童と呼ばれた宮廷魔道士だし、メルティは特別な肩書きこそ無かったが秘密裏に王族を守る使命を帯びた希少な魔神種だ。ハーピィ達は今や解放軍の戦力の中核を担うエリートだし、グランデだって黒き森の深部に住まうグランドドラゴン達の姫みたいなものだろうが？」

ぐぅの音も出ない。

「大体どうしたら納得して手を出すというのだ？　盛大に結婚式でも挙げれば良いのか？　それは一体いつになるんだ？　聖王国との戦いを終えて平和になった後か？　そこまで放置するつもりか？」

「そ、それは……」

「それは？」

言葉に詰まってエレンに視線を向けると、彼女の真紅の瞳と目が合った。

「その……エレン次第かなって……都合とかあるだろうし」

「ヘタレですね」

「コースケ……」

エレンの視線が蔑むようなものに変わり、シルフィが呆れたように俺の名前を呼ぶ。

「だって仕方ないじゃないか！　エレンみたいな美人に自分から手を出すとか畏れ多くて無理だから！　そもそも俺の世界の基準で言うと何人もの女性に手を出すとか著しくアレなんだよ！　こっちにきてだいぶその倫理観にもヒビが入ってきたけど、それでもハードル高すぎるから！　良い年齢になるまで培ってきた倫理観なんてそう簡単に変わらないからな⁉」

そもそも俺は割と品行方正な一般人なのだ。チームを組んでバリバリ対人ゲームをするようなネト充的なコミュニケーション能力の高い人間とは違う。過酷な状況を知恵と技術でなんとかするサバイバル系のゲームを黙々とやるのを好む内向的な性格の人間なんだよ。

「まぁ……コースケの世界の倫理観というものは大切だな」

「そうだろう？」

「ですが、こちらの世界にはこちらの世界の倫理観というものがあります」

ずいっとエレンが伸し掛かるように体重をこちらに預けてくる。おおう、心地よい重みと柔らかさが……！

「反応を見る限り、欲望にはそれなりに素直のようなんだがな……最後の一線を越えない防壁が薄膜のように見えて無駄に頑丈だ」

「知ってますよ。そういうのをむっつりすけべと言うのですよね」

「聖女様どこでそんな言葉を覚えてくるんですか」

あと俺はむっつりすけべとはちょっと違うと思う。えっちなことに興味がないように装っているわけじゃないし。

「とにかくその、わかったから。エレンを待たせたことに関しては心から謝罪して可及的速やかになんとか――」

「今夜だな。手配しておく」

「わかりました」

「まってまってまって。はやい。はやくない？　もうすこしおちつこう？」

「ダメだ。お前はそう言ってズルズルと先延ばしにするだろう」

取り付く島もないとはこのことである。助けを求めるようにエレンに視線を向けるが、彼女は無表情のまま顔を赤くしてしていた。微妙に目の焦点が合っていない。これはだめそうですね。

「というか真面目な話、良いのか？　色々と」

「問題ない、話はつけてある。例の教典は既にデッカード大司教にも手渡してある。後は夕食の後にでも光輝の冠とやらでコースケが身の証を立てればそれで良い。ああ、今晩は母様と姉様達、それに聖女と大司教達、それと私達の三者で集まって会食だ。すまないが食事を出して欲しい」

「ああ、わかった」

デッカード大司教……確かエレンの上司の名前だったか。昼間騒がしかったし、あの時に到着していたのだろう。それで対応が一段落したところでシルフィとエレンはこっちに来てくれたというわけだ。

わざわざ俺に食事の用意を頼むのは俺の力をデッカード大司教に見せつけるのと、万が一の毒殺対策だろう。俺が出す食べ物ならその場で毒を入れない限りは毒が混入する恐れは一切無い。一応城内から主流派の勢力は一掃している筈だが、漏れが絶対に無いとは言い切れないものな。

などと考えているとエレンが急に勢いよく立ち上がった。

「湯浴みをしてきます」

「早い。気が早い」

「確か気分が盛り上がるという香が主流派の生臭司祭から接収したものの中にありましたね……接収物管理はメルティさんがしているのでしたか。アイラさんにも相談をしてみましょう」

「やめなさい。普通で良いから、普通で！」

エレンは何かブツブツ言いながら部屋を出ていってしまった。ああぁ……マジでそういうのはヤバいからやめようぜ。メルティとアイラの良心に期待しよう。無理か？　無理だな。いざとなったらライムに助けてもらおう。ライムなら、ライムならきっとなんとかしてくれる。

「……聖女に随分と気を遣うのだな」

今度はシルフィが少し不満げな表情をしている。おお、もう……。

「正直に言えばなんだか危なっかしくてな。不安定ってわけじゃないが、振れ幅が大きいというか極端というか……」

「……それはなんとなくわかるな。コースケに出会う前の私と同じような感じがする」

俺の言葉を聞いたシルフィは不満げな表情を引っ込めて真剣な表情になった。別に本気で不機嫌になっていたわけではないらしい。

「俺と出会う前の？　俺と出会ってそんなに変わったのか……？」

俺は俺と出会う前のシルフィのことをよく知らないから、実感が湧かない。

「ああ、変わったと思う。こうやってコースケに甘えることができるようになって、私は変わった」

そう言ってシルフィは俺に寄りかかり、こてんと俺の肩に頭を預けてきた。シルフィのサラサラの銀髪が頬に触れて少しくすぐったい。

「私は成人する前の幼い時分からメリナード王国を取り戻すという使命感と、聖王国への復讐心を糧に、甘えを捨てて黒き森の魔女シルフィエルとして過ごしてきた。でも、コースケに出会って、私は黒き森の魔女としてではなく、ただのシルフィエルとしての心の有り様を大分取り戻すことができたように思う」

「なるほど」

わかるようなわからないような話だ。俺は黒き森の魔女、シルフィエルとしてのシルフィの姿や振る舞いを知らないからな。ああいや、初手ボコられた時のあの容赦の欠片もない暴虐さがそうだったのかな？

「きっとあれは私より筋金入りだぞ。生まれ持った魔眼の能力に、物心付く前に親の手によってアドル教に売り払われたという生い立ち。話を聞いた限りではアドル教の内部は権謀術数が渦巻く人間の醜さを凝縮したような環境のようだし、それに加えてあの美貌だ。自分の心を守るために聖女という仮面を被り続けてきた女だからな」

「？・？・？・」

「つまり、一度甘えだしたら際限が無い手合いだろうということだ。四六時中べったりくっつこうとしても私は疑問に思わん」

「なん……だと……？・」

シルフィですら俺に甘え始めると幼児退こゲフンゲフンしてしまうのに、それ以上だと？　それは一体どうなってしまうんだ？

「いひゃいれす」

「何を考えている、何を」

俺が何を考えて戦慄しているのかを見抜いたのか、シルフィがジト目で俺を睨みつけながら俺の頬を抓る。顔が真っ赤になっているのがとても可愛い。

「しかしあのエレンがねぇ……あまり想像できないな」

傲岸不遜――は言い過ぎか。どこか尊大な態度の面白系無表情聖女のエレンが、俺に甘えている時のデレッデレのシルフィよりも俺に甘えてくる？　全く想像できない。むしろ無表情を僅かに崩して口角を上げながら俺を踏みつけている図とかしか想像できない。あれは間違いなくSっ気があると思うのだが。

　などと考えているとシルフィが急に俺をグイグイと押し始めた。よくわからないが、抵抗せずにソファの端に追いやられる。

「よし」

　そしてシルフィは俺の膝に頭を乗せてソファに寝転び、満足そうな声を上げた。なんじゃらほい。

「イフ姉様に膝枕をしたのなら私にもするべきだとは思わないか？」

「そいつはごもっとも。シルフィには特別になでなでサービスもつけよう」

「うむ。苦しゅうない」

　頭を撫でられたシルフィがグランデみたいな口調で満足そうな声を上げる。今日も忙しくしていたみたいだし、俺なんぞの膝でご満足いただけるならいくらでも提供しましょう。

　そうして俺達は会食の準備のためにメルティが呼びに来るまで王族のサロンでゆっくりと束の間ののんびりタイムを過ごすのであった。

◆◆◆

「初めまして、お噂はかねがね伺っております。異世界よりの稀人、魔女の協力者、竜の伴侶、そして我々にとっては温故の聖人よ。私の名はデッカード。大司教などという大層な肩書きを押し付けられていますが、まぁしがないただのじじいですな」

柔和な顔つきの老爺だった。髪はすっかり白く、豊かな髭も同様に真っ白。頑丈そうな身体つきで、余分な肉などどこにも見当たらない締まった肉体。腰が曲がっているような様子もなく、彼はまさに絵に描いたような矍鑠《かくしゃく》たる老人というやつだろう。もしかしたら元は神殿騎士か何かだったのかもしれない。

「はぁ、これはご丁寧にどうも。コースケです」

「ほっほっほ、このようなじじいにかしこまった言葉遣いなど不要ですぞ」

愉快そうに、白い衣に身を包んだ老爺が笑い声を上げる。その身に纏う白い衣には余計な装飾といったものが一切存在せず、ただ彼が神職であるということを告げるための最低限の模様と光芒十字のみが白い布地を飾っていた。

「しかし真新しい法衣というものはどうにも落ち着きませんな。私のようなじじいなどいつもの着古しで構わぬと思うのですが」

「お父様。お父様が良くてもお相手に対する失礼となります」

「ほっほっほ、この通りでしてな」

デッカードと名乗る老爺の隣の席に座る赤い瞳の聖女が半ば諦め気味に小さく溜息を吐き、老爺はそんな聖女の諦め気味の溜息すら愛おしいのかやはり愉快そうに笑う。

「シルフィ、俺の想像と違うんだが」

アドル教の大司教と言えば御高説を垂れる裏で酒、金、女！　って感じの生臭司祭ばかりだと思っていたのだが、どう見てもこの大司教様はそういった類の聖職者には見えない。よく言えば徳のある好々爺、ストレートに言えばただの気がいいじいさまにしか見えないのだ。ドロッドロであるという聖王国やアドル教内の権力闘争で辣腕を震えるような人物にはとても見えない。

「私も初対面では面食らった。だが、まぁ、こういうお人なのだろう」

そう言ってからシルフィはチラリとデッカード大司教の隣の席に着いているキツい目付きの女性神官に目を向けた。

「……」

あちらもこちらに――というか完全に俺に視線を向けてきている。その視線はどう見ても友好的とは言い難いものであり、俺はなんだか品定めをされている気分であった。

女性神官の年齢は……恐らく初老に差し掛かっている頃であろう。俺の母親よりは年下だろうが、まぁ近い年齢か。白髪の多く交じるひっつめた栗色の髪、キリリとつり上がったキツい目元、この世に楽しいことなど何も存在しないと言いたげな横一文字の薄い唇。そしてデッカード大司教と同じ飾り気のない法衣。恐らくは大司教の右腕に当たる人物であろう。

俺の視線に気付いたのか、エレンが彼女を紹介してくれる。

「こちらはカテリーナ高司祭。デッカード大司教の右腕です。私が前に言っていた上司にあたる方ですね」

「カテリーナです。稀人様におかれましてはご機嫌麗しゅう。卑賤の身でございますが、どうかお見知りおきください」

先程までの視線はどこへやら、エレンに紹介された彼女は完璧なスマイルを披露してくれた。あんな視線を向けながら今更取り繕う意味がよくわからないが、もしかしたら大司教様も高司祭様もエレンの前では優しい父とその側近を演じたいのだろうか。そう考えると、デッカード大司教の好々爺ぶりにも眉に唾をつけて見なければならないかもしれない。

「こちらからの紹介は昼の間に済ませている者は省かせてもらう。まずはあちらの席に着いているのが私の母と姉、つまり旧メリナード王国の王妃と姫達だ」

「メリナード国王、イクスウィル＝ダナル＝メリナードの妻、セラフィータ＝ダナル＝メリナードです」

「長女のドリアーダ＝ダナル＝メリナードです」

「次女のイフリータ＝ダナル＝メリナードよ」

「三女のアクアウィル＝ダナル＝メリナードです」

「そして私が解放軍の長にして末妹のシルフィエル＝ダナル＝メリナードだ。まぁ私については今更だろうがな」

王妃様と姉達の挨拶に続いてシルフィが挨拶をして肩を竦め、次にその視線をアイラに向ける。

「アイラ。旧メリナード王国宮廷魔道士。今は解放軍の魔道士団長。そしてコースケの伴侶の一人」

視線を向けられたアイラが小さくもよく通る声で自己紹介をする。最後の一言は必要だったんですかね？

「あとは――」

シルフィが最後に視線を向けた先には会食のマナーなど知ったことかと言わんばかりの態度で料理を貪っている少女がいた。頭に悪魔のように捻じくれた角を生やし、見るからに強靭且つ凶悪な爪を生やしたゴツい手を汚している少女である。

「ん？　なんじゃ？」

「グランデ、自己紹介してくれ」

「面倒くさいのう……グランドドラゴンのグランデじゃ。一応言っておくが、妾は解放軍とやらの所属ではないぞ。番《つがい》のコースケにただ付き従っているだけじゃからな。まぁコースケが望めば力は貸すが、基本的に人族同士のくだらん争いに介入する気はない。あとコースケ、ちーずばーがーが食べたいぞ」

「はいはい……」

インベントリから大きめの木皿を取り出し、チーズバーガーを山盛りに載せて給仕をしているメイドさんに手渡してグランデの許へと運んでもらう。

ちなみに、シルフィからの紹介を省かれたのはメルティとレオナール卿である。ザミル女史は前にダンジョン探索用に作ったミスリル合金製の短槍を携えて、会食が行われているこの食堂の扉を警護中だ。

「残念ながら私は姫としての教育を受ける前に黒き森に出されてそのままなのでな、相応しい会食の段取りやマナーを知らん。なので、黒き森のエルフ式の宴で歓迎させてもらう。そうだな、乾杯の名目は出会いと未来に、で良かろう」

そう言ってシルフィが蜜酒の入った酒杯を掲げると、メルティとレオナール卿、そしてアイラが同じように酒杯を掲げた。俺も同じように酒杯を掲げ、王妃様達やデッカード大司教達も同じように倣って酒杯を掲げる。

「出会いと未来に」

「「出会いと未来に」」

シルフィに続いて参加者達が唱和し、酒杯を傾ける。ふわりと鼻腔を擽る蜜酒の甘い香りが心地好い。しかし相変わらず酒精は強めだな、酒精が強いくせに飲みやすいから、調子に乗ってパカパカと酒杯を空けると俺なんかはすぐにぶっ倒れてしまう。

「ほほぉ、これはエルフの蜜酒ですな。甘露甘露」

「デッカード様」

「わかっておる。過ぎた贅沢は堕落を齎す、じゃろう？　だが、好意で振る舞われるものを無下にするのも教義に反する。そうじゃな？」

デッカード大司教はカテリーナ高司祭のお小言なぞどこ吹く風とばかりに右から左へと聞き流し、傍に控えている給仕役のシスターにおかわりを注いでもらっている。給仕役に関してはメリナード王国、及び解放軍側は王城のメイドが、アドル教側はアドル教のシスターがそれぞれ担当していた。

席も長大なテーブルを挟んで両陣営に分かれており、中立であるグランデが所謂お誕生日席に陣取っている。まぁ、彼女は俺達のことなどお構いなしにもりもりと飲み食いしているのであの部分だけはなんというか別空間だ。グランデのお世話をしているメイドさんだけが忙しく動き回っていて少し気の毒だな。

「この見たこともない食材を使った、見たこともない料理はコースケ様の故郷の料理なのですかな？」

デッカード大司教がピザソースで白い髭を汚しながら問いかけてくる。真っ先にピザに手を伸ばすとは、なかなかパワフルなじいさんだな。まぁどれもこれもジャンクフードっぽいものばかりだから大人しい料理なんてものが殆どないのだが。

能力のベースとなるサバイバル系のゲームの殆どが外国製のものだからか何なのか、能力で作れる料理はどうにもジャンクフードめいた食品ばかりなのだ。米でもあればおにぎりとか和食も作れるのかも知れないが、今の所この世界で米は発見できていない。畜生め。

「俺の故郷の料理とは言い難いですね。俺の世界の料理ではありますが」

「ふむ。察するに稀人の世界もこちらと同じようにいくつもの国があるのですな」

「ええまぁ。人の営みなんてどの世界でもそう変わらないのかもしれませんね。狩猟生活から始まって、人が集まって共同体を作り、そのうち田畑を耕し始めて――」

「争いが始まるわけですな。なんとも業の深い話です」

残念そうにそう言いながらデッカード大司教はピザをぺろりと平らげ、今度はフライドチキンに手を伸ばした。なかなかの健啖家のようである。

「うむ。つかぬことを伺いますが、コースケ様は平和というものをどういうものだと考えられますかな?」

デッカード大司教は手に持ったフライドチキンをむしゃりと一口齧り、それを咀嚼して飲み込むといきなり哲学じみた質問をぶつけてきた。

「平和とは次の戦争のための準備期間だ、なんて言葉をどこかで聞いた覚えがありますね。俺もこの意見には概ね賛成で、いつか必ず崩れる儚いものってイメージです。端的に言えば均衡が保たれた状態じゃないかと」

いきなりの質問だったが、俺は淀みなく彼の質問に即答した。俺の答えを聞いて彼は頷く。

「なるほど、一つの真理でしょうな。戦乱の時代である今、世の均衡は大いに乱れているのでしょう。均衡が崩れ、乱れが乱れを呼んでいる。同じ人族同士がいがみ合い、蔑み合い、殺し合っている。それは神の望む調和とはかけ離れたものです」

「はぁ」

「儂はこの乱世に現れたコースケ様がその崩れた均衡を正し、この世に調和を齎すために遣わされたと考えております」

「いやぁ……それは流石に話が大きすぎるのでは」

俺の知る限り、いまこの世に戦乱を呼び起こしている大元は聖王国と帝国との争いだ。彼の考えを素直に受け取ると俺の使命は聖王国からメリナード王国の独立を勝ち取るだけでは足りず、その先。つまり聖王国と帝国の争いを終結させるということだということになる。

「吐き気がするほど面倒くさいんで勘弁してください。どう考えても俺の器じゃ無理です」

聖王国と帝国の勢力がいかほどのものなのか、俺はまだ正確に把握していない。しかし、いち属国の叛乱を鎮圧するためにポンと万単位の軍勢を派遣するような国と国との争いだ。想像するだけで目眩がする。

形振り構わず聖王国と帝国の両国を滅ぼすというのであればできないこともないかも知れないが、

そんな魔王じみたムーブをするつもりは俺には一切無いし、血みどろの争いを繰り返してきた両国の関係を上手いこと丸く収める方法なんて考えつけるとも思えない。というか、いちゲーマー風情にそんな使命を課さないで欲しい。切実に。

「ほっほっほ、面倒くさいですか。確かにクソ面倒くさいですな」

「大司教様、お言葉が」

「ほっほっほ、こいつは失礼」

　カテリーナ高司祭に突っ込まれたデッカード大司教が謝罪しながらチーズバーガーに手を伸ばす。ちなみにカテリーナ高司祭はお行儀よくフォークとナイフを使ってビーフっぽいステーキを食していらっしゃった。エレン？　キラキラした目でひたすらホットケーキとかクレープを食ってるよ。

「まぁ、こういう話はおいおいゆっくりといたすとしましょう。コースケ様、よろしければ異世界の話を聞かせてくれませんかな？　稀人の世界というものがどういうものなのか、興味があるのです」

「ん、私も興味ある」

「妾もじゃ」

　デッカード大司教の提案にアイラとグランデも乗っかる。エレンももぐもぐと口を動かしながら興味深けな視線を送ってきている。カテリーナ高司祭も気になるようで、キツめの視線をこちらに向けてきていた。

「まぁ、いいですけれども」

　話題を選ぶ必要はあるが、まぁ平和が云々なんて話よりは多少は気が楽か。そう考えた俺は話を始めた。かつてシルフィに聞かせた元の世界の話を。

◆
◆
◆

会食が終わり、デッカード大司教はカテリーナ高司祭と一緒に用意された客室へと引き上げていった。料理にも、俺の話にも満足してくれたようなので会食は大成功と言っても良いだろう。

「お疲れ様でした。コースケ様も話し疲れたでしょう?」

「そうですね、少し」

結局デッカード大司教に請われて元の世界の話だけでなく、この世界に来た時から今に至るまでの経緯も話すことになったからな。これで今までの経緯を話すのは何度目だろうか? そろそろ慣れてきてしまったぞ。語部《かたりべ》としての訓練でも受けたほうが良いだろうか?

「シルフィエルの視点から見た話との違いがあって大変興味深かったです」

「ええと、はい。それはどうも」

食後は本来であればお風呂に入ってシルフィ達とお酒でも飲みながら話をするのんびりタイムなのだが、今日は何故か義母上《ははうえ》——つまりセラフィータ様とサシでお酒を飲んでいる。シルフィもアイラもハーピィさん達もメルティもグランデも今日は傍に居ない。

一体何なのだこの状況は? 俺はどうすれば良いのだ?

今日は食後に少し母上の相手をしてくれ、とシルフィに言われてあれよあれよという間にこの席がセッティングされてしまった。

いくらシルフィの母上――つまり俺の義母にあたる人だとは言っても、殆ど初対面みたいなものである。しかも見た目にはシルフィとほとんど同年代にしか見えないほど若々しい。どう接すれば良いのか非常に困る。

「コースケ様は――」

「あの、義母にあたるセラフィータ様に様付けで呼ばれるのはちょっと具合が悪いというか、居心地が悪いというかですね」

何か言い出そうとするセラフィータ様にそう言うと、彼女はきょとんとした表情をした後にクスクスと少女のように笑った。ヤバい、可愛い。相手がシルフィの母親でしかも既婚者だというのにときめきそう。

「ふふ、義理の息子で稀人の貴方に様付けで呼ばれる私も同じ気持ちですよ？」

「いや、それはその、セラフィータ様は王妃様じゃないですか」

「それを言ったらコースケ様も稀人様ではないですか。では、お互いにさん付けくらいにしましょう。それなら良いでしょう？」

「うっ……はい」

柔らかい笑顔でそう言われてしまうと断ろうにも断れない。なんだろう、溢れ出る柔らかさと言えば良いのか、それとも高貴さと言えば良いのか……セラフィータさんの言葉には何故だか抗い難いものがある。

「それで、コースケさんに聞きたいことがあるのです、私」

「はい、なんでしょうか？」

先程までの朗らかな様子とは打って変わって真剣な表情を見せるセラフィータさんに俺も背筋を正す。

「コースケさんは私達をどうしようとお考えなのでしょうか？」

「どうしようって……」

言われても困る。俺自身はどうこうするつもりは一切無い。俺にそういった決定権があるみたいに言われても本当に困る。

「俺自身はどうするつもりもありませんけど……どうして欲しいかと言えば、シルフィに寄り添っていて欲しいですね。シルフィはセラフィータさん達に再会するためにここまで生きてきたわけですから。苦難の先に、成し遂げたシルフィにはハッピーエンドが訪れるべきだと思いますよ」

これは紛う方なき俺の本心である。幼い身で国元を離れ、逗留先で祖国の滅亡を知り、それを為した聖王国への激しい復讐心を抱きながら少女時代を過ごし、そして俺を拾ってシルフィの本懐は成し遂げられた。いや、成し遂げられつつある。彼女には然るべき報酬が与えられるべきだ。

「自分の意志を捨ててシルフィのために生きろというわけではありませんよ？　ただ、少なくとも彼女を悲しませるようなことはしないで欲しいです」

セラフィータさんとそう長い時間を共にしたわけではないが、どうも俺は初対面から彼女に対して妙な儚さのようなものを感じ取っている。触れたら今にも消えてしまいそうな雰囲気を感じるとでも言えば良いのだろうか。

「セラフィータさんはどうしたいんですか？」

「私がどうしたいか、ですか……」

彼女は両手で持ったカップをじっと覗き込んだ。彼女の目はカップの中の蜜酒に何を見ているのだろうか。

「私は、どうすれば良いのでしょう？」

蜜酒から視線を上げ、彼女は少し焦点の合っていない瞳をこちらに向けてきた。これが先程少女のような笑みを俺に向けたのと同じ人物なのだろうか？　まるで何もかもに疲れ切ったような、果てしなく昏い瞳だ。

「国を亡《ほろ》ぼし、夫を失い、多くの民を不幸にし、死に追いやり、罰されることもなくのうのうと生きていても良いものなのでしょうか？　私は……」

セラフィータさんは再び視線をカップの中に落として黙りこくってしまった。あー……どう声をかけたら良いものか。こんな状態の女性をどうにか元気づけるとか、俺には少々ハードルが高すぎやしないだろうか？

「冷たいことを言うようですが、旧メリナード王国が亡びた責任をどうこうって話なら俺は完全に部外者ですから、貴女に何かを言うことはできませんよ。俺がこの世界に来た時には全てが終わっていましたし、俺は旧メリナード王国が亡びたことによる苦難を経験していないわけですから。難民となっていた人々と、聖王国の統治下で苦しい生活を強いられていた人達とはそれなりに親交がありますけど」

正直言ってこの件は俺の手に余るよ。まぁ、きっとセラフィータさんは俺に期待しているんだろうな。俺が彼女を断罪することを。シルフィはきっとセラフィータさんを罰せないだろう。何故なら、彼女はセラフィータさんを救うためにその手を血で汚してきたのだから。そんな彼女が、救い出したセラフィータさんや姉達を自らの手で断罪することなどできるはずもない。

ではその部下達はどうか？

メルティはそんな気は更々無いだろう。メルティ自身がはっきりと口にしたわけではないが、彼女は多分シルフィに対するごく個人的な感情を根拠にシルフィに手を貸しているのだと思う。彼女はシルフィが望まないことをセラフィータさんに押し付けることはあるまい。恐らく、これはアイラも同様だ。

ダナンやレオナール卿にあるのは基本的に聖王国に対する強い憎悪の感情だろう。彼らの口から旧メリナード王国の王族に対する批判的な意見は聞いたことがない。まぁ、彼らは大人だ。そういった感情があったとしても表に出していないだけかもしれないが。それでも、彼らが旧メリナード王国失陥の責任を王族に問う姿は想像できない。

ザミル女史は更に一歩引いた立場であるように思える。彼女むしろ自分が居ながら王族を守りきれなかった事に責任を感じている節すらある。彼女にあるのは今度こそ自分が守るべき人々を守り抜こうという半ば強迫観念めいた想いなのではないだろうか。

しかしなるほど、こう考えるとセラフィータさんの考えていることが少しだけわかった気がする。

「むしろ部外者の俺だからこそ客観的な判断でセラフィータさん達を断罪できる、ってわけですか」

セラフィータさんは俺の言葉に小さく頷いた。

なるほど。困る。超困る。そんなこと言われても一体俺にどうしろというのか？　彼女達を断罪しろと言われても、一体どのような罰が適当だと？

国を亡ぼした。多くの国民を苦しめ、死に追いやった。王族としてはあるまじき失態だろう。突き詰めて考えれば国を治める王、そして王族の義務とは国を存続させ、国民の生活と安全を守ること。これに尽きる。そう考えれば、旧メリナード王国を亡ぼした王と王妃の罪は重いのだろう。

王は聖王国に更なる力を与えないようにするため、妻子の命と時間を凍りつかせた。自らの命を費やして、だ。その目論見は成功し、実際にシルフィが王城を解放するまでセラフィータさん達の身体と心を守り通した。

しかし、その行動は妻子の尊厳を守るために国民を見捨てたという見方もできる。聖王国がメリナード王国に求めていたのは強い魔力を宿した子を生み出すエルフの血だ。王族がその身と尊厳を聖王国に差し出してさえいれば、国民達が犠牲になるようなことは避けられたかもしれない。

セラフィータさんのこの反応を見る限り、この考えはあながち的外れでもないのか。

「一体俺にどうしろと……？　セラフィータさんを処刑して旧メリナード王国失陥の責任を取らせるべきだと。そうシルフィに言えとでも？　無茶を言わんで下さい」

「貴方にしか頼めないのです」

「無理です。俺が苦労してシルフィと一緒にここまで来たのは、貴女達を助けてシルフィを幸せにするためです。貴女を処刑してシルフィを悲しませるんじゃ本末転倒だ」

「どうか、お願いします」

「駄目です。貴女の罪悪感にシルフィを巻き込まないで下さい。貴女に対する罰があるとすれば、その罪悪感を抱えながら今後も生きていくことでしょう」

セラフィータさんが抱えているものは所謂サバイバーズギルトというやつだろう。戦争や大災害などの絶望的な状況から奇跡的な生還を遂げた人がしばしば感じると言われる罪悪感である。場合によっては精神的なケアも必要になるらしい。

どうしたものか、と考えているとセラフィータさんがぽろぽろと涙を零し始めてしまった。

「どうか……どうか、お願いします。わ、わたしは……どうすれば」

「あ、あぁー……」

困った。とっても困った。泣かれると困る。凄く困る。シルフィー！　アイラー！　メルティー！　ライム、ベス！　最悪ポイゾでも良い！　誰でも良いから来てくれーッ！　グランデは……うん、いいや。こういう状況ではグランデは来なくていい。

しかし俺の思いは通じず、誰も現れない。天は俺を見捨てたのか。仕方ないので席を立ち、機嫌を悪くしてべそをかいたシルフィをあやすのと同じようにセラフィータさんの頭を胸元に抱き寄せ、背中をぽんぽんと手の平で軽く叩きながら頭を撫でる。

「セラフィータさんは肩の力を抜いて誰かに甘えても良いんじゃないですかね。こう言ってはなんですけど、メリナード王国は一度亡びたんですからもう王族も王妃も何もないでしょう。新しいメリナード王国はシルフィに任せて、ただのセラフィータさんとして生きていけば良いんじゃないですか」

俺がそう言うとセラフィータさんは俺の腰に手を回して抱きつき、ぐりぐりと頭を動かして俺の胸元に顔を擦りつけてきた。あー、この仕草というか甘え方はシルフィと同じだな。やはり母娘ということか。シルフィの母親ということは俺よりも歳は遥かに上なのだろうが、こうなってしまったら子供と何も変わらないな。

暫くしてようやく涙が止まったのか、セラフィータさんが俺に抱きついていた腕を解いて俺の胸元から身を離す。顔を上げた彼女の目は泣いたせいか赤くなっており、更にその目の下には濃い隈が刻まれていた。化粧で隠していたのか……もしかしたら目覚めて以来殆ど寝られていないのかもしれない。

インベントリから清潔な布を取り出してセラフィータさんの顔を拭いてあげる。

「んぅ……」

目の下の隈は濃く、泣き腫らして目を赤くしてしまっているが、それでもセラフィータさんの顔は驚くほど美しい。むしろ、泣き腫らして隈を作っている今の顔は弱りきっている感が滲み出ていて物凄く庇護欲をそそられ――いかんいかん。相手はシルフィのママ。義母。ステイ。

「まぁその、そういうことでですね。あまりそういうネガティブなことを考えずに楽しくいきましょうということで」

「あっ……」

これはいかん、とセラフィータさんからサッと身を離したのだが、咄嗟に伸ばされた手とセラフィー

タさんの寂しげな声と表情が……いやいや、落ち着け。クールになれ。

「ちょっと誰か女性を呼んできますので、少々お待ちを」

そう言って俺は鋼の意志で踵を返し、セラフィータさんに背を向けて部屋を出た。後ろ手にそっと扉を閉め、一息吐く。

「はぁ……」

「押し倒さないのです？」

そして足元から湧いて出た緑色の粘液を全力で踏み潰した。絶対に見てると思ったよこの野郎。敢えて姿を晒してないだけでライムとベスもいるよな？　出てきなさい。怒らないから。いや怒るわ。嘘ついたわ、怒るわ。だから出てこい。出てこい。出てこいよオラァ！

◆
◆
◆

あの後ライムは姿を現さず、ベスは姿を現したが澄まし顔で『侍女を呼んでおいたわ』とのたまったので制裁を加えることができなかった。まぁその、ベスが現れた時には既に踏み潰したポイゾに逆襲されて全身を拘束されていたわけだが。

ベスのとりなしでポイゾから解放してもらい、その場というかセラフィータさんのお世話を任せて俺は自分に割り当てられている部屋へと戻った。広めの執務室兼応接室の奥に寝室のある、エレンが俺と逢う際に使っていたあの部屋である。元はメリネスブルグを治めていた人物が使っていた部屋らしい。あまり評判の良い人物ではなかったようだが。

そんな一室で聖女様は非常にご機嫌斜めであった。

セラフィータさんをベスに任せてその場を去った後、俺はまっすぐ部屋に戻ってきた。そして部屋に入ると、そこにはエレンが一人で待っていた。俺が部屋に現れるなり無表情のままトテテと俺に近づき、ぎゅっと抱きついてきた。そして一言。

「他の女の匂いがします」

ぐりんっと顔を上げ、俺を見つめてくる真紅の瞳からは昏い輝きが漏れ出していた。俺も漏れるかと思った。

「これには海より深い理由があるんだ」

俺の胸に頭を押し付けて高速ぐりぐり攻撃を仕掛けてくる聖女様の背中を撫でながらセラフィータさんから相談されたことや、泣き出してしまった彼女を宥めるために今のエレンと同じように背中を撫で擦《さす》ったということを説明しておく。

「いと尊き聖女である私を待たせて他の女に優しく接するとは。恥を知りなさい」

「でも、そんな状況で義母のセラフィータさんを慰めもせずに放置なんかしてきたら、それはそれでダメだろう……あの思い詰めようは下手したら自殺をしてもおかしくなかったぞ」

目の下に隈を作り、生きる気力を失ったかのような空虚な瞳で俯くセラフィータさんの姿を思い出す。ここ数日、気力だけで気丈に振る舞ってきたのだろうが、睡眠も碌に取れないような精神状態で数日も保った方が驚きである。

「それは……貴方がそう言うならそうなのかもしれませんけれど」

不満げな表情で見上げてくる聖女様の額にキスをしてから抱きしめる。

「……こういうやりかたで誤魔化すのは最低だと思います。やり方が熟《こな》れています。不潔です」

そう言いながらもエレンは俺を抱きしめる腕の力を強めてすりすりと俺の胸に顔を擦り付けた。この子はセラフィータさんの匂いを自分の匂いで上書きでもしようとしているのだろうか？

「王妃様については明日以降、私が対応します。迷える子羊を導くのは聖職者たる私の務めですから」

「……大丈夫なのか？」

聖職者としてのエレンの姿というと、なんとなく迷える信者を導くというよりは真実を見通す眼で不良神官の不正を暴いているイメージなのだが。

「馬鹿にしていますね？　私は真実を見通すいと尊き聖女なのですよ？　神から授かった眼の前では迷える子羊など毛を刈られて裸になったも同然です。本人が素直に言えないような本当の悩みも私にはお見通しなのです」

それは迷える子羊を導いているのではなく、怯えさせて手っ取り早い解決の道に追い込んでいるのでは……？　俺はそう訝しんだが口にするのはやめておいた。最終的に問題が解決するのであれば、それはそれで構わないだろう。セラフィータさんには頼りになる娘達もいるわけだし、エレンが駄目でも解決手段はまだまだいくらでもあるはずだ。

「さぁ、サービスタイムは終わりです。つまり他の女の話は終わりです」

「他の女って、相手は義母だぞ……？」

「血の繋がりもない未亡人で、相手は結婚適齢期が長いエルフです。どうなるかわかりませんよ。ましてや弱っているところを優しくされたのですから、案外もうコロッといっているかもしれません」

「またまたご冗談を……冗談だよな？」

そう言う俺の口をエレンの人差し指がちょん、と塞いだ。

「他の女の話は終わり、です。いいですね？」

口を塞がれた俺はこくこくと無言で頷いた。

◆　◆　◆

翌朝。俺はエレンと二人で王城の食堂へと向かって歩いていた。目覚めは快調。俺の身体にも虚脱感などは一切無く、エレンの顔もこころなしかツヤツヤである。

え？　思ったより元気だなって？　そりゃいくら聖女と言ってもエレンは普通の人間の女の子だからね。体力も相応で、エルフの中でも身体能力に優れる戦闘種に進化しているシルフィや、魔神種であるメルティ、グランドドラゴンの化身であるグランデとは比べるべくもない。ハーピィさん達のような物量戦にもならないし、アイラのように怪しい薬で限界駆動をしたりもしない。

聖女としての力を全く使わなかったわけではないが、とても俺の身体に優しい一夜であった。

「……なんだか悔しいのですけれど」

「経験の差だな」

「……むぅ」

昨夜散々俺に翻弄された聖女様が歩きながら俺の脇腹をポスポスと殴ってくる。これがシルフィやメルティなら体の芯に響くようなボディブローになりかねないのだが、エレンのパンチは可愛いものである。こっちに来てから育った俺の腹筋ではね返せるからな。

そうした二人で歩き、食堂に入ったところで先に食堂に入っていた人々の視線が一斉に集まってくる。具体的にはシルフィやアイラ、メルティにグランデ、それにドリアーダさんをはじめとしたシルフィの姉達に、セラフィータさんの姿もあった。あと、デッカード大司教とカテリーナ高司祭の姿も。図らずも、昨晩の会食の時とほぼ同じメンバーである。

「ふむ……」

シルフィがかなり不躾な視線をエレンに浴びせる。正に頭の天辺から爪先までジロジロと見るという表現がピッタリな感じだ。

「うむ、これからは私をお姉様と呼んでも良いぞ。お姉ちゃんでもいい」

「お断りです。でもシルフィエルでは長いですから、シルフィと呼びます」

「まぁそれでも良い。私も聖女やエレオノーラと呼ぶのは他人行儀に過ぎるからな。これからはエレンと呼ばせてもらう」

「はい、シルフィ」

エレンは無表情でコクリと頷き、シルフィは久しぶりの獰猛とも表現できる不敵な笑みを浮かべた。その笑い方は久々に見たなぁ。もっとこう、いつものようにニコっと可愛らしく笑えば良いのに。まだまだ打ち解け合えてはいないみたいだな。

「私はアイラ。よろしく、エレン」

「メルティです。よろしくお願いしますね」

「グランデじゃ。よろしゅうの、新入り」

「新入り……」

エレンがジトリとした視線を俺に向けてくる。それと同じ視線を俺に向ける者がいた。

「不潔だわ！」

「……」

赤ジャージ……はもう着てないからそう呼ぶのは不適切か。顔も髪も赤いうるさいのと、カテリーナ高司祭である。赤いのはともかく、カテリーナ高司祭の視線は剃刀《かみそり》のように鋭くてちょっと怖い。

「あらあら、甲斐性があるのは良いことでしょう？」

「ほっほっほ、頼もしいですなぁ」

対してドリアーダさんとデッカード大司教は朗らかに笑っている。というかお二人とも、朝から肉ですか。それに山盛りの蒸した芋にバター……パワフルだな。

「……」

そしてセラフィータさんはなんだか朝から熱に浮かされたような視線を俺に向けてきている。彼女の隣の席に座っているアクアウィルさんがセラフィータさんの顔の前で手を振っているが、全然気がついていない。ええと、あっちは見なかったことにしよう。うん。

「さて、色々と丸く収まったが……問題はまだまだ山積しているな」

「そうですねぇ。こちらへと向かってきている討伐軍の撃退に、撃退後の戦後処理、メリナード王国領の掌握と、その後の統治問題、人間と亜人の軋轢、アドル教の処遇に、諸外国との外交もですか。その他にも細々とした内政上の問題となると数え切れませんね」

メルティが山積している問題というのを指折り数えていく。幸い、解放軍は使っている武器や補給、というか単純に規模の関係上どちらかというと人手不足気味である。膨れ上がり過ぎて統治に問題が出る規模ではないので、その点だけは少しだけ安心だ。

「まずは討伐軍の撃退だな。まぁ、正直あまり心配はしていないが……」

「心配していない……？　相手は六万以上の大軍勢ですよ？」

カテリーナ高司祭が驚きの声を上げる。

まぁそうだよな。普通に考えれば六万の大軍勢を前にして王都にいる精々五百程度の手勢と、どの程度働いてくれるかもわからないメリネスブルグの衛兵だけで心配していないとか、正気を疑う発言だ。いくらメリネスブルグの強固な城壁があるとしても、相手は実に百二十倍の規模である。攻め手三倍の法則どころの戦力差ではない。まぁ、攻城戦に関しては同時に攻撃できる人数は城壁の広さの範囲内であるわけだから、野戦と違って多ければ多いほど有利というわけでもないのだが。

「問題ない」

「問題ないですね」

「問題ないじゃろうな」

ふるふると首を振るアイラ、こくこくと頷くメルティ、そして肩を竦めながら次の骨付き肉に手を伸ばすグランデ。ちょっと待って、何その骨付き肉？　なんて動物のどんな部位なの？　漫画とかアニメで見るような謎肉だよね、それ。それ俺も食いたい。

「どこからその自信が……」

「メリネスブルグを守るおよそ二千の防衛部隊を野戦で撃滅するのに我々が投入した人数はたったの二十人だ。まぁ、見ているが良い……と偉そうに言っても、結局のところ全てコースケの力なのだがな」

「ん」

肩を竦めるシルフィにアイラが頷いてみせる。まぁそうね。ハーピィさん達にもバカスカ爆撃してもらうつもりだし、銃士隊にはエアボードによる機動戦を仕掛けさせるつもりだ。それに加えて城壁上にはゴーレム式バリスタを置いて精鋭兵部隊に運用させるし、俺も城壁上から自動擲弾銃で多目的榴弾をバカスカ撃ち込むつもりである。それに、敵が攻め込んでくるまで時間があるなら罠だって仕掛け放題だ。メリネスブルグ近傍で六万という人数を展開できる場所なんて限られているしな。

俺は六万の討伐軍を一方的に蹂躙するつもりだ。俺は過剰な程の防衛戦力を整えて、襲いかかってくる敵を一方的に薙ぎ倒すプレイが大好物なのだ。

剣と槍と弓で武装している連中程度なら十分に蹂躙できるだけの物資と火力は確保できている。切り札もある。負ける要素は一切無い。魔法はちょっと不確定要素だが、アイラから聞く限りでは威力はともかく射程は弓とそう変わらない。

「ほっほっほ、お手並み拝見ですな」

そう言って呑気に笑うデッカード大司教にカテリーナ高司祭がもの言いたげな視線を向け、それから諦めたかのように溜息を吐いた。恐らく常識人であると思われるカテリーナ高司祭としては心配でたまらないのだろう。

大丈夫大丈夫、見ててくださいよ。圧倒しますから！　ＨＡＨＡＨＡ！

第八話

激突！粉砕！蹂躙！

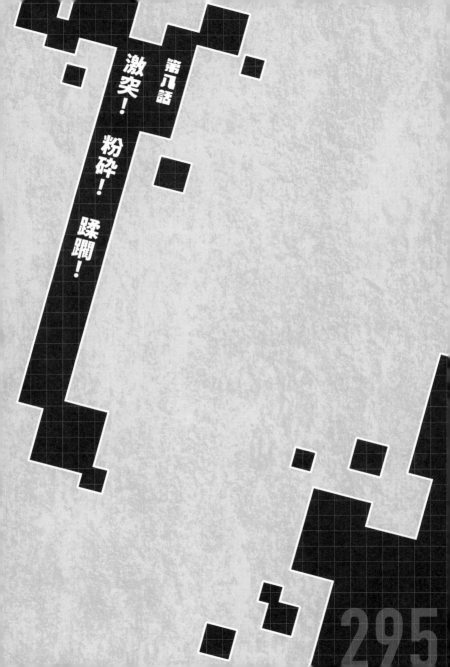

敵らしき大集団発見、との一報が入ったのはデッカード大司教にお手並み拝見と言われたほんの五分後のことであった。心の中で盛大にフラグを立てた影響だろうか？　いや、関係ないか。デッカード大司教から早馬で飛んできていた情報から考えて、いつ現れても不思議のない状況だったし。

その一報を聞いた食堂内の人々の反応はほぼ真っ二つに分かれた。

一つは、不安そうな表情を浮かべる者達だ。カテリーナ高司祭や給仕を勤めていたシスター達やメイドさん達、それにシルフィ以外のエルフ四姉妹とセラフィータさんは一様に不安げな表情を浮かべていた。

それに対し、もう一方側の反応は正反対であった。不敵な笑みを浮かべる者。やっとか、と獰猛に牙を剥く者、マイペースに朝食を口に運び続ける者。そんな彼らを見ながら朗らかな笑みを浮かべる者……いずれも全く気負った様子は見られず、不安さなど欠片も見せない。

当然ながら、俺も後者に属する。

「ようやくであるな。吾輩の出番があると良いのであるが」

「あったとしても最後の最後」

「そうだろうな。わざわざこちらに負傷者を出すこともなかろう」

「ぬぅ……仕方ないのである。しかし、吾輩達にも活躍の場は欲しいのである」

「アイラの言う通り、最後の最後にはレオナール達の精鋭兵が必要になるさ。本陣の制圧はせねばならんからな」

レオナール卿とアイラ、そしてシルフィ達が話す横で俺とメルティは今日のスケジュールについて相談をしていた。

「今日は確か薬草の植え付け予定でしたよね？」

「そうだけど、撃退のために動いたほうが良いだろうな。植え付けは夜でも良いわけだし。距離はどれくらいなんだ？」

「徒歩五日ほどの距離だそうだ。大軍、かついつ接敵しても良いように行軍するとなると一週間か、もしかしたら倍ほどもかかるかもしれんな」

「なるほどな。うーん、どうするかな？」

シルフィの答えを聞き、さてどうやって料理をしてやろうか、と俺は考えを巡らせることになった。強行軍をしても五日、通常の行軍速度で一週間から十日という距離で敵集団を捕捉できたというのは大変に大きなアドバンテージだ。敵はどんなに急いでも銃弾や砲撃、航空爆撃に対して無防備な状態で五日は行軍しなければならない。これを叩かない手はないだろう。

「どうするとは？」

「敵の位置が判明してるなら、ここに来るまで黙って指を咥えて見ている必要もないだろ。やっぱり一番手堅いのは銃士隊のエアボードでガリガリと出血を強いることだろうな」

アイラの質問に肩を竦めてから答える。騎兵よりも早く、打撃力の高い機関銃で武装したエアボードで敵軍の間合いの外から一方的に叩き続ける。そうすれば聖王国軍には死傷者が続出し、行軍速度が更に落ちる上、士気も著しく低下するだろう。何せ正体不明の即死級の攻撃が自軍の攻撃の射程外から一方的に放り込まれ続けるのだ。敵にしてみればたまらんだろうな。

「有効射程の半分の距離でも一方的に叩ける。銃士隊には夜目の利く連中もいるし、昼も夜もなく攻撃を仕掛ければメリネスブルグに到達する前に壊走するんじゃないかね」

弾薬箱一つで２５０発、それを二十丁で撃てば一度に５０００発。１発で一人が死ぬってわけじゃないだろうが、全員で十二回撃ち切れば６００００発だ。五日あれば六万の大軍が溶けるんじゃなかろうか。

ちなみに銃士隊に配備している機関銃の有効射程は１０００メートルなので、有効射程の半分の距離でも５００メートルである。騎兵より足の速いエアボードの上からそんなものをバリバリぶっ放すというわけだな。

「それに加えてハーピィさん達に航空爆撃をしてもらえば負けはないだろう」

「コースケ、えげつない」

「手心を加える理由もないしな。シルフィ、こんな形でどうだ？」

俺の立案した作戦を聞き、シルフィは形の良い顎に手を添えて少し考え込んだ。

「補給を考えるとコースケも前線に行く必要があるな？」

「そうなるな。銃士隊とハーピィさん達に弾薬を供給しないといけないし。でも、心配はいらないぞ。俺もエアボードに乗っていくから、騎兵に追いかけられても逃げ切れる」

多分だけど、百程度の数の騎兵が相手なら撃退することも難しくない。俺に騎兵による突撃は効かないからな。もし俺相手に騎兵突撃なんぞしようもんなら、設置した石壁に正面から激突して向こうが大打撃を被ることになる。

「それでもコースケに何かあったらおしまいだろう」

「妾が傍に居れば何の問題もなかろ？　いざとなったら抱えて飛べば良いのじゃし」

黙っていたグランデが口を挟んでくる。確かにグランデだったら俺一人を抱えて運ぶくらいは造作もないだろうな。

「……はぁ、仕方がないか。しかしコースケと銃士隊、それにハーピィ達だけを行かせるわけにはいかん」

「それはそうであるな。しかし現状、銃士隊以外の戦力をメリネスブルグから出すのも難しいのである。後続の本隊も到着にはあと三日はかかるのであるな」

「どうして——ああ、治安維持か」

「であるな。メリネスブルグの衛兵隊は協力的であるが、混乱に乗じて事を起こす輩が出ないとも限らないのである。現状、兵は動かせないのである」

レオナール卿が真面目な表情で頷く。今、このメリネスブルグは大変に混乱している。それはそうだろう、街を守る聖王国軍の大半が寡兵を相手に大敗し、アドル教徒を憎んでいると噂されている反乱軍——つまり解放軍の支配下に置かれた直後なのだ。

衛兵隊は武具を殆ど取り上げられ、城は解放軍に占拠された。あまりに電撃的な出来事だったので、人々は怯え、不安を抱えている。こんな状態で解放軍の兵士が出払ったら、何が起こるかわかったものではない。暴動や混乱に乗じた押し込み強盗などが多発し、メリネスブルグ内の治安が著しく低下する恐れもある。

「うーん、しかし三日か。三日ねぇ……護衛はグランデがいてくれれば十分だし、銃士隊二十名とハーピィさん達だけで十分に叩けるぞ。心配してくれるのは結構だけど、体面を整えたりなんだりってのは今更じゃないか？」

「それはコースケの言う通り。今まで使える手はなんでも使って私達は戦ってきた。ここで方針転換するのは不合理」

「む……それはそうだが」

俺の言い分にアイラの援護が入り、シルフィの勢いがなくなる。

「どうせ三日かけて歩兵の数を揃えても相手が六万じゃ壁にもならない。今行くにしても三日待つにしても主力はコースケと銃士隊とハーピィ達。なら三日待つ意味も薄い」

「口惜しいがまったくもってその通りなのであるな。いくらクロスボウの扱いに長け、近接戦闘に習熟した精鋭兵でも相手の数が三倍どころか十倍でもきかない数となれば轢き潰されて終わりなのである。我輩とて雑兵が相手だとしても百を超える相手に囲まれては為す術もないのであるな」

そう言って皮肉げに牙を見せて笑うレオナール卿を見ていよいよシルフィは黙り込んでしまった。

「ザミル女史はどう思いますか？」

「私ですか。そうですね、先程のコースケ殿の話を聞く限り、肝要なのは何より機動力なのではないかと。数が増えれば増えるほど足は鈍ります。少数精鋭で敵を惑乱させるのが戦術の趣旨なのでしょうから、あまり人数を増やさないほうが良いように思えます」

「ですが、銃士隊とコースケさんだけでは戦闘を終結させられないのでは？　聖王国軍が負傷兵を救護するために一時休戦を申し込む際に対応する人員は必要ですよね」

「ああ、確かにそれはそうだな」

ザミル女史の意見に続いてメルティから出された意見にそれはそうだなと俺だけではなくアイラやシルフィも同意を示す。

「なので、私が行きます。私なら自分で自分の身を守るには十分な力がありますし、いざとなればグランデさんと同様にコースケさんを連れて逃げることもできますからね」

「確かにそれはそうだけど、立場が要る」

「ふむ。ならメルティ、お前を今からメリナード王国宰相に任ずる。同時に今回の戦に関して、休戦協定を含む一時協定や条約を結ぶ権限を与える」

「軽いなおい」

トントン拍子でメルティがメリナード王国の宰相に就任することになり、聖王国に対する多大な外交権限が付与されることになった。朝食の場で国の重要事が気軽に決められていく様を見て、一緒に食事を取りながらことの成り行きを見守っているアドル教懐古派の面々は言葉を失っているようだ。

「何でもかんでも仰々しく、儀式めいた様式にすれば良いというものではないさ。特に今は一刻を争う状況だからな。ああ、宰相の身分を示すものが要るな。コースケ、適当に作っておいてくれ」

「丸投げはおやめください陛下」

「……まだ戴冠式も行なっていないのに陛下と呼ばれるのは微妙に抵抗があるな」

「時間の問題」

「人に気軽に宰相なんて立場を投げつけておいて今更では？」

　突然宰相なんて仰々しい役職をぶん投げられたメルティが良い笑顔でシルフィを威圧したが、シルフィはそれを肩を竦めて受け流してみせた。

「私が女王になるならメルティも道連れだ。諦めろ」

「それじゃあアイラは宮廷魔道士の長ですね」

「肩書きがどうのこうのなんて些事。どうせやることは変わらない。それよりもコースケは？」

　流石アイラは達観してるな、とか思って聞いていたら突然話題がこちらに振られた。

「俺？　俺は大層な肩書きなんていらないぞ」

「ふむ。将軍……というガラではないな。まぁ、順当に王配殿下、ということになるのか？」

「コースケの立場や役割を一言で表すのは難しいのであるな。強いて言うなら黒幕であるか？」

「なんか悪そうだな、黒幕。もう少しこう、かっこいい言い方はないのか。フィクサーとか」

「つまりそれは黒幕では？」

　レオナール卿の言い分にザミル女史も乗っかってくる。確かに聖王国から見れば俺が黒幕とか諸悪の根源みたいなもんだろうけどさ、それは身内から見た立場じゃないよね？

「俺の事はいいだろう。とにかくメルティが宰相になって権限をシルフィから委任されたって事で」

「露骨な話題そらし」

「だまらっしゃい」

　アドル教の皆さんがあまりにお気楽なやりとりに唖然としてるだろ。何にせよあまりダラダラと喋っていても仕方がない。

「とりあえず、情報を集めるか」

「そうだな。まずはハーピィ達を派遣して敵の数や侵攻ルートを確認するとしよう」

◆◆◆

「……」

「隊長、どうしたんで？」

大柄な男──部下のハンネスが実に呑気な様子で声をかけてくる。そんなハンネスに対し、私は首を横に振って答えた。

「なんでもない」

「そりゃないですよ隊長。隊長がそういう顔をしている時は大体やべぇ時じゃないですか」

人目を憚っているつもりなのか、ハンネスが辺りの様子を見回してから小声で囁いてくる。本当にこいつは……普段は本能優先の馬鹿のくせに、妙なところで鼻が利く。

「……いつでも逃げ出せるようにしておけ」

「えぇ？　本気ですかい？　この大所帯ですよ？」

私達の周りには聖王国の兵がひしめいている。国境を守る精鋭部隊や魔道士団、それに聖騎士団とそうそうたる顔ぶれだ。まぁ、我が部隊のように傭兵崩れのろくでなしばかりの部隊もいれば、田舎の町や村を守っていた部隊もいる。士気の高さもまちまちで、正しく玉石混交の間に合わせの軍団と言える。しかし、戦場において数は力だ。大体の場合において、戦というのは数を揃えた方が勝つ。余程のイレギュラーがなければ。

「問題は、どこに逃げるかだな」

「どこにって、本国の方で良いんじゃ？」

「……お前に政治の話をしても仕方がないからしないが、そうもいかん」

どうにも今回の反乱討伐軍はきなくさい。メリナード王国の反乱軍を撃破するため、という名目で軍が興されたわけだが、その数が多い。あまりに多い。いくら勢いがあるとは言え、六万という数は過剰だ。半分でも多いくらいだと私は思うが、この場にはしっかりと六万を超える数の兵が用意されている。つまり、半分の三万では危ういと上は判断したわけだ。

それに、六万という数の兵が揃うのがあまりに順調に過ぎた。気になって調べてみたが、普段は反目しあっている枢機卿連中の連携が妙に良かったようだ、という程度の情報しか集まらなかった。いつもなら聞こえてくる枢機卿同士の足の引っ張り合いの話が全く無かったのだ。それだけこの事態を重く見ていると考えることもできるが、むしろ何らかの思惑や策謀によって全て順調にいった、と思った方が自然のように思える。何にせよ、情報らしい情報が集まらなかった以上は私の勘でしかないのだが。

「なんですかい？」

「なんでもない」

見るからに頭の悪そうな――実際にこいつは間違いなく馬鹿だ――ハンネスの顔から視線を逸して内心で自嘲する。三年ほど前の自分に「勘」などという不確かなもので部隊を動かす準備をさせるなど言ったら間違いなく馬鹿にされるか、あるいは哀れなものを見る目を向けられたことだろう。

だが、三年間の戦場暮らしで私も宗旨替えをした。知識や理論、情報だけで全てを推し量ることはできない。私はこの三年間で学んだのだ。

「実のところを言うと、俺もこのまま行ったらやべぇ気がしてるんですわ」

「ふん。わかってるならいつでも動けるようにしておけ」

この馬鹿も危険を感じていると言うなら、この先はますます死地である可能性が高い。さて、どう動いたものか――と、考えながらふと空を見上げると、かなり高い場所を飛んでいる鳥が目に入った。随分高いところを飛ぶ鳥だな、と考えたところで背筋にゾクリとした感覚を覚えた。

「あれは……まずいな」

あれが私の思っている通りのものだとしたら、やはりこの戦にこのまま参加することは危険だ。さて、どのように振る舞うのが生き延びる道か。

◆◆◆

「あれが本隊か……めっちゃ多いな」

「壮観ですねぇ」

「うじゃうじゃいる」

朝食と話し合いを終えた俺とメルティ、それにアイラは銃士隊の面々とハーピィさん達と一緒にメリネスブルグを出て街道を東へと向かい、聖王国の本国から迫ってきている討伐軍の偵察に来ていた。大軍が一週間から十日かけて移動してくるような距離もエアボードにかかればすぐの距離である。午前中に敵軍を捕捉することができた。

まぁ、なんというか人だらけである。鎧兜で武装した人、人、人。輜重と思しき馬車の姿も多い。俺達は大きく距離をとってやり過ごしたが、彼らは方々に騎兵を放って偵察も行なっているようだ。まぁ、空から全部丸見えだから避けるのは難しくもなかったけど。

「アレ相手に二十数人で仕掛けるって、冷静に考えるとちょっと頭おかしいな」

「今更じゃないですか？」

「今更」

「ひどい」

俺達が陣取っているのは討伐軍本隊から離れた場所にある小高い山——というか丘？　の上である。稜線に身を隠して双眼鏡で偵察しているわけだ。

「どうしますか？」

「仕掛ける前にまずは宣戦布告というか、退去勧告をしなきゃならないよな。ちょっと危険だけど、まずはそこからだ」

「そうですねぇ。あまり気は進みませんけど」

「いざとなったら蹴散らすだけ」

敵の陣容は確認できたので、まずはここを離れて敵の軽騎兵に接触するとしよう。問答無用で襲いかかってきたら、それを相手の返事と考える他ないな。

「こちらコースケ、上空援護頼むぞ」

『了解です！』

全員でエアボードに乗り込み、討伐軍の前方へと移動する。十台のエアボードに銃士隊と魔道士を二名ずつ、それに装填手二名と運転手一名の計七人が乗っている。銃士隊は攻撃役で、魔道士は防御役だな。

ちなみに俺の運転するエアボードに乗っているのは俺の他にはメルティとアイラ、それにグランデの合わせて四名だけだ。グランデは後部座席に敷き詰めたクッションの上で眠りこけている。まったくもっていつも通りで恐れ入る。

『このまま街道を進めば敵の軽騎兵と接触することになります』

「了解。それじゃあメルティ、頼む」

「はーい。私、か弱いんですけどねー」

「おっ、そうだな？」

肯定したのに運転席を後ろから蹴られた。運転席のクッション性とシートベルトがなかったら首がどうにかなっていたかも知らん。

ちなみに、メルティに頼んだのはメリナード王国の国旗を掲揚する作業である。突貫工事ではあるが、俺の運転するエアボードのルーフに旗を立てるための保持器を装着しておいたのだ。事前通告をするため、こちらが使者であることをわかりやすく示そうってわけだな。

十中八九戦闘になるのだから事前の降伏、退去勧告は無駄になるだろう。戦後に向けたアリバイ作りだからな。下手すると偵察の軽騎兵が問答無用で襲ってくる可能性すらあるし。まぁ、そんな事態に備えて既に銃士隊の機関銃には初弾を装填させてある。いつでも撃てる状態だ。

「ジャギラ、合図するまで絶対に撃たせるなよ」

『了解。もう一度徹底しておく』

「ピルナ、敵本隊に近づいたら可能な限り高度を取れ。魔道士隊とやらがいるなら合唱魔法とやらで対空攻撃をしてくる可能性もゼロじゃない」

『わかりました！　高高度からでも爆撃はしっかりできますからその時は指示を下さい！』

「了解。それじゃあ行くぞ」

俺の運転するエアボードを先頭に合計十一台のエアボードが街道を進む。この辺りはメリナード王国と聖王国を繋ぐ街道でもあるので、道幅は広く整備もきちんとされている方だろう。

「騎兵見えてきた」

「マジで？　流石に目が良いな、アイラは」

「伊達や酔狂で大きいわけじゃない。声かける？」

「こっちから呼びかけたほうが良いだろうな。メルティ任せた」

「はい」

えへんえへん、と喉の調子を整えたメルティがエアボード内に設置されている魔道拡声器のマイクを手に取って話し始める。

「我々は正当なるメリナード王国軍である！　聖王国の侵略者は即刻国外へと退去せよ！　さもなくば攻撃を加える！　繰り返す！　即刻退去せよ！」

メルティが退去勧告と言うにはかなり過激な台詞《せりふ》を聖王国の軽騎兵に投げかけた。どう考えても話し合う気ゼロである。まぁ、どうせ向こうもこちらの言うことを聞くわけもないので、これくらいで良いのだろう。要は、宣戦布告なき騙し討ちでさえなければ良いのだ。

「向かってくる」

「攻撃の意思がありそうか？」

「まだわからない。今の所武器らしきものは手に持っていない」

「そうか。でも警戒したほうが良いな……ジャギラ、一応迎撃体制を整えてくれ」

『了解。各機、横列陣形。奇数が右、偶数が左。指示があるまで撃つんじゃないよ』

銃士隊の隊長であるジャギラから指示が飛び、俺が運転しているエアボードの後ろに二列縦隊で追従してきていた銃士隊のエアボードが左右に展開していく。

「こっちの動きを見て警戒したみたい。速度が落ちた」

「見慣れない乗り物だしな。警戒はするか」

問題はそのまま突っ込んでくるのかどうかだ——と、俺の目でも姿が見えてきたな。

「ええと、二十か？」

「二十二騎」

「二十二ね。なんか中途半端な数だな」

とは言え二十二騎の騎兵と言えば倍する数の歩兵を相手でも十分に戦える戦力だ。馬体の重量を活かした突撃の前に歩兵は大変に脆弱なものである。もっとも、身体能力に優れる亜人が相手となるとそれも確実なものではないが。この世界の馬は地球の馬よりも多分にパワフルだからな。それでも脅威には違いない。

「突撃してきたらどうします？」

「三騎だけ残して迎撃だ。情報を持ち帰って貰わないとな」

などと話している間に二十二騎の軽騎兵達がこちらと同じく横列を整え始めた。これは突撃してきそうだな。

「こちらから一度警告する。止まらなかった場合は三騎残して始末しろ。どれを残すかは任せる」

『了解』

「増援は？」

『今のところ確認できません！』

「了解、何か動きがあったら教えてくれ」

『了解です！』

横列を敷いた軽騎兵が徐々に近づいてくる。まだ武器は手にしていないようだ。

「話し合いに応じる気か――じゃないな」

「抜いた」

　３００メートルほどの距離で敵騎兵が剣を抜いた。刃渡りが長めの馬上剣《ロングソード》を構え、騎兵が走り始める。

「メルティ」

「警告する。直ちに停止せよ！　さもなくば敵対行動を取ったとみなし、実力を行使する！　繰り返す！　停止せよ！」

　メルティが厳しい声で警告するが、敵騎兵が止まる気配はない。これはダメだな。

「ジャギラ、発砲を許可する。無駄弾はあまり撃つなよ」

『了解。各自発砲、左の三騎は残せ』

　ジャギラの指示によって銃士隊の機関銃が火を噴いた。発射数を絞った指切りによるバースト射撃が断続的に行われ、目標除外された最左翼の三騎以外の騎兵が次々と血の花を咲かせて馬上から後方に吹き飛んでいく。

「圧倒的」

「魔道士の出る幕が無いですねー」

「うっさいのぅ……」

　騒々しい銃撃音で眠りこけていたグランデも起き出してきた。流石のグランデもこの銃撃音の中で眠り続けるのは無理だったらしい。

『敵騎、逃げていきますー。三騎ですね』

「了解。よくやってくれた、ジャギラ。大丈夫だとは思うが銃に不具合が出ていないか隊員に確認させてくれ」

『わかった』

　まずは挨拶代わりの一撃――挨拶代わりで十九人殺傷か。嫌になるね、まったく。

「多分無駄だろうが一応生存者が居ないか確認しよう」

「ん、確認は必要」

「そうですね」

　7・92mm弾のバースト射撃をまともに食らって生きているとは思えないけど、一応ね？　金のかかっている騎兵ともなれば魔法の鎧とか矢除けの護符とかそういったマジックアイテム的なサムシングで致命傷を避けている可能性もあるし。

「その後はどうしますか？」

「戦端は開かれた。騎兵が本陣に戻って少し経ったら攻撃を開始する」

◆
◆
◆

　行軍中に聞こえてきた遠雷のような音。それが全ての始まりだった。そのすぐ後に這《ほ》う這《ほ》うの体で逃げ帰ってきた三騎の軽騎兵達の話すことは支離滅裂としか言いようのないものであった。

「見慣れない馬車のようなものが光ったと思ったら、一緒に突撃を開始しつつあった隣の騎兵が後方に吹き飛んだ」

「矢除けの加護も鎧も何の役にも立たなかった。一瞬で仲間がズタズタに引き裂かれて死んだ」

「空気が裂けるような恐ろしい音が耳について離れない」

彼らが受けた攻撃の正体は杳として知れなかったが、一つだけはっきりと分かったことがある。

「つまり、奴らは反乱軍なのだな?」

「せ、正当なるメリナード王国軍と名乗っていました。聖王国の……侵略者は国外へ退去しろと。さもなくば実力を行使すると」

正当なるメリナード王国軍とは片腹痛い。しかし戦力がここまで進出してきているということは、既に旧王都は反乱軍の手に落ちたか。そちらは流石に想定外の事態だ。旧王都に腰を据えて反乱軍を駆逐するつもりでいたのだが、まずはその旧王都を攻略する必要があるようだ。

「敵の数は十一騎だったのだな?」

「は、はい、出来損ないの馬車のような見たこともない乗り物でしたが」

「ふむ……正体不明の攻撃は気になるが」

「例のクロスボウというやつでしょうか?」

「矢除けの加護と鎧で防げないとなると別物だろう」

副官の発言を首を振って否定する。遺体を回収できていれば検証もできたが、正体不明の攻撃に晒された彼らにそこまで望むのは酷だな。

「何にせよ撤退は論外だ。相手はたったの十一……となればやはり反乱軍の弱点はその数にあるのだろう。この短期間で旧王都まで落としたということであれば相当無理な進軍と攻城戦を行なった筈だ。

消耗が激しく、虎の子のアーティファクトか何かを使って精一杯の威嚇をしてきたのだろう」

矢除けの加護と鎧で守られた軽騎兵を遠距離から一方的に撃滅するアーティファクト——厄介なモノだが、そういった強力なアーティファクトは使用回数に制限があるのが常だ。

「エッカルト殿の意見に私も同意する。しかし距離が厄介だな……」

そう言って魔道士団長の長、メイジー殿が忌ま忌ましげに空を見上げる。見上げた先、かなりの高空に糞鳥が飛んでいた。戦場でよく空から糞便や汚泥、生ゴミや腐った死体を落としてくる汚らわしい鳥腕の亜人だ。

「あの高さでは合唱魔法でも攻撃が届かん。例のアーティファクトもかなりの射程なのだろう？」

「は、はい。軽く200メートル以上は距離があったかと思います」

「200！　実に厄介だ。我々の合唱魔法の最大射程よりも長いぞ！」

そう言ってメイジー殿が渋面を作る。普通の魔法というのはどんな達人が使っても最大射程は100メートルほどだ。エルフの使う精霊魔法や複数人の魔道士が儀式を通して行使する儀式魔法はその限りではないが、それでも200メートルというのは実に長大な射程と言える。聖王国の魔道士団が得意とする合唱魔法でも流石に200メートル先までは届かない。精々150メートルが良いところだ。

「とにかく敵の数は少ない。防御力の高い重装歩兵を前に出し、魔道士団の防御魔法も重ねがけして攻撃を受け止め、敵の攻撃が途切れたところで騎兵を差し向け、乱戦に持ち込むのが良いだろう。恐らくは馬車というよりは戦車《チャリオット》の類だろうからな。あの手の兵器は取り付かれると弱いものだ」

「順当だな。パラス殿もよろしいか？」

「良いと思います。いざとなれば我々聖騎士団が蹴散らしますので」

第三聖騎士団の長を務めているパラスがそう言って朗らかな笑みを浮かべる。青年と呼ぶにはまだ早い。少年のあどけなさを残した彼は若くして五つある聖騎士団の長に抜擢された天才だ。

「というか、最初から我々が出たほうが良いのでは？　無駄に兵の命を散らせることもないと思いますが」

「聖騎士団は切り札だ。ここぞという時に働いて貰う」

「そうですか」

さほど不満げな様子も見せずにパラスが引き下がる。彼ら第三聖騎士団はクローネ枢機卿の派閥だ。本来であればベノス枢機卿の第二聖騎士団が同行する予定だったのだが、第二騎士団は東方の帝国との戦いに駆り出されることになってしまったために急遽第三聖騎士団が我々に同行することになったのだ。猊下からはくれぐれも第三聖騎士団に戦果を挙げさせないようにと厳命されている。ここで第三聖騎士団を前に出して手柄を立てさせるわけにはいかない。

何より、奴らは穢らわしい亜人の血を引いた穢れし者どもだ。そんな連中に私の率いる軍で大きな顔をさせるつもりはない。

「重装歩兵を前に――」

指示を出そうとしたところで先程聞いた遠雷のような音と同じような……だが全く違う、布を引き裂くかのような不快な音が鳴り響いた。それとほぼ同時に軍団の最前列の方向から騒乱の気配が巻き起こる。

「何が起こった⁉　報告しろ！」

部下にそう言いつつ、頭の中では既に答えは出ていた。始まったのだ、敵の攻撃が。

◆
◆
◆

エッカルトの叫ぶような声を背中越しに聞きながら僕は第三聖騎士団の仲間達が待つ本陣へと戻った。前線から伝播してきた騒乱の気配に聖王国軍全体が動揺しているようだが、第三聖騎士団だけは別だ。

「団長、どうでした？」

「ここぞという時まで置物になっていろってさ。まぁ、予想通りだね」

そう言って僕と同い年の副団長に肩を竦めてみせる。エッカルトの魂胆は透けて見えているからね。

まぁ、そうなるように仕向けてもいるのだけれど。

「見慣れない馬車のなりそこないみたいな乗り物が十一騎。光と同時に鎧と矢除けの加護を物ともせずに身体を引き裂く正体不明の攻撃、それに空気を引き裂くような恐ろしい音だってさ。心当たりは？」

副団長の直ぐ側に控えている相談役に情報を伝えると、彼は手袋を嵌めた手を、目深に被ったフードで隠れた鼻先――いや、口許に持っていって「ふぅむ」と唸った。

「恐らく、ボルトアクションライフル――いや、その発展型の武器でしょう。音が違う」

「ぼるとあくしょんらいふる。確か目に見えない程の速度で鏃のようなものを発射する武器だね？」

「そうです。武器の射程は軽く1000メートルを超えます。すこーぷという道具を併用すると、1500メートル以上の距離から狙撃も可能です。しかも分厚い重騎兵用の鎧も貫通する威力です。普通の弓矢から放たれる矢を想定した矢除けの加護じゃ防げないでしょうね」

「その発展型というのは？」

「俺の知っているボルトアクションライフルは連射が利くものじゃなかったんですがね。この音を聞く限り、滅茶苦茶に連射してるみたいですね。確かあいつが使ってたサブマシンガンとかいうのが――高速で何十発もの弾丸を連射できる武器だったんで、それのボルトアクションライフル版でしょう」

　彼の言葉を頭の中で反芻し、その意味を吟味する。

「つまり、射程1000メートルから1500メートルかつ重騎兵の鎧を貫通してくるような高威力の攻撃を何十発も連発してくる武器だと？」

「恐らくは。少数で出張ってきてるってことは、あいつも一緒でしょうから、矢玉が切れることは期待しないほうが良いですね。それに未知の乗り物があるって話でしたね」

「そうだね、数は十一騎だったかな」

「ならそのうち十騎が銃士隊の乗騎で、残り一つはあいつが乗ってるんでしょうね。乗り物については俺は全く知りませんが、多分騎兵より早いです」

「その根拠は？」

「銃士隊の弱点は接近戦の弱さです。まぁ精鋭の歩兵に比べりゃ弱いってレベルですが。そんな銃士隊を乗せて移動する乗り物ってことは、銃士隊の弱点を補う乗り物ってことでしょう」

「つまり接近戦に強いか、そもそも接近戦に持ち込ませないかってことか」

「そういうことですね。多分移動しながら攻撃できるようにしてると思います」

そう言ってフードを目深に被って人相を隠した男が頷く。

「こちらより遥かに長射程かつ防御が役に立たないような攻撃を、玉切れもせずに騎兵より速く動く乗り物の上から延々と浴びせてくると？」

「多分そういう作戦でしょうね。それに加えてハーピィの爆撃です。直撃すれば壁を砕く威力があって、更に金属製の破片を周囲に撒き散らします。至近距離で無数の鉄製の矢を浴びるようなもんです」

「……勝てないね」

「団長？」

「だってそうだろう？　相手が豆粒みたいに見える距離から即死級の投射攻撃が何百発、何千発と撃ち込まれるんだよ？　攻撃の正体を推測できる僕達ならやり過ごせるだろうけど、そうじゃない連中に生き残る術はないよ。片っ端から鎌にかけられた秋麦みたいに刈り取られるだけさ」

ぼるとあくしょんらいふるとやらへの対応は既に考えてある。土魔法で穴なり堀なり掘って、その中に隠れてしまえばいい。見えない敵は撃てないし、流石に土を貫通して僕達の着ている聖騎士の鎧まで貫通するほどの威力はないはずだと助言者の彼も言っていた。地面に掘った穴や堀の中に隠れてしまえばハーピィ達の使う航空爆弾とやらの威力も半減する。破片にやられることがなくなるからね。直撃はどうしようもないだろうけど。

「折角だから存分にやってもらおうか。その方が僕達の仕事も楽になる。いざとなれば君を差し出せば降伏しても有利な条件を引き出せるでしょ」

「勘弁してくださいよ。ブチ切れた姫殿下に八つ裂きにされますって。いや、メルティに縊り殺されるのが先か、アイラにこんがり焼かれるのが先か……くわばらくわばら」

「まだ彼女のことを姫殿下と呼ぶのですね？」

「敬服に値する人物ですよ、あの人は。武勇に優れ、人徳もある。何より天運がありますね」

「天運」

「そう、天運です。うちの巫女様の話だと、敵として立ち塞がれば帝国とて無事では済まないそうですよ。仲良くする分には有益であるそうですがね」

「なら、貴方は危ういですね？」

「俺としては敵になったつもりはこれっぽちもないんですがね。まぁ、裏切ることにはなりましたが、必要なことだったんで」

　そう言って彼はローブ姿のまま肩を竦めてみせた。それにしても、身柄を彼らに差し出すと言っても全く動揺しないな。いざとなれば本当にそうするつもりなのだけれど。差し出されても殺されない確信があるのか、それとも僕達の自由にはならないという自信があるのか。何にせよ、何か隠し玉がありそうだな。これは彼を差し出すのは本当に最終手段としたほうが良さそうだ。

「とりあえず流れ弾と直撃弾にだけ注意しましょう。人の壁が薄くなってきたら土の壁を作ったほうが良いですよ」

なぁ。

泣く子も黙って憧れの視線を向けてくる聖騎士団が戦場で最初にすることが穴掘りか。泣けてくる

「穴でも掘っときましょうや。体力は有り余ってるでしょう？」

「直撃弾は気をつけようがないのでは？」

◆
◆
◆

「銃身とレシーバーの加熱には気をつけろよ。黒鋼製だから熱には相当強いけど、過信はするな」

『了解』

ガァァンッ！　ガァァンッ！　と一発一発の発砲音が区別できない程に断続的な発砲音が戦場に鳴り響く。銃士隊が扱っている機関銃の発射レートは秒間二十発を超えるからな。聞き分けられないのも当然だ。

「ピルナ、何か動きがあったらすぐに教えてくれ」

『了解です！　今の所大混乱って感じです！』

まぁそりゃそうだろうな。魔法も矢も届きそうにない、相手が豆粒くらいにしか見えない距離から攻撃されているんだ。流石に発射炎と発砲音から俺達の存在には気付いているだろうが、まさかこの距離から攻撃しているとは思うまい。

「チマチマしとるのぉ。もっと近づいて薙ぎ払った方が手っ取り早いのではないか？」

「そりゃそうだが、射程の長さをわざわざ捨てるほどの意味はないな。一方的に攻撃を加えて士気を挫くのが目的だし」

「正体不明の攻撃で味方がバタバタ倒れて有効な手立てなし、となるとそりゃ士気はガタ落ちですよねぇ」

のほほんとした雰囲気で話しているが、メルティの視線は遥か遠い最前線へと向けられている。俺の目には豆粒のようにしか見えない聖王国軍の様子だが、魔神種である彼女の目にはもしかしたら鮮明に見えているのかも知れない。

「阿鼻叫喚」

大きな一つ目を前線に向けているアイラが呟く。間違いなくアイラの目には最前線の悲惨な様子が見えているのだろう。

『騎兵部隊が動き始めました！　左右に散開しつつあります！』

「了解。ジャギラ、騎兵部隊が動き始めた。左右に回り込んで突撃するつもりみたいだ。機動防御で撃退するぞ」

『了解。奇数番機は右翼、偶数番機は左翼から侵攻してくる敵騎兵部隊を撃退するよ。後退しながら削っていこう』

ジャギラの指示で銃士隊の面々が乗るエアボードが左右に分かれて展開し、機動防御を始める。それに合わせて俺達の乗るエアボードも後退を開始する。

「コースケさん、私達は戦わないんですか？」

「銃士隊に任せよう。一応ルーフに武装をつけられないことはないし、固定武装も積んでるけどな」

今は旗を立てているルーフだが、フレーム自体をかなり頑丈に作ってあるので重火器をマウントすることもできるようにしてある。ただ、重火器を操作できるのは俺だけだし、エアボードを操縦できるのも俺だけ……いや、一応アイラも操縦はできるか。

「アイラが操縦してくれるなら俺が攻撃することもできるけど、やめたほうが良いだろ？」

「ん、やめたほうがいい。万が一聖王国軍魔道士部隊の合唱魔法の射程に入った場合、私じゃないと防げない」

そうやって話している間にも銃撃音は続いている。聖王国軍六万の軍勢のうち、騎兵はおよそ一万弱だ。およそ一万もの騎兵の突撃に対するこちらの銃士隊の数はたったの二十人。エアボード十台である。射程、速度、攻撃力、全てこちらが圧倒的に上だが、流石に五百倍もの数を相手にするのは簡単ではない。

「ピルナ、航空爆撃で敵の勢いを殺《そ》いでくれ」

『わかりました！　全力攻撃ですか？』

「全力攻撃で。騎兵さえ仕留めてしまえばもう敵にこちらを攻撃する手段は無くなるからな。できるだけ多くの敵を巻き込めるようにしてくれ」

『了解です！』

元気の良い返事をし、ピルナが通信を切断する。そしてすぐに今回の遠征に同行している二十名のハーピィ爆撃部隊による航空爆撃が開始された。銃撃を食らって立ち往生し、団子状態になりつつあった聖王国軍騎兵部隊の頭の上に高空から投下された計四十発のハーピィ用航空爆弾が降り注ぐ。恐らくは彼らも矢除けの加護などで何かしらの飛び道具対策はしているのだろうが、航空爆弾の破壊力の前にはそんなものは何の役にも立ちはしない。

「爆撃の精度高いなぁ……」

「ハーピィ達は暇さえればこうくうばくげき、とやらの修練をしておったからの。地面に印をつけてな？　何やら得点を競っておったようじゃぞ。成績優秀者が優先的にお主のところに行くんじゃと」

「なるほど。それは身が入りそうですねぇ」

「そんな方法で訓練してたのか……」

結果的にその訓練がこうして実を結んでいるのだから、文句を言うようなことではないけども。もう少しこう、ストイックなイメージを抱いていたよ、俺は。いや、ある意味でもの凄くストイックなのかもしれないけどさ。

「そういう話は今は横に置いておこう。命のやり取りをしている真っ最中なんだから」

「別に命のやり取りの最中だからって悲壮な心持ちで臨む必要はない。寧ろ適度に緊張がほぐれていたほうが良い」

「そうじゃな。強者は強者らしく振る舞うものじゃ。戦いの最中でも色事に意識を向けるくらいでも良いくらいかもしれんぞ？」

「それは流石にどうかと思うなぁ」

グランデの言葉に苦笑を返す。だが、まぁ確かにアイラやグランデの言うように戦いの最中だからといって張り詰めすぎるのも良くないのかも知れない。常に心に余裕を持てということなんだろう。

『爆撃完了です！　敵騎兵は統率を失って潰走してます！』

「了解。暫くは高度を取って情報支援に回ってくれ」

『わかりました！　でも再爆装はしないんですか？』

「騎兵の脅威が排除できてからだな。銃士隊、状況は？」

『あっちこっちに無秩序に走り出すのが多くて難儀してる。とりあえず組織的な攻撃はなくなったみたいだよ。追撃する？』

「そうしてくれ。騎兵を排除してしまえば脅威はなくなるからな」

『了解』

さて、これで突撃力のある戦力はあとは聖騎士団くらいだろう。相手はどう出るかな？

◆
◆
◆

「くっ、なんたることだ……！」

忌ま忌ましい糞鳥の攻撃で騎兵隊が潰走する様を眺めながら私は歯噛みした。奴らが放ってくるという爆発攻撃については耳にしていた。だがあそこまで威力があるものとは思わなかった。いや、威力そのものも厄介だが、それ以上に厄介なのがあの爆発による威圧効果だ。騎兵の馬が怯えてしまっているように見える。

「寡兵と侮ったのが裏目に出たか」

「……あまり左右に大きく展開できなかったのが痛いですな」

魔道士団長のメイジー殿が深刻そうな声音で呟く。

敵集団を両翼から攻撃するよう指示をしたのだが、思ったよりも横に展開できず、密集陣形で突撃することになってしまった。その結果、糞鳥どもの爆発攻撃で先鋒の多くが被害を受けてしまったようだ。先鋒が倒れれば後続が前に出るのが難しくなる。つまり突進力を殺されてしまった。そこに例の正体不明の攻撃が襲いかかっているわけだ。

「まずいな、潰走している。重装歩兵を前に出せ！　敵の追撃を止めろ！」

「魔道士団も前に出して防御支援を致しましょう」

「助かります」

太鼓の合図で重厚なる鎧と盾で防御を固めた重装歩兵達が前進を始め、潰走して逃げ戻ってくる騎兵達の代わりに攻撃を受け止めようとする。

「重装歩兵の防御すら貫くのか⁉」

流石に最初に攻撃を受けた通常の歩兵よりは耐えられるようだが、それも程度の問題だ。こちらの攻撃の届かない場所から一方的に撃たれ続けていることに変わりはなく、完全に攻撃を防ぎきれているわけでもない。重装歩兵が一人残らず死に絶えるのが先か、敵の攻撃が尽きるのが先かという状態だ。

このままでは不味いか、と考えていたところ、突然敵の攻撃が止んで撤退していった。

「アーティファクトの使用回数が尽きたか？」

「恐らくは。あのような激烈な遺物はそうあるものではないでしょう。後は寄せていくだけですな」

「そうであることを願おう……だが、まずは被害の確認と再編制だな」

負傷者や戦死者の対処もしなければならないし、被害に応じて部隊を再編制する必要もある。こうなると完全に軍団全体の足が止まることになってしまう。

「負傷者の救護と回復を優先しろ。従軍聖職者達には全力で回復に当たるよう通達するのだ」

敵のアーティファクトによる攻撃が尽きたのなら、今日はこれ以上の負傷者が出ることはあるまい。幸い、我が聖王国軍には回復の奇跡を行使できる聖職者や神官戦士も多く従軍している。他国の軍であれば見捨てる他ない重傷者でも回復の奇跡によって戦列に復帰できる者が多く出てくるはずだ。

そうして負傷者の救護と再編制を始め、四半刻ほどの時間が経った頃、奴らは再び現れた。

「まさか、奴らのアーティファクトは無尽蔵に補充が利くのか⁉」

「そ、そんな馬鹿な！」

そして再び始まる蹂躙――そう、蹂躙である。こんなのは戦いなどではない。断じて戦いではない。奴らは一定の距離を保ち、致命的な攻撃を繰り返してきた。

再編制も終えていない歩兵部隊に攻撃が加えられ、多くの被害を出した重装歩兵達がそれを防ぐために更なる被害を被り、なんとか一矢報いようとした騎兵部隊の反撃も撃滅される。伏兵の動きは全て空を舞う糞鳥どもによって看破され、速やかに各個撃破される。

そんな襲撃が何度も繰り返され、陽が落ちる頃には我が聖王国軍の被害は目を覆う程のものになっていた。

「エッカルト殿、これ以上は無理でしょう」

「まだ！　まだだ！　聖騎士団による夜襲をかければ……！」

「敵がどこにいるのかもわからないのに、どうやって敵を叩けと仰るので？」

第三聖騎士団長のパラス殿――いや、パラスがそう言って私を小馬鹿にするように首を傾げる。だが、この若造の言うことも確かにそうだ。陽は落ちつつある。しかし敵の拠点がどこにあるのかは判然としていない。偵察のために軽騎兵を出しても一騎たりとも戻ってこないのだ。恐らくは糞鳥どもに捕捉され、排除されているのだろう。

「騎兵と重装歩兵は壊滅。歩兵も三割近く死傷し、魔道士団の魔力も従軍聖職者の奇跡も底を突いたのでしょう？」

「それは、そうだが……！　だが！　撤退や降伏など認められん！　我々は、聖王国の、唯一神アドルの剣にして盾なのだぞ⁉」

「ではどうするので？　最後の一兵が死に絶えるまで一方的な攻撃を受け続ければ満足ですか？」

「私は死など恐れん！　穢らわしい亜人などには絶対に屈するわけにはいかん！」

たったの十一騎相手に六万の兵を率いて戦い、一矢報いることすらできずに降伏や撤退などしてしまったら、私は破滅だ。ベノス枢機卿は決して私を許さないだろう。事が及ぶのは私だけではない。このような失態を晒せば我がメリセノス家そのものが――。

「メイジー殿はどう考えておられるのですか？」

パラスの問いかけに、魔力を使い果たして立っているのもやっとという状態のメイジー殿は暫し沈黙した。

「降伏もやむをえまい。魔道士団にこれ以上の損害を出すわけにはいかん」

「なっ……!?」

メイジー殿の返答に私は絶句することになった。馬鹿な。栄えある聖王国魔道士団が亜人共に屈することを選ぶなど有り得ん。

「土壁を作れば敵の攻撃を防げることはわかった。しかし、全軍を守るほどの土壁を拵えるのは不可能だし、土壁を拵えて引き篭もるのも不可能だ。土壁では謎の遺物の攻撃は防げても、空から投下される爆発攻撃は防げん。魔力も払底した。これ以上は本陣への攻撃を防ぐこともできん」

無念を滲ませる声でメイジー殿がそう言い、溜息を吐いた。

「では、決まりですね。白旗でも上げますか？」

「なっ!?　貴様ッ！　それでも聖王国の聖騎士か!?　剣を交えることもなく降伏するなど――――！」

「その機会を潰したのは他ならぬエッカルト殿でしょう？　私は一番初めに全軍の盾となり、剣となることを進言しました。メイジー殿もそれは聞いていらっしゃった筈です」

「……そうだな」

「それは……だがっ！」

「現実問題、ここからどう戦うというのですか？　たったの半日で総兵力の半数近くが死傷し、奇跡も魔力も底を突き、士気は極限まで落ちています。今はまだ補給物資が無事だからギリギリのところで士気が保てていますが、それすら失えばどうなるかわかりませんよ」

「一度後退して態勢を立て直せばまだ抗戦することは可能だ！」

「騎兵よりも足が速く、魔法や弓矢よりも遥かに長い射程で攻撃してくる敵からどう逃げると？」

パラスが冷めた視線を向けてきた。私を見下していることを隠さぬその態度に、瞬間的に怒りで目の前が真っ赤になる。

穢らわしい亜人との間の子風情が、この私を見下す？　このエッカルト＝メリセノスを？　許せん。断じて許せん。聖王国の剣として使い潰されるために作られた不浄の存在が名門メリセノス家の出であるこの私を見下すなど！

良かろう。ならば貴様ら聖騎士団の役目、存分に果たさせてやろうではないか。

「……殿軍に奴らの追撃を止めさせる他あるまいな」

第三聖騎士団はクローネ枢機卿の配下だが、今この瞬間は反乱討伐軍団長の私に指揮権がある。命令には逆らえまい。

「なるほど。その任を僕達第三聖騎士団に任じるおつもりで？」

「そうだ。今こそがここぞという時であろう」

「なるほど」

パラスは納得したように頷き、腰の剣に手を伸ばし――ぐるりと私の視界が回転した。

「エッカルト殿は乱心なされた。指揮は僕が引き継ぎます」

エピローグ～白旗～

銃士隊とハーピィ爆撃部隊による攻撃を延々と続けること数時間。夕日が山陰に沈みかけたそのタイミングで上空監視に当たっていたピルナから通信が入った。

『コースケさん、聖王国軍の本陣に白旗が翻ってます』

「なるほど？　どう思う？」

この世界においても白旗というのは降伏や停戦交渉の意思を示すのに使われている。それを知った上で一応メルティとアイラにも意見を聞いてみることにした。

「一方的な蹂躙に音を上げた」

「でしょうねー」

「なるほど。まぁ攻撃は停止するか。ジャギラ、応答してくれ」

『はいよ。まだ弾はある筈だけど？』

「敵の本陣に白旗が翻った。攻撃は一時停止だ」

『そっか。了解』

すぐに鳴り響いていた銃撃音が止み、久方ぶりの静寂が戦場に訪れた。

「なんだか耳がぐわんぐわんしてる気がする」

「俺達はまだマシだと思うぞ。銃撃手は定期的にライフポーションで回復しないといけないような状態らしいからな」

「やかましいのが難点ですよねぇ。コースケさんの世界の武器は」

「そういう武器だから仕方ないね。さて、白旗を掲げたってことは停戦交渉か。前に出るしかないな」

「ん、油断しないほうがいい」

アイラの助言を受けて一度銃士隊を招集し、補給を済ませてから前線へと向かう。俺の乗機にはメリナード王国の国旗と合わせて白旗も掲揚した。この場合はあちらの白旗掲揚に応じてこちらも白旗を掲揚した形になるので、降伏の申し出という意味ではなく停戦交渉の使節であることを示すものになる。

「あちらも前に出てきていますね」

白旗を掲げた騎兵が三騎、前に出てきている。

「こっちからは誰が出る？　俺とメルティとアイラか？」

「コースケさんはだめですねー」

「コースケはだめ」

「さいですか……」

何故とは問うまい。単純に心配されているのもあるのだろうが、この世界の『強者』と比べると俺の身体能力はあまりにも低い。距離を取っての戦闘ならともかく、至近距離で格闘戦などが起こった場合には俺はあまりに無力だ。

「妾も一緒に行けば大丈夫じゃろう。いざとなれば妾がコースケを、メルティがアイラを抱えて逃げれば良い」

「えー……まぁそれならいいですけど」

メルティは不満げである。俺を危険な目に遭わせたくない一心なんだろうけど、ちょっと過保護だよな、うちの面々は。いや、それもこれも俺が一度キュービに拐われたからなんだろうから、俺がどうこうは言えないんだけど。

「それじゃあ、あまり待たせても良くないし。行こう」

「ん」

「はい」

「うむ」

全員でエアボードから降り、すぐにエアボードをインベントリに収納する。あちら側の代表は白い甲冑を身に着けた騎士っぽいのが二人と、杖を手にしたおじさんが一人だな。後は白旗を掲げている兵士っぽいのが一人だ。

まだ距離があるので、歩きながらインベントリから小型ゴーレム通信機を取りだし、スリングで肩にたすき掛けにする。

「テステス、こちらコースケ。聞こえるか？」

『こちら銃士隊のジャギラ、感度良好』

『上空のピルナです！　こちら大丈夫です！』

「ＯＫ、何か不審な動きがあったら連絡してくれ」

念の為に保険はかけておく。一応ショートカットに登録してある武器も確認しておく。ハンドガン、ショットガン、サブマシンガンにアサルトライフル、銃士隊が使っているものと同じ機関銃に、自動擲弾銃、大口径機関銃に狙撃銃まで選り取り見取りだ。ショートカットは戦闘用に修正済みだからな。

「準備は良いですか？」

「ああ、白旗は俺が持っておこうか」

インベントリから白旗を取りだし、担いでおく。メルティは交渉を務めてもらうし、アイラとグランデは体格的に適さない。いや、グランデの怪力ならなんでもないだろうけど、いざという時に俺を守ってもらう必要があるからな。やはり俺が白旗を掲げているのが適切だろう。

「これはこれは、見目麗しいご婦人ばかりですね」

ご婦人じゃないのもいますけど？　とは言わないでおいた。何にせよ注目を浴びないに越したことはないからな。ちなみに声をかけてきたのは金髪に緑色の瞳を持つ超イケメンであった。ちょっと顔立ちが幼く見える。かなり若いな。

「ありがとうございます。まさか聖王国の男性からそんなお世辞を言われるとは夢にも思いませんでした。ところで、陽も落ちてきていますし話を進めませんか？」

「そうですね。とりあえず、三日間の休戦期間を設けるというのはどうでしょうか」

「論外ですね。こちらに何の得が？　こちらは一兵たりとも失っていないのですよ」

「そちらにとって三日もの時間は貴重なのでは？　貴方達は強い。しかし寡兵です。あの武器は強力なようですが、たった十一騎しか配備できていない。大規模には運用できない理由があるのでしょう？」

正解だけど不正解。銃士隊の数を二十人に絞っているのは確かに弾薬供給に問題があるからだが、それもゴーレム作業台を増産すれば対処できないわけではない。銃弾や機関銃本体を作るだけの素材は十分にあるから、やろうと思えば機関銃手はまだまだ増やせる。

「そうだと良いですね？　ところで、そんなもしもの話に何の意味が？　貴方達にとっては目の前にいる我々だけで十分な脅威なのでしょう？」

「それはそうですね」

「こちらは夜を徹して攻撃を加えても構わないですし、なんなら補給物資を焼き払っても良いのですけど？」

「そんなことが……できるのでしょうね」

金髪イケメン少年騎士が苦笑いを浮かべる。

「わかりました。では私達は全面撤退を行う。代わりに貴方達は追撃をしない、というのはどうでしょう？」

「それ、本気で言ってます？　私、同じことを二度言うのは嫌いなんですけど」

とても困ったような声でそう言ってメルティが首を傾げる。

「仕方がないのでもう一度言いますね？　それ、私達に何の得があるんです？」

「これ以上我々と戦わなくても良いのはそちらにとってのメリットなのでは？」

「再編制してまた襲ってくる敵をただ逃がすくらいなら、皆殺しにしたほうがマシですけど？」

軽々に飛び出した皆殺しという言葉に金髪イケメン少年騎士が頬を引きつらせる。

「交渉を持ちかけてきたのはそちらですよ。私達はこのまま戦闘を続けても一向に構いません。最後にもう一度だけチャンスを差し上げますから、よく考えて発言して下さいね？」

　俺の立っている場所からはメルティの後頭部しか見えないのだが、きっととても良い笑顔で言ってるんだろうなぁ。向こうの人達が一歩後退ってるよ。あ、お客様いけません。剣の柄に手を置くのはおすすめできません。あー、お客様！　お客様お客様お客様！　いけません！　それはいけません！

「抜きますか？　私は構いませんよ？」

　ゴゥッ！　と比喩表現ではなく圧力が押し寄せてくる。恐らくだが、メルティがその身に秘めた魔神種としての魔力を解放したのだろう。物理的な圧力を伴うほどの魔力とは、この世界において一体どの程度の水準にあるものなのか？　それはよくわからないが、魔力を一切持たない俺でも感じるこの威圧感はただごとではないに違いない。

「メルティ、やり過ぎ」

「えー……だって嘗めたことばっかり言うんだもん」

　アイラにお尻を叩かれたメルティが頬を膨らませる。可愛く頬を膨らませてはいるが、威圧感はそのままである。ふと少年騎士に視線を移すと、彼は顔面蒼白な状態で降参の意を示すように両手を上げていた。

「我々は夜が明け次第、聖王国本国へと撤退する。それに加え、補給物資のうち撤退に必要な最低限のもの以外はそちらに譲渡する。六万の兵士が活動するための補給物資だ、相当な量になる」

　杖に身を預けてなんとか立っていたローブ姿の中年男性が絞り出すような声でそう言った。

「その結果メリナード王国領内で略奪を行われたり、焦土作戦じみたことをされると大変に迷惑なのですが？」

「そのようなことはしないし、させないと聖王陛下直属の第二魔道士団長であるこのメイジー＝ボナパルトが誓おう」

「第三聖騎士団長、パラス＝イグドラも同様に誓わせていただきます」

ローブ姿の中年男性とイケメン少年騎士が胸に手を当てて宣誓する。それっぽい感じの仕草だが、あれは聖王国における誓約の作法なのかも知れない。

「ふむ……まぁ、見逃す条件としてはその辺りが落とし所でしょう。それではこちらも追撃は致しません。しかし、私達メリナード王国は態勢が整い次第、必ず捲土重来を果たしますよ？」

「……肝に銘じておこう」

第二魔道士団長と名乗ったメイジーが重々しく頷く。うーん？　ああ、つまりあんまり撤退に時間をかけてグズグズしてるとケツを蹴り飛ばすぞって言っているんだな、メルティは。

「それではそういうことで。握手でもしますか？」

「遠慮しておこう。私の枯れ木のような手など握り潰されてしまいそうだからな」

「か弱い乙女に向かって失礼な方ですね」

誰も口には出さなかったが、きっとメルティ以外の全員の意見が一致していたことだろう——誰がか弱い乙女だよ、と。

◆　◆　◆

「反乱討伐軍は敗走。しかし第三聖騎士団と第二魔道士団は健在。エッカルトは死んだ、か」

石版に浮かんだ文字を目でなぞり、呟く。最上とは言えないが、次善の結果だ。第三聖騎士団が無事帰ってくるのであれば。エッカルトが死んだのも悪くはない結果だ。帝国対策を考えれば第二魔道士団が健在なのも悪くはない。

「しかし被害が大きいな」

重装歩兵と騎兵は壊滅。歩兵もおよそ半数が死傷し、士気はどん底。無事な兵も今後メリナード王国に対する戦力として運用するのは難しい、か。

「相手はたったの十一騎の戦車《チャリオット》のようなもの？　書き損じか……？」

俄には信じ難いが、メリナード王国には稀人が与しているという話だ。あのキツネめの話では個人としての戦闘能力が低い代わりに、兵站や軍に与える影響が非常に強いという話だった。その能力が十全に発揮されたということか？　これはパラスが戻り次第直接聞くしかなさそうだな。

そう考えていると、部屋のドアをノックする音が聞こえてきた。入室を促すと、白い甲冑に身を包んだ青年が姿を現す。

「クローネ様、聖都内の背教者達の処断が完了しました。しかし、ベノス他数人の枢機卿は既に脱出していたようです。行方を探っていますが、転移のアーティファクトが使用された可能性が高いかと」

「ふむ、帝国産か、出土品か……まぁ、想定の範囲内だ。聖王国内に奴らの居場所はない。恐らく逃亡先はディハルト公国だろう」

「如何致しますか？」

「捨て置け。放って置いてもメリナード王国が始末してくれる」

奴は必ず起死回生を狙ってメリナード王国にちょっかいを出すだろう。そうすれば我々が手を下すまでもなく奴は破滅する。神がそう定めておられるのだから。

「これで我々は正しき信仰を取り戻すのだ」

私はそう呟き、聖王陛下より下賜された古《いにしえ》の時代の真の教えが記された経典に手を置いた。

神は見ておられる。そしてその御業で世界を正しき形に整えられるのだ。古き時代に歪められた邪《よこしま》なる悪書を駆逐し、正当なる教えを世に知らしめる。それが敬虔なる神の信徒たる私の務めであろう。

GC NOVELS

ご主人様とゆく異世界サバイバル！⑥

2021年10月8日　初版発行

著者　リュート
イラスト　ヤッペン

発行人　子安喜美子
編集　岩永翔太
装丁　AFTERGLOW
印刷所　株式会社平河工業社
発行　株式会社マイクロマガジン社

URL:https://micromagazine.co.jp

〒104-0041
東京都中央区新富1-3-7　ヨドコウビル
TEL 03-3206-1641 FAX 03-3551-1208（販売部）
TEL 03-3551-9563 FAX 03-3297-0180（編集部）

ISBN978-4-86716-175-3　C0093

本書は小説投稿サイト「小説家になろう」(https://syosetu.com/)に掲載されていたものを、加筆の上書籍化したものです。

ファンレター、作品のご感想をお待ちしています！

宛先　〒104-0041　東京都中央区新富1-3-7　ヨドコウビル
株式会社マイクロマガジン社　GCノベルズ編集部
「リュート先生」係　「ヤッペン先生」係

アンケートのお願い

二次元コードまたはURL(https://micromagazine.co.jp/me/)をご利用の上
本書に関するアンケートにご協力ください。

■ご協力いただいた方全員に、書き下ろし特典をプレゼント！
■スマートフォンにも対応しています（一部対応していない機種もあります）
■サイトへのアクセス、登録・メール送信の際にかかる通信費はご負担ください。